흑룡의 취향

강규원 장편소설

달

흑룡의 취향 1

초판 1쇄 인쇄 2016년 11월 21일
초판 1쇄 발행 2016년 11월 28일

지은이 강규원
발행인 오영배
기획 박성인
책임편집 김수현
표지 · 본문 디자인 MUI
제작 조하늬

펴낸곳 (주)삼양출판사 · 단글
주소 서울시 강북구 도봉로 173
대표 전화 02-980-2112 **팩스** / 02-983-0660
출판등록 1999년 3월 11일 제9-00046호

ISBN 979-11-283-9023-4 (04810) / 979-11-283-9022-7 (세트)

단글 은 (주)삼양출판사의 로맨스 문학 브랜드입니다.

흑룡의 취향

1

ROMANCE STORY

강규원 장편소설

차 례

◆ ◆ ◆ ◆ ◆

　차율리는 정신없이 바빴던 로스쿨 첫 학기를 보내고 짧은 방학에 돌입한 2012년, 어느 여름날을 똑똑히 기억하고 있었다.

　그날은 비가 많이 내리던 날이었다. 율리가 느긋한 여름방학을 보내고 있는 곳은 엄마가 취미 삼아 유지하고 있는 도서 대여점. 문제는 하늘에 구멍이 난 듯 쏟아붓는 빗줄기 사이로 손님이 올 리가 없다는 것이었다. 그녀는 책상 위에 엎드렸다.

　로스쿨 동기들은 2학기 때 수강할 강의 과목들을 선행 학습한다느니, 어디서 인턴 실습을 한다느니 알찬 방학 계획을 세우고 있었지만 정작 차율리는 동남아 투어를 간 엄마를 대신해서 대여점을 지키고 있었다.

　'나 이래도 되는 거야?'

……라고 잠시 걱정하긴 했지만, 무한 경쟁이라는 말이 딱 어울리는 로스쿨 생활에 지친 율리는 지금 한때의 휴식을 즐기기로 마음먹었다.

유리창을 때리는 빗소리를 자장가 삼아 누워 있다 보니 눈이 솔솔 감겼다. 오랜만의 휴식이니 당연했다. 자면 안 되는데, 싶으면서도 노곤한 몸을 이길 수가 없었다.

그때였다.

딸랑, 손님이 왔음을 알려 주는 청량한 종소리에 율리는 상체를 벌떡 일으키고 반사적으로 인사를 했다. 이 비에 온 손님이 반가웠다.

"어서 오세요!"

중학생 때부터 도서 대여점 주인인 엄마 대신 가게를 봐 왔던 터라 율리는 사람을 대하는 데 익숙했다. 싹싹하게 인사를 한 그녀는 생글생글 웃으며 손님을 올려다보았다.

손님은 젊은 남자였다. 꽤 준수한 외모에 묘한 분위기를 풍기는 손님은 율리를 보고 무척 당황한 눈빛을 내비쳤다. 마치 그녀가 이곳에 있는 것을 상상도 한 적 없었다는 듯, 그는 무안할 정도로 그녀를 뚫어져라 응시했다.

문득 율리는 그가 무서워졌다. 개미 한 마리 지나가지 않는 바깥은 세찬 소나기만 내리고 있었다. 그 와중에 가게 안에는 자신과 젊은 남자 단둘뿐. 율리는 저도 모르게 마른침을 삼켰다.

미간을 찌푸렸다가 고개를 갸웃거리던 손님이 혼잣말처럼 중얼거렸다.

"요즘은 양민 여인들도 책을……."

거기까지 말한 남자는 대뜸 입을 다물어 버렸다. 왠지 무시당한 기분이었지만 남자를 신용할 수 없는 터라 율리는 아무 말도 하지 못했다.

손님은 책이 빽빽이 들어찬 책장을 한 번 둘러보더니 헛기침을 하고 나서 조심스럽게 물었다.

"여기, 용이 나오는 책이 있나?"

"네? 용이요?"

남자가 고개를 끄덕이고는 혹시 누군가가 들을세라 허리를 굽혀 율리의 귓가에 속삭였다.

"용에 관한 책."

낮은 목소리 탓인지 율리의 등골이 오싹해졌다. 온몸의 털이 바짝 서는 느낌이었다. 그러나 오랜 시간 엄마 대신 대여점을 지켜 온 내공으로 율리는 정신을 똑바로 차릴 수 있었다.

"아! 드래곤 나오는 판타지요?"

"드래곤?"

"드래곤이 용이잖아요. 찾는 거라도 있으세요?"

"아니, 딱히……."

그는 판타지 소설을 잘 모르는 모양이었다.

"으음, 취향 말씀해 주시면 제가 몇 권 추천해 드릴게요."

"취향?"

뜻밖의 말을 들었다는 양 남자가 눈가를 찡그렸다. 율리는 애써 그의 반응을 무시하고 자리에서 일어나 판타지 소설이 모여 있는 곳으로 향했다.

"아니면 기본적으로 잘나가는 걸 추천해 드릴까요?"

율리는 '드래곤'이라는 단어가 들어 있는 책을 몇 권 뽑으며 물었다. 오래전에 출판되었으나 아직까지도 사람들 입에 오르내리는 수작이었다.

"용이 나오는 거면 아무거나 상관없긴 한데……."

"드래곤물이 예전에는 많이 나왔는데, 요즘은 영 안 나와서요. 그래도 보신 분들이 다 재미있다고 한 걸로 골라 드릴게요."

프로페셔널한 율리의 태도에 남자는 얼떨떨한 표정으로 고개만 주억거렸다.

"한 권만 드릴까요? 아니면 완결까지 다 드릴까요?"

그는 잠시 고민하다가 시원스럽게 대꾸했다.

"전부 다."

율리는 골라 온 책을 카운터 테이블 위에 올려 두고 도로 의자에 앉았다.

"일단 이 시리즈 한번 읽어 보시고 마음에 드시면 반납할 때 말씀해 주세요. 비슷한 거 추천해 드릴게요."

남자는 열 권이 넘는 책의 탑을 무덤덤하게 바라보다가 말했다.

"이거 말고도 용에 관한 책이 많나?"

"네, 전에 많이 나왔거든요."

"그렇군."

납득을 한 뒤로 그는 더 이상 질문하지 않았다.

"처음 오셨죠?"

손님은 대답 대신 고개를 한 번 끄덕였다. 오랜만에 신규 회원을 받게 되어 율리는 내심 기뻤다.

"성함이 어떻게 되세요?"

"임진하."

"생년월일 좀 알려 주시겠어요?"

순간 남자의 어깨가 움찔했으나 모니터를 보고 있느라 율리는 손님의 이상행동을 눈치채지 못했다. 아무 말 없는 손님을 그녀가 의아하게 올려다볼 무렵, 남자가 지갑에서 주민등록증을 꺼냈다.

"개인 정보는 여기."

집 주소까지 적고 나서 율리는 그에게 주민등록증을 돌려주며 마지막 항목을 물었다.

"전화번호 좀 불러 주세요."

가끔 책을 빌려 가서 반납하지 않는 사람들 때문에 전화번호는 필수였다. 남자는 휴대폰을 꺼내 자신의 번호를 확인하고 불러 주었다. 꼭 타인의 휴대폰을 만지는 것처럼 어색한 모습이었다.

자기 전화번호도 모르냐는 그녀의 한심한 시선을 느낀 그가 미미하게 미소를 짓더니 하지 않아도 될 변명을 했다.

"전화번호를 바꿔서."

"아, 네."

율리는 별로 개의치 않는다는 투로 답하고 신규 회원 등록을 마쳤다. 큰 비닐 봉투 두 장을 겹쳐서 튼튼하게 만든 다음 열 권이 넘는 책을 넣어 그의 손에 들려 주었다. 그는 지갑에서 빳빳한 지폐를 내밀었다.

"구간 소설은 2박 3일이에요."

계산을 마친 율리가 대여 기일을 강조했다. 남자는 이번에도 대답 대신 고개만 끄덕이고 가게를 나섰다.

딸랑, 손님이 나가는 소리가 들렸다. 금세 문가 바닥에 빗물이 점점이 박혔다. 문이 잠깐 열렸다 닫힌 순간에도 빗방울이 들이칠 정도로 사나운 비바람이었다.

율리는 바닥에 남은 빗방울을 멍하니 쳐다보다가 의자에서 일어났다.

비가 이만큼 쏟아지면 길거리를 지나다니는 사람들은 물에 젖은 생쥐 꼴이 되기 마련이었다. 신발은 기분이 나쁠 정도로 비에 푹 젖을 테고, 바짓단도 다리에 척척 달라붙을 만큼 젖는 것이 당연했다.

"이상하네……."

율리는 출입문에서부터 손님이 걸어 다녔던 길을 따라 바닥을 살펴보았으나, 물기는커녕 보송보송하기만 했다. 그러고 보니 방금 왔다간 남자는 머리카락 한 올도 젖지 않았었다. 게다가

맑은 날 온 손님처럼 그는 우산도 들고 있지 않았다.

그 순간, 율리의 얼굴에서 표정이 싹 사라졌다. 다리에 힘이 풀려서 하마터면 주저앉을 뻔했다. 비명도 나오지 않았다.

겨우 다리에 힘을 주고 의자로 돌아와 앉은 그녀는 덜덜 떨리는 손으로 마우스를 잡고 방금 등록한 회원의 정보를 열람했다.

"어?"

지워져 있을까 봐 겁을 집어먹었던 것과 달리 의외로 신규 회원 등록은 멀쩡히 잘되어 있었다. 율리는 다시 확인하기 위해 회원 이름을 검색하는 곳에 남자의 이름을 넣어 보았다. 물론 이번에도 임진하라는 신규 회원이 검색되었다.

"뭐야?"

율리는 혼란스러운 눈빛으로 모니터를 하염없이 바라보았다. 손바닥에 식은땀이 흥건했다.

하지만 바로 이튿날 점심 무렵, 신규 회원 임진하는 매우 당황스러운 기색으로 대여점에 돌아왔다.

오늘도 엄마 대신 가게를 지키고 있던 율리는 귀신을 본 양 깜짝 놀라 입을 쩍 벌렸다. 그녀의 앞에 책의 탑을 쌓아 올린 그가 확인하듯 물었다.

"이게 진짜…… 용 이야기라고?"

"아, 별로 취향이 아니세요? 그거 되게 인기 많은 소설이었는데. 그럼 이거랑 조금 다른 걸로 추천해 드릴까요?"

자리에서 일어난 율리는 판타지 소설 책꽂이로 향했다. 그녀는 고심해서 소설을 고르는 척하며 임진하의 발밑을 살폈다. 다행스럽게도 남자의 발밑에는 그림자가 있었다. 귀신은 아닌 모양이었다.

"이건 조금 다른 내용이에요. 드래곤이 유희를 나가는 내용인데 저는 재미있게 봤어요. 재미없을 수도 있으니까 1권만 드릴까요?"

"……그냥 전부."

시원하게 대꾸하던 어제와 다르게 진하는 조금 떨떠름해 보였지만 이번에도 전권 대여를 결정했다. 율리는 책을 들고 카운터 테이블로 돌아와 앉았다.

"저기, 정말 죄송한데 궁금한 게 있어서요."

바코드를 찍으면서 율리가 조심스럽게 입을 열었다. 바코드 찍는 기계를 신기하게 보고 있던 진하가 가볍게 받아 주었다.

"뭐지?"

"어제 비가 많이 왔잖아요."

"그랬지."

"그런데 어떻게 비에 하나도 안 젖으셨나 해서요."

율리는 아무렇지 않은 척, 궁금하던 점을 콕 짚었다.

"그건……."

한편, 예상치 못한 질문이었는지 진하는 곧장 대답하지 못했다.

삑, 삑.

바코드 찍히는 소리만 고요한 실내에 울려 퍼졌다. 신경이 곤두설 만큼 날카로운 고음이었다.

여덟 권짜리 책의 바코드를 다 찍을 때까지 대답을 미루던 그는 그녀가 바코드 기계를 내려놓자 뜸을 들이다가 둘러댔다.

"……바로 앞까지 차로 와서."

"아하."

비닐 봉투에 책을 능숙하게 넣은 율리는 돈을 받고 진하에게 봉투를 건네주었다. 그는 인사를 하고 훌쩍 가게를 떠났다. 유리창 너머로 그가 멀어지는 것을 보다가 그녀는 한숨을 내쉬었다.

가게 앞에는 불법 주차를 막기 위해 항상 화분을 내놓곤 했다. 물론 어제는 비가 심하게 많이 와서 화분을 안에 들여놨으니, 가게 앞에 차를 세울 공간이 없던 것은 아니었다. 그런데 왠지 그의 대답이 의심스럽게 들렸다.

하늘에 구멍이 난 듯 비가 쏟아지던 어제, 자신은 유리창 밖으로 자동차 그림자도 보지 못했다.

'책을 너무 많이 읽어서 말도 안 되는 상상을 하고 있는 걸까?'

말도 안 되는 상상. 신규 회원 임진하에게는 그림자도 멀쩡히 있었고, 그가 어제 비에 맞지 않은 일리 있는 이유도 알게 되었으나 어째서인지 율리는 이 상황이 영 미심쩍게만 느껴졌다.

그 미심쩍은 남자가 갑자기 톱스타가 될 줄은 상상도 못 했지만.

1장

주말 오후, 차율리는 개미 한 마리 없는 도서 대여점을 지키고 있었다. 오늘도 역시 엄마는 동네 부녀회원들과 함께 제주도로 놀러 갔기에 주말 출근을 하지 않는 율리는 제2의 직업, 도서 대여점 아르바이트생이 되었다.

'회사에서는 나름대로 변호사님인데…….'

물론 시대에 걸맞게 계약직이었지만 말이다. 어렵게 들어간 회사에서 잘리면 어떡하나, 수습이다 보니 실수 연발인데 한 사람 몫은 제대로 하고 있는 걸까? 현실적인 걱정이 숨통을 조여 오는 것 같아 율리는 고개를 탈탈 털었다. 손님도 없고 읽을 신간도 없어서 그녀는 현실도피를 위해 TV를 틀었다.

"헐……."

채널을 돌리다가 멈춘 그녀가 저도 모르게 중얼거렸다. 매주 연예계 소식을 전해 주는 프로그램의 인터뷰 코너에 익숙한 얼굴이 나온 탓이었다.

임진하.

지구 멸망으로 떠들썩하던 2012년 겨울, 조연으로 데뷔한 사극 드라마에서부터 주목을 받기 시작하더니 그는 어느새 전국에 얼굴과 이름을 널리 알린 배우가 되었다.

임진하는 데뷔작처럼 사극에서 강점을 드러냈다. 길고 시원한 눈매나 단정한 입매, 짙은 눈썹 등 고전적인 외모의 동양미 덕분이었다.

─진하 씨는 이번 드라마에서도 메소드 연기라고 할 정도로 연기력을 뽐내시는데요, 어떻게 그렇게 조선 시대 선비 같은 모습이 자연스럽게 나오는지 정말 신기합니다. 비결이 뭔가요?

─아하하! 비결이라…….

통통 튀는 리포터의 질문과 반대로 진하는 묵직하고 나직하게 말했다. 율리는 눈을 가늘게 뜨고 TV를 쳐다보았다. 데뷔작에서 조연으로 선비 역할을 했듯, 이번에도 진하는 강직한 선비 역으로 주목을 받고 있었다.

─제가 그 시대 선비로 살았으면 어땠을까, 하고 고민을 많이 합니다.

정석과도 같은 대답에 리포터는 콧소리를 내면서 소리 높여 웃었다. 율리가 무표정하게 TV를 보고 있는 가운데 딸랑거리는 소리와 함께 손님이 들어왔다.

"어서 오세요."

TV 볼륨을 줄이며 율리가 버릇처럼 인사를 하고 고개를 들었다. 카운터 테이블 위에 책 다섯 권이 턱 놓였다.

"드래곤 나오는 신간 있나?"

들어온 손님은 드래곤이 나오는 판타지 소설 마니아 임진하였다. TV에 나오는 사람이 눈앞에도 있으니 율리는 기분이 이상했다.

"그동안 우리 가게에 있던 드래곤 나오는 책은 다 보셨잖아요."

그는 부정하지 못했다.

비가 많이 내리던 날, 신규 회원 등록을 한 임진하는 그날부터 오늘까지 몇 년째 대여점에 출근 도장을 찍어 가며 '드래곤' 혹은 '용'이 나오는 모든 책을 빌려 보았다. 정말 드래곤 마니아가 따로 없었다.

"드래곤 나오는 신간 왜 이렇게 없어?"

"안 나온 지 꽤 됐을걸요?"

율리는 아랫입술을 삐죽이며 진하가 가져온 책을 반납 처리했다. 처음 만났을 때부터 임진하는 하나도 변함이 없었다. 피똥 싸는 노력을 해서 율리가 변호사 시험에 합격했을 적, 책방 앞에 엄마가 크게 현수막을 걸고 일주일간 대여료를 받지 않은 적이 있었다. 그때부터 율리를 변호사님이라 추켜세우던 손님들과 달리 임진하는 여전히 그녀에게 반말을 툭툭 뱉곤 했다. 좋게 말하면 한결같은 사람이고 나쁘게 말하면 이 세상 싸가지가 아니었다.

'저세상 싸가지다…….'

진하를 보며 율리는 속으로 꿍얼거렸다.

"드래곤이 유희 나가는 게 제일 재미있던데."

"한물갔으니까요."

그래도 손님인지라 율리는 진하에게 꼬박꼬박 존대를 했다. 그녀가 딱 잘라 말하자 못마땅한 표정을 지은 그는 책을 고르러 안으로 들어갔다. 이제는 추천해 줄 필요도 없었다. 드래곤 마니아인 그가 그녀 자신보다 책을 많이 읽은 셈이라 그녀는 다시 TV로 시선을 돌렸다.

─진하 씨가 좋아하는 음식이 치킨이라는데 무슨 치킨 좋아하세요?

요즘 치킨이 인기 만점이긴 하지만 아무리 생각해도 담백하기 그지없는 임진하와 기름이 줄줄 흐르는 치킨은 어울리지 않았다.

"치킨 안 좋아할 것 같았는데, 치킨 좋아하세요?"

그는 고개를 빼고 자신이 나오는 TV를 슥 보더니 부끄러워하는 기색도 없이 반문했다.

"채식주의자도 아니고, 치킨 싫어하는 사람도 있나?"

"그거야 그렇지만…….'

율리가 작은 목소리로 긍정했다. 진하는 이미 전부 독파한 책들을 둘러보고 한숨을 내쉬었다.

"'용왕 마스터' 7권 언제 나오지?"

고전적인 동양미가 철철 넘치는 얼굴로 임진하는 판타지 소설 '용왕 마스터' 다음 권을 찾고 있었다. 그러나 작가도 아니고 출판사 직원도 아닌 율리로서는 알 길이 없었다.

"모르겠는데요?"

"빨리빨리 좀 쓰지."

그가 잘생긴 눈가를 찌푸리면서 투덜댔다. 그녀는 그의 말을 듣지 못한 척 TV만 보았다.

임진하의 소설 취향은 의외로 넓은 편이었다. 그의 취향은 단 하나, 책에 어떤 형태로든 드래곤이나 용이 나오면 그는 흔쾌히 책을 빌려 갔다. 그는 정말 용을 좋아했다.

"오늘은 볼 게 없네."

진하가 아쉬운 듯 돌아설 무렵에도 율리는 여전히 TV를 보고 있었다. TV에서는 아직도 인터뷰가 진행 중이었다. 그는 손님이 있는데도 관심 한 자락 내주지 않는 그녀를 흘겨보다가 일부러 말했다.

"저거 저번 주에 찍은 건데."

"아, 그래요?"

심드렁하게 대꾸한 율리는 인터뷰가 끝나자마자 TV를 껐다. 진하는 신간이 꽂힌 책꽂이에서 '청룡의 연인'이라는 역사 로맨스 소설을 뽑았다.

"그거 아나? 용은 제비 고기를 좋아해."

그다지 알 필요 없는 사실이었음에도 율리는 기꺼이 호응해 주었다.

"제비도 고기로 먹어요?"

"옛날엔 뭐든 다 먹었다니까."

처음 듣는 소리였다. 눈을 동그랗게 뜬 율리는 진하에게서 책을 받아 들고 바코드를 찍었다. 연초에 5백만 원을 선불로 결제해 둔 덕분에 그는 돈을 낼 필요가 없었다.

"그건 신간이니까 내일까지 갖다 주세요."

책을 받아 들며 진하가 알겠다는 듯 고개를 끄덕였다. 겨우 한 권을 빌려서 아쉬운지 그는 실내를 한 번 더 훑어본 뒤 미련을 뚝뚝 흘리면서 가게를 나갔다.

신비로운 첫인상과 달리 임진하에게는 훌륭한 마니아 기질이 있었다. 용이라면 사족을 못 쓰는 사람인데 그 첫인상이 이어질 리가 없었다.

*　　*　　*

"차율!"

율리는 화정이 부르는 소리에 뒤를 돌아보았다. 같은 회사에 입사한 화정은 율리와 로스쿨 동기였기에 그 누구보다도 동료애가 남달랐다.

오늘은 큰 사건 하나 때문에 직장 상사들이 모두 분주했다. 하늘 같은 선배들에게는 점심을 먹을 여유마저 없어서 초보 변호사

둘만 점심을 먹고 상사들을 위해 음식을 포장해 가기로 했다.

법인 카드를 자랑스럽게 꺼낸 화정이 물었다.

"뭐 먹을까?"

"파스타 먹고 싶어."

"파스타? 좋아. 난 명란 크림 파스타 먹을래."

신이 난 화정이 율리에게 찰싹 달라붙어서 흥겹게 걸었다. 화정에게 끌려가다시피 하던 율리가 어깨에서 흘러내리는 가방을 고쳐 멜 무렵이었다.

"차율리?"

뒤에서 누군가가 율리를 불렀다. 율리는 화정과 함께 뒤를 쓱 돌아보았다. 율리를 부른 사람은 대학원 시절 유명했던 선배, 백경진이었다.

"어? 안녕하세요."

이렇게 재회할 거라고는 상상도 못 했던 터라 당황한 율리가 고개를 꾸벅 숙여 인사했다.

"오랜만이네. 이 근처 회사 다녀?"

"아, 네."

졸업 이후 그녀와 다시 만날 줄은 몰랐다는 양 그는 정말 놀란 표정을 지었다. 율리는 괜스레 머쓱해져서 어색한 미소만 지어 보였다.

"언제부터?"

"올해 3월부터요. 아직은 수습이에요."

"취직하기 힘든데, 잘됐네."

학교에서 보기 드문 미남임에도 경진은 유세를 부리기는커녕 성실하고 상냥했다. 당연히 그는 누구에게나 인기가 많았고, '법전원 미남'으로 불릴 만큼 유명했다. 아마 지금도 모교에서 경진만큼 눈에 띄는 사람은 없을 것이다.

"오빠, 전 안 보이세요?"

경진이 율리에게만 관심을 보이자 화정이 입술을 삐죽이면서 경진에게 핀잔을 주었다. 성격 좋은 경진은 혹여 후배의 마음이 상할세라 다정하게 화정을 다독였다.

"안 보일 리가. 둘 다 점심 전이지? 점심 사 줄까?"

"어……."

"네! 뭐 사 주실 건데요?"

이미 점심 메뉴를 정한 터라 율리가 머뭇거리는 틈에 화정이 선수를 쳤다.

"우와! 졸업했는데 선배한테 밥도 얻어먹네요."

"그래도 후배는 후배니까."

넉살 좋은 화정의 말에 경진은 빙그레 웃어 보였다.

파스타를 먹고 싶었지만 안타깝게도 율리는 부대찌개를 앞에 두고 있었다. 옆에 있는 친구가 반짝반짝한 눈으로 경진을 바라보는 바람에 불평을 할 수도 없는 터라 율리는 눈치껏 친구에게 맞춰 주기로 마음먹었다.

"오빠 아직도 대인 다니세요?"

잠시라도 침묵이 이어지는 걸 참지 못하는 화정이 경진에게 말을 붙였다. 화정이 입에 올린 법무법인 대인은 업계를 넘어 일반인들에게도 유명한 기업이었다. 어마어마한 사건에서 연달아 승소하며 억대 연봉은 우습게 받는다고 알려진 곳이다 보니 입사하고 싶어 하는 변호사들도 꽤 많았다. 그런 회사에 높은 경쟁률을 가볍게 뚫고 들어간 선배는 후배들에게 선망의 대상이었다.

"아니, 작년에 옮겼어."

"아깝다! 어디로요?"

"숙모님 회사가 법무팀을 좀 보강한대서."

경진이 들고 있던 국자를 내려놓았다. 보글보글 끓고 있는 찌개에서 맛있는 냄새가 올라왔다.

"너희는 어때? 일은 할 만하고?"

"모르겠어요. 맨날 실수만 해서⋯⋯."

"그럴 때지. 율리는?"

"저도 뭐⋯⋯ 그렇죠. 인턴 나갔을 때랑 다르기도 하고요."

"꽤 어렵지? 공부는 정말 꾸준히 해야 하는 거 같아."

처음에는 서류 한 장을 작성해도 상사에게 확인을 받고 나서야 마음이 놓일 만큼 불안했었다. 첫 의뢰인과의 미팅에서 떨리는 마음을 겨우 숨겼나 했더니, 그녀에게 영 믿음이 가지 않는다는 이유로 의뢰인이 변호사 교체를 희망했다는 말을 상사로부터 들었을 때엔 하늘이 다 무너지는 줄 알았다.

"이러다 재계약 못 할까 봐 걱정이라니까요."

화정의 한탄에 율리도 동감이었다. 로스쿨을 졸업하고 변호사가 되었을 때는 세상이 다 내 것 같았는데 정작 현장에서 계속 뒷걸음질만 치는 느낌이었다. 경진이 이해한다는 듯 고개를 끄덕였다.

"처음에는 다 그러더라. 나도 고민 많이 했었고."

"네? 정말요?"

율리가 저도 모르게 되물었다. 엘리트 같던 경진도 같은 고민을 했다니, 상상도 못 했다.

"그럼. 혼나기도 엄청 혼났지. 다 그런 거니까 너무 불안해하지 마."

마치 율리가 말을 걸어 주기를 기다렸다는 듯 경진이 밝게 대답했다.

"오랜만에 너희들 보니까 기분 좋다. 이렇게 우연히 만날 줄은 몰랐는데."

말은 그리 해도 경진의 시선은 오로지 율리에게 꽂혀 있었다. 화정이 눈을 크게 뜨고 끔벅거리다가 율리를 흘끔거렸다.

화정의 곁눈질을 느낀 율리는 이 애매한 분위기를 잘 알고 있었다. 선후배 관계보다 동기간 관계가 끈끈한 로스쿨에서 선후배가 만나는 자리는 그리 많지 않았다. 그런데 어쩌다 마련된 행사에서 경진은 후배인 율리를 보자마자 호감을 드러냈었다. 처음에는 율리도 가슴이 설레곤 했다. 멋있는 선배가, 심지어 '법전원 미남'이라 칭해지는 선배가 자신에게 관심을 보이는 듯하니 떨리는 것은 당연했다. 그러나 경진은 그 이상 다가오지 않았다.

다른 남자였다면 '이건 어장 관리야!'라고 분노했겠지만 이상하게 경진에게서는 어장 관리라는 느낌이 들지 않았다. 오히려 그가 선배로서 매너 있게 일정 선을 지키는 것이 아닐까, 하는 생각마저 들었다. 그래서 율리는 자신뿐만 아니라 다른 여학우들도 같은 느낌을 받고 있을 거라고 가벼이 여기고 말았다.

테이블 위의 분위기가 조금 미묘해졌다. 침묵을 참을 수 없는 화정이 주변을 기웃거리다가 TV를 보고 억지로 말을 꺼냈다.

"앗! 임진하다."

화정의 말에 율리는 물론 경진도 어깨를 움찔하면서 TV를 쳐다보았다. 지난번 연예 정보 프로그램에서 인터뷰를 하던 장면이었다.

"요즘 임진하 엄청 잘나가는 것 같던데, 진짜 잘생겼다. 그치?"

"어, 뭐……."

생긴 것과 달리 드래곤물이라면 사족을 못 쓰는 사람이긴 해도 얼굴 하나는 잘생겼다. 율리는 그의 외모만큼은 인정해야만 했다. 실제로 본 사람들 중에서 가장 잘생긴 남자라면 역시 임진하를 꼽을 수밖에 없었다. 가끔 그를 볼 때마다 아무렇지 않은 척 대하고 있었지만 가슴이 덜컹거리는 건 사실이었으니 말이다.

상냥한 선배답게 경진이 각자의 그릇에 찌개를 덜어 건네며 물었다.

"임진하…… 요즘 인기 많아?"

"많은 수준이 아니에요. 절제미에 카리스마도 있고, 바른 사람 같고…… 진짜 딱 여자들 이상형이잖아요."

"팬이야? 많이 좋아하는구나?"

"팬은 아닌데 드라마에서 진짜 멋있었거든요."

"흐음, 그렇구나."

그러나 말과 달리 화정은 영락없는 팬의 모습이었다. 경진이 못 말리겠다는 투로 빙그레 미소 짓고는 율리에게 시선을 돌렸다.

"율리, 너는?"

"네?"

"화정이는 드라마 봤다는데, 넌 안 봤어?"

"아…… 전 안 봤어요."

요즘 같은 때 시청률이 근 사십 퍼센트나 다다르는 인기 드라마에서 진하는 진지하게 무게 잡고 나오는 역할이었다. 하지만 드래곤물만 찾아다니는 그의 실상을 아는 율리는 웃겨서 드라마를 도통 볼 수가 없었다.

경진이 다시 화면을 곁눈질하고는 말했다.

"그랬구나. 하긴, 남자가 봐도 잘생겼는데 여자들은 얼마나 좋겠어?"

"네? 남자가 봐도 잘생겼어요?"

"그럼."

팬이 아니라던 화정이 경진의 칭찬에 흐뭇하게 웃었다. 주변 남자들은 임진하가 뭐가 잘생겼느냐며 질투로 깎아내리기 바빴는데, 역시 경진은 외모만큼이나 마음 좋은 선배였다.

율리는 아무 말 없이 이미 전에 시청한 인터뷰를 다시 보았다. 담백하게 생긴 것과 다르게 치킨을 가장 좋아한다고 했던 진하의 말이 이어졌다.

"대박! 나도 치킨 짱 좋아하는데!"

"치킨 싫어하는 사람이 얼마나 되겠어?"

치킨 싫어하는 사람 없다는 진하의 말을 율리가 살짝 바꿔 되풀이했다. 화정이 고개를 끄덕였다.

"그건 그래."

치킨을 좋아한다는 동질감에 들떴던 화정의 마음이 가라앉을 무렵, 율리는 그날 진하가 했던 말을 떠올렸다. 용은 제비 고기를 좋아한다는 말. 물론 용이 실재하는 존재는 아니겠지만, 옛날 사람들은 제비도 잡아먹었을 것이다.

"옛날에는 제비 고기도 먹었대."

"제비? 새?"

닭은 먹을 수 있어도 제비는 못 먹기에 화정이 뜨악한 표정을 지었다.

"진짜? 누가 그래?"

"어, 우리 엄마 책방 단골이……."

차마 임진하에게서 들었다고 말할 수도 없어서 율리가 어색하게 말끝을 흐렸다. 거짓말은 아니었다. 임진하는 연초부터 5백만 원을 선불로 충전할 만큼 단골이었으니까.

"하긴, 옛날에 배고프면 제비가 뭐냐, 다람쥐도 먹었겠다."

화정이 얼굴을 찌푸린 채로 납득하는 동안, 율리를 향한 경진의 눈매가 가늘어졌다.

생각지 못하게 경진을 만나 점심을 얻어먹은 후 율리와 화정은 상사들을 위해 음식을 포장해 가야 했다. 회사 근처, 상사들이 즐겨 찾는 일식집에 들러 주문한 초밥을 기다리는 동안 율리는 역시나 화정에게 취조를 당했다.

"차율, 경진 오빠가 진짜 너 좋아하는 거 아냐?"

한두 번 들은 소리도 아니라 율리는 이제 무슨 소리냐고 되물을 힘도 없었다.

"선배, 원래 나한테 저랬잖아."

"그거야 그랬지만……."

경진의 다정한 언행에 화정이 이렇게 넘겨짚었던 것도 몇 번째인지 모른다. 화정은 고개를 주억거리다가 도로 정색을 하고는 율리의 팔을 꽉 쥐었다. 화정의 눈에서 의심스럽다는 시선이 레이저처럼 뿜어져 나왔다.

"아냐, 그래도 이상해. 완전 썸녀 대하듯이 대하던데?"

경진이 정말로 자신을 좋아하고 있다면 어떨까? 이런 상상을 수백 번도 더 해 봤었다. 왕자님 같이 멋지고 똑똑한 선배가 상냥하게 대해 줄 때마다 혹시나 싶은 마음에 얼굴을 붉히기도 했었다.

"아무튼 아니야."

경진과 만난 지도 2년, 그가 자신을 좋아했다면 이미 연애를 시작하고도 남았을 시간이었다. 하지만 지금도 둘은 그저 선후배 사이. 이대로라면 오늘 같은 우연한 만남이 아닌 이상 특별히 만날 일도 없을 것이다.

"너랑 경진 오빠랑 잘되면 좋겠는데……."

"꿈 깨서."

화정은 딱 잘라 말한 율리를 더 이상 추궁하지 못했다. 장난스럽게 대꾸하긴 했으나 율리도 마음 한구석이 싱숭생숭했다. 율리의 기분처럼 하늘이 꾸물꾸물 어두워지기 시작했다.

"비 오겠다."

크게 난 창을 통해 화정이 하늘을 바라보며 중얼거렸다. 아니나 다를까, 금세 빗방울이 하나씩 떨어졌다. 율리가 창밖을 멍하니 보다가 물었다.

"오늘 비 온다고 했어?"

"아니? 소나긴가?"

느닷없이 내리는 비 때문에 바깥을 거닐던 사람들이 우왕좌왕거리다가 건물 안으로 뛰어 들어갔다. 그 누구도 비가 올 줄 몰랐다는 듯, 사람들은 단 한 명도 우산을 펼치지 못했다. 화정은 휴대폰으로 날씨를 검색해 본 후 고개를 갸웃거렸다.

"서울…… 맑다는데? 강수 확률도 없어."

"그래? 기상청이 또 잘못 짚었나 보다."

"이따 10분은 걸어가야 하는데 완전 큰일 났다."

화정이 불안하게 중얼거리자 율리도 한숨을 푹 내쉬었다. 다른 사람들처럼 그녀 역시 우산을 챙기지 못했다. 지나가는 소나기라 음식이 나오기 전에 비가 그치길 바랄 뿐이었다.

그때 율리의 휴대폰이 진동했다. 누군가 했더니 경진의 전화였다.

"뭐야? 경진 오빠야? 대박! 빨리 받아 봐."

화정은 제 일처럼 신이 나서 난리 법석을 떨었다. 친구의 들뜬 마음이 전염되어서일까? 율리 또한 일말의 기대를 품고 전화를 받았다.

"네, 선배."

─아직 번호 안 바꿨구나?

"아…… 네. 제 번호 갖고 계셨네요?"

─너야말로 나인지 어떻게 알았어?

"정리를 안 해서요."

전화번호 정리를 귀찮아하는 율리는 대학 시절부터 지금까지 만난 사람들의 전화번호를 전부 저장해 두었다. 너무나도 사실적인 이유에 경진은 청량한 웃음소리만 흘렸다. 여름날 시원하게 쏟아지는 빗줄기 같은 웃음이었다.

─비 오지?

"네? 네. 아, 거기도 비 오겠구나."

─그러게, 갑자기 비가 오네. 차에 우산 남는 거 있는데 쓸래?

"그럼 저야 감사하죠."

얼마나 대단한 이야기가 오갈까 싶어서 율리의 옆에 찰싹 달라붙어 통화를 엿듣고 있던 화정이 김샌 표정을 지었다. 경진이 겨우 우산을 주려고 율리에게 전화를 걸었을 줄은 몰랐다. 예상과 다른 통화 내용에 흥이 깨진 화정은 율리에게서 떨어졌다.

—그래, 잠깐 밖으로 나와 볼래?

"아……."

그런데 뭔가 이상한 기분이 들었다. 뭐랄까? 경진이 마치 자신의 일거수일투족을 지켜보고 있는 것 같은 느낌이었다. 이곳이 어디인 줄 알고 나오라는 말만 하는 걸까? 지금 자신은 일부러 상사들이 자주 들르는 일식집에 가기 위해 부대찌개 가게나 회사 건물과는 동떨어진 곳에 있었다.

"선배는 지금 어딘데요?"

—여기? 바른 병원 삼거리. 어디인지 알아?

율리는 창문 밖, 옆 건물을 쳐다보았다. 바른 병원. 건물 하나가 전부 척추 전문 병원이었다. 순간, 율리의 어깨가 미세하게 떨렸다.

"네…… 바로 옆이네요. 전 1층에 카페 있는 건물인데."

—그래? 잘됐네. 내가 로비로 갈게.

자신이 예민한 걸까? 율리는 마른침을 삼키고 전화를 끊은 후 자리에서 일어났다.

"같이 갈래?"

"초밥 기다려야지. 빨리 갔다 와."

"응……."

혼자 경진을 보러 가기가 왠지 꺼림칙한 터라 율리는 친구를 아쉬운 듯 힐끔 쳐다보고는 걸음을 옮겼다.

바깥은 더욱 어두워졌고 빗발은 더욱 거세졌다. 난데없는 비에 홀딱 젖은 사람들 몇몇이 화를 내면서 뛰고 있었다.

오히려 이곳이 회사 건물이었으면 이상함을 느끼지 못했을 것이다. 아까 화정이 경진에게 회사에 대해 시시콜콜 털어놓았으니까. 하지만 이곳은 회사와는 걸어서 10분가량 떨어진 건물이었다.

'그냥 우연이겠지.'

율리에게는 쓸데없이 깊게 생각하는 나쁜 버릇이 있었다. 소설책을 하도 많이 읽어서 그런지 상상은 꼬리에 꼬리를 물고 커져 갔다. 그것도 꼭 이상한 쪽으로. 지금도 그저 경진이 이쪽 길을 지나가는 것뿐이라고 넘기면 그만인데 말이다.

"차율리."

2층에 있는 일식집에서 계단을 내려와 로비에 도착하자 경진이 율리를 먼저 발견하고 불렀다. 율리는 곧게 서 있는 경진에게 가까이 다가갔다.

"갑자기 비가 많이 오지?"

건물 출입문은 유리로 되어 있었고, 거센 빗줄기는 유리문을 잔뜩 적셔 놓았다. 경진은 율리에게 바싹 말라 있는 우산 하나를 내밀었다. 우산처럼 경진 역시 한 군데도 젖지 않았다. 갑자기 내리는 소나기를 미리 알고 있었던 것처럼.

순간 율리는 예전에 임진하를 처음 본 그날을 떠올렸다. 그날 또한 비가 무섭게 내리던 날이었고, 빗방울이 피해 가기라도 한 듯 진하는 비를 한 방울도 맞지 않았었다.

"차율리?"

경진은 자신을 멍하니 응시하고만 있는 후배에게 의아한 눈빛을 보냈다. 퍼뜩 정신을 차린 율리가 어색한 미소를 지으며 그에게서 우산을 받아 들었다.

"선배는 꼭…… 비가 올 줄 알았던 사람 같아요."

"내가? 왜?"

글쎄, 왜일까?

율리는 주변을 둘러보았다. 예기치 못한 비 때문에 사람들은 잔뜩 당황스러워 하고 있었다. 그뿐이 아니다. 백경진을 제외하고 비를 맞지 않은 사람은 한 명도 없었다. 율리는 눈을 내리깔았다. 경진의 발밑에는 물기가 없었다.

"……별로 놀란 것 같지 않아서요."

"비가 올 때마다 일일이 놀라는 게 난 더 신기한데?"

경진은 율리의 실없는 소리에 태연하게 대꾸했다. 그러나 위화감은 그녀를 가만두지 않았다. 이런 것을 육감이라고 하는 걸까? 선배가 낯설게만 보였다.

율리가 아무 대답도 하지 못하자 경진이 싱긋 웃고는 손을 살짝 들었다.

"그럼 가 볼게. 나중에 보자."

"아, 네. 안녕히 가세요."

꾸벅 고개를 숙인 율리는 유리문 너머로 경진이 멀어지는 것을 끝까지 지켜보았다. 큼지막한 장우산을 쓴 그는 비를 피해 뛰어다니는 사람들 사이에 섞이고 종래에는 그녀의 시야에서 사라졌다.

평범한 사람이라면 아마 이렇게 생각했을 것이다. 선배가 별안간 내린 소나기를 맞지 않아서 다행이라고 말이다.

하지만 차율리는 의심부터 했다. 어떻게 비를 맞지 않을 수가 있지? 아무도 예상하지 못한 소낙비를 어떻게 알고 대비했을까? 경진의 우산을 내려다보는 그녀의 눈동자가 예민하게 흔들렸다.

물론 임진하를 만나기 전에는 율리도 의심부터 하지는 않았다. 비가 많이 내리든 말든, 사람들이 비에 젖든 말든, 자신과는 상관없는 일이었으니까. 그러나 이상한 점이 한 번 눈에 띄면 계속 마음에 걸리기 마련이었다. 그래서 친근한 경진에게도 의심의 눈길을 보냈다.

엄마는 비가 오고 날이 흐리면 어깨가 쑤신다는 이유로 율리에게 가게를 맡기곤 했다.

퇴근한 뒤, 저녁. 쉬어야 함에도 율리는 대여점 카운터에 우두커니 앉아 있었다. 율리를 제외하고는 야근하느라 화정마저도 회사에 붙잡히고 말았다. 화정은 퇴근하는 율리를 부러워했지만 이렇게 일감을 주지 않다니, 이러다가 재계약은 물 건너가는 거 아닐까 싶어 율리는 불안해졌다.

율리가 막막한 앞날을 걱정하고 있을 무렵, 딸랑거리는 종소리가 들렸다. 손님이 들어왔다는 뜻이었다. 그녀가 고개를 들어 손님을 올려다보았다. 티셔츠에 면바지. TV에서 보기 어려운, 편한 옷차림의 진하가 선글라스를 벗으며 카운터 테이블 위에 '청룡의 연인'을 내려놓았다.

삑!

바코드를 찍자 연체료가 있다며 모니터에 팝업창이 떴다.

"연체료 있는데요?"

"선불에서 까."

율리는 더 이상 토를 달지 않고 얌전히 선불금에서 연체료를 제했다. 임진하는 이 작은 도서 대여점에 없어서는 안 될 어마어마한 고객님이었다. 그녀가 입술을 삐죽거리며 투덜거렸다.

"그거 신간이라 기다리시는 분들 많았는데……."

분명 이튿날 반납해 달라고 말했었다. 그러나 진하는 여전히 당당했다.

"화보 촬영한다고 바빠서 못 읽었어."

드래곤 마니아의 입에서 화보 촬영이라는 단어가 나오자 율리는 웃음이 터졌다. 모니터에 침을 튀길 기세로 웃음을 터뜨린 그녀가 급히 입가를 가리고 고개를 수그렸다. 진하가 미간을 좁혔다.

"왜?"

"아뇨, 진짜 연예인은 연예인이구나 싶어서요."

쉬는 날에는 용 나오는 소설책이나 잔뜩 빌려다가 읽으면서 대중 앞에서는 차분하고 단정한 '어른 남자' 이미지를 가진 임진하. 현실과 환상 사이의 괴리감은 율리나 가게 주인인 엄마 정도만 알고 있었다. 물론 엄마는 그럼에도 불구하고 진하가 나오는 드라마를 열광하면서 보는 쿨한 사람이었지만 말이다.

그는 책에서 시선을 떼지 못했다. '청룡의 연인'을 결국 못 읽어서 아쉬운 모양이었다.

"재대여 안 되나?"

"예약 걸려 있거든요?"

아쉬운 마음에 진하가 우아한 표지의 로맨스 소설을 집어 들며 물었으나 율리는 책을 휙 빼앗아 예약 책꽂이에 슥 꽂았다. 미안하지만 예약한 손님만 세 명이었다. 그의 어깨가 축 처졌다.

"……나도 예약 걸어 줘."

"네네."

키보드를 두드리는 율리의 손이 빨라졌다. 진하는 율리 주변에서 서성이다가 신간 코너로 걸음을 옮겼다. 이내 손님이 들어왔다.

"율리 씨, '청룡의 연인' 들어왔지?"

"아, 네."

드래곤이라는 단어도, 용이라는 단어도 없는 신간 코너를 훑어보고 있던 진하가 '청룡의 연인' 예약자를 휙 돌아보았다. 어떤 여자가 자신의 독서를 방해하느냐는 듯, 그의 눈빛이 매서워질 무렵이었다.

율리에게서 책을 건네받은 여자가 진하의 눈길을 느끼고 그를 쳐다보더니 그에게 후다닥 접근했다.

"이, 이, 임진하 씨 아니에요?"

"네, 맞습니다."

요즘 가장 '핫'한 남자 배우가 TV도, 스크린도, 화보도 아닌 바로 눈앞에 있는데 어느 여자가 정신을 놓지 않을까. 그녀는 돌처럼 굳은 채로 진하를 빤히 응시하다가 흠칫 정신을 차리고는 활짝 웃었다.

"어머! 이 동네 사세요?"

솔직하게 대답하고 싶지 않아 진하는 대답 대신 빙그레 웃어 보였다. 언제 그녀를 째려보았냐는 양, 천사 같은 얼굴이었다.

"어머? 어머머!"

긍정도 부정도 아닌 애매한 대답임에도 여자는 난리가 났다. 팔짝팔짝 뛰면서 기쁨을 주체하지 못하던 여자는 제 가방을 뒤적이다가 세상이 무너지는 표정을 지었다.

"사인 받고 싶은데!"

안타깝게도 사인 받을 곳이 없었다. 그녀는 진하를 다시 올려다보았다가 얼굴을 붉히면서 율리에게 쪼르르 달려와 부탁했다.

"종이가…… 율리 씨, 종이 한 장만 주면 안 돼?"

"아, 여기요."

이 상황을 콩트 보듯 지켜보던 율리는 아무렇지 않게 메모지를 북 뜯어서 그녀에게 내밀었다. 여자는 다행히 볼펜이 있었는지 가방 속에서 펜을 꺼냈다.

진하가 사인하는 모습을 보며 여자는 난리 법석을 떨었다.

"세상에! 어떡해! 팬이에요!"

"감사합니다."

예의 바른 인사와 함께 진하의 얼굴에 미소가 번지자 소란스럽던 여자가 입을 다물었다. 그녀는 뭔가 그에게 말을 더 붙여 보고 싶은 듯했으나, 그는 그녀와 더 이상 말을 섞고 싶지 않아 책꽂이 쪽으로 몸을 홱 돌려 버렸다.

미련을 흘리면서도 여자 손님은 '청룡의 연인'을 손에 꼭 쥐고 대여점을 떠났다. 그제야 진하가 한숨을 푹 내쉬고 말했다.

"내 앞에 예약자 몇 명 더 있어?"

"두 명이요."

"둘이나 더 있다고?"

그의 얼굴이 파삭 구겨졌다. 연예인이라 그런 건지, 이럴 때 보면 임진하는 예민하고 신경질적이기도 했다. 율리가 눈가를 찡그렸다.

"신간이니까요!"

"한 권 더 들여 놔."

"어우, 돈도 많이 버는 사람이…… 그렇게 급하면 사서 보든가."

"내가 여기 얼마를 충전했는데?"

이 쪼잔한 손님에게 환불해 주겠다는 말이 목구멍까지 치솟았지만 율리는 꾹 참았다. 여긴 엄마 가게지, 자신의 가게가 아니었다.

"그럼 읽고 갖다 주지 그랬어요? 어차피 연체료 물 거면."

"뭐? 그런 방법이……."

대여점 우량 고객 수년 차 임진하는 그제야 얌체 같은 방법을 깨달았다. 그의 낭패 짙은 표정을 보자 율리는 그나마 속이 조금 시원해졌다.

"그건 그렇고, 여기 이제 큰일인데?"

"왜요?"

심드렁한 율리와 달리 진하는 의기양양했다.

"내 덕분에 여기 손님 엄청 많아질걸?"

"무슨 소리예요? 다 망해 가는구만."

책을 빌리러 오는 사람들은 정말 소설책을 좋아하는 소수의 고객들뿐이었기에 엄마는 대여점 사업을 오늘 접어야 할지, 내일 접어야 할지 매일 고민하고 있었다. 취미로 연 가게라 지금까지 유지할 수 있던 것뿐이었다.

율리가 입술을 실룩이며 슬픈 현실을 뱉었으나 진하는 한쪽 입가를 쓱 끌어 올리며 대꾸했다.

"여기 내가 다닌다고 소문날 텐데?"

"네?"

율리의 눈이 커졌다.

그러고 보니 인기 만점 스타가 단골임에도 가게가 오랫동안 조용했던 이유가 있었다.

그동안 진하는 귀신처럼 손님이 하나도 없을 적 홀쩍 왔다가 가곤 했다. 그러니까 가게 주인인 엄마나 율리와는 안면이 있을지언정, 다른 사람들은 이 대여점에 임진하가 오간다는 걸 몰랐다.

"내일부터 나 찾으러 사람들이 여기 엄청 드나들겠는데? 손님 잘 잡아서 매상도 좀 올리고 그래 봐."

얄밉게 말을 남긴 임진하는 선글라스를 다시 쓴 채 빈손으로 가게를 나갔다.

'사람들이 많이 드나들 거라고?'

요즘 임진하 주가가 하늘을 찌르기는 하지만 설마 그 사람 하나 때문에 이 작은 책방에 사람들이 몰릴까?

상상도 되지 않는 일에 율리는 고개를 가로저었다. 세상사가 그리 쉬울 리가 없었다.

처음에는 별일 아니었다.

주말 출근을 하지 않는 터라 율리는 대여점에서 오랜만에 공부를 하고 있었다. 고객 관리용 컴퓨터는 무척 낡아 허튼짓을 할 수 없었고, 장소 자체가 조용하다 보니 판례가 절로 읽혔다.

그때 가게 문이 벌컥, 거칠게 열리고 율리도 판례집에서 눈을 뗐다.

"어서 오……."

반사적으로 나온 율리의 인사를 받아 주는 사람은 아무도 없었다. 문을 열고 들어온 사람은 어제 진하의 사인을 받은 단골손 님 서현이었다. 웬일로 서현은 오늘 혼자가 아니라 친구 세 명과 함께 들어왔다.

"율리 씨!"

"네?"

들어오자마자 '청룡의 연인'을 반납하고 버럭 자신의 이름을 부르는 서현을 보자 율리의 심장이 절로 쪼그라들었다. 못해도 열 살 이상은 차이가 날 어른인지라 먼저 무슨 일이냐고 말을 붙일 엄두도 나지 않았다. 다행히 서현이 먼저 말했다.

"율리 씨도 어제 봤지?"

뜬금없는 소리에 율리가 쥐꼬리만 한 목소리로 물었다.

"……뭘요?"

"뭐긴 뭐야? 어제 임진하가 나한테 사인해 준 거!"

"아, 네."

'난 또 뭐라고.'

뭔가 잘못한 일이 있나 빛의 속도로 기억을 헤집던 율리는 안도의 한숨을 내쉬었다.

한편, 율리가 긍정의 대답을 하자 서현의 얼굴에 의기양양한 표정이 올라왔다. 반대로 심드렁한 눈빛을 내비치고 있던 그녀의 일행은 입을 크게 벌렸다.

"정말요? 정말로 임진하가 여기 왔었다고요?"

서현의 친구 중 하나가 율리에게 다그치듯 물었고 율리는 대답 대신 고개만 끄덕였다.

"어머, 세상에!"

"그거 봐. 내 말이 맞지?"

서현이 턱을 추켜올렸고 그녀의 친구들은 서현을 부러운 눈으로 바라보았다.

하지만 사실 율리에게 이 일은 대수롭지 않은 일이었다. 진하가 이 대여점을 다닌 지 벌써 몇 년째란 말인가. 그는 드래곤이라면 환장하면서 용이 나오는 책을 추천해 달라 떼를 쓰던 우량 고객이었다. 어떻게 보면 진상 손님이었고.

"여기 그러면……."

서현의 일행 중 한 사람이 조심스럽게 입을 열었다. 그녀는 마치 마약 거래를 하는 범죄자처럼 은밀한 투로 물었다.

"고객 정보 같은 거 있지 않아?"

율리는 할 말을 잃고 말았다. 지금 무슨 소리를 들은 건지 모르겠다. 그녀가 동그란 눈만 깜빡거렸다.

"집이 어디인지, 주소만 살짝 알려 줄 수 있을까?"

"네?"

기가 막혀서 율리의 목소리가 커졌다. 그러니까 지금 이 사람들은 다른 손님의 개인 정보를 알려 달라고 부탁하고 있었다. 아무리 임진하에 대해 알고 싶다 해도 그렇지, 이토록 막무가내로 나올 줄은 몰랐다.

목구멍에 말이 툭 걸린 느낌이라 율리는 아무 말도 할 수 없었다. 그들은 입만 뻐끔거리고 있는 율리를 더 몰아붙였다.

"우리가 거기 가서 나쁜 짓을 하려는 건 아니고…… 사인 한 장 받고 사진도 같이 찍었으면 해서. 응? 한 번만 인심 써라."

"그래, 율리 씨. 우리 인연이 몇 년 차야?"

심지어 서현조차 재촉하고 나섰다. 율리의 눈가가 일그러졌다. 몇 년 차? 미안하지만 서현보다 진하가 우량 고객이었다. 아마 서현보다 10배는 더 매출을 올려 주었을 것이다.

아니지, 매출이 중요한 게 아니다. 율리는 머리가 냉정하게 식는 것을 느꼈다.

"죄송한데 그럴 순 없어요. 고객 개인 정보잖아요."

"아이, 우리가 뭐 해를 끼치려는 것도 아니고 살짝만 알려 주면 입 꾹 다물고 있을게."

"안 돼요. 개인 정보 보호법 위반이거든요?"

초보라고 해도 변호사 아니랄까 봐 율리의 음성이 딱딱하게 울렸다. 덩달아 그녀의 눈빛도 단호해졌다. 그 태도가 마음에 들지 않는지 서현이 한숨을 뱉고 투덜댔다.

"젊은 사람이 왜 이렇게 융통성이 없니?"

젊다고 해서 만만하게 보는 것도 안 될 일이다. 율리도 지지 않고 받아쳤다.

"그럼 제가 다른 고객이 부탁했다고 해서 손님 개인 정보 알려 줘도 괜찮으시겠어요? 집이 어딘지, 전화번호가 뭔지."

"뭐? 아, 아니, 율리 씨! 무슨 말을 그렇게 해? 내가 임진하랑 같니?"

"저희 가게 입장에선 똑같은 손님인데요."

율리가 태연하게 대꾸하자 서현의 얼굴이 벌게졌다.

"진짜 말이 안 통하네. 됐어! 사장님하고 얘기해 봐야겠네. 말이 통해야지."

"젊은 사람이 진짜 인정머리가 없네."

그들은 율리가 어려서 모른다는 식으로 무시하며 고개를 설설 젓거나 쯧쯧 혀를 찼다. 율리는 기분이 나빴지만 더 이상은 대화를 잇고 싶지 않아 입을 다물었고, 목적 달성에 실패한 사람들은 미련 없이 가게를 훌쩍 떠났다.

진하의 주소를 알려 주지 않아 화가 난 채 떠난 서현은 다른 사람들에게도 대여점에 진하가 다닌다는 소문을 퍼뜨린 모양이었다. 그 때문에 율리는 주말 내내 고난을 겪어야만 했다. 인터넷 팬 사이트 같은 데 가게 전화번호가 노출되었는지 전화도 곧잘 오곤 했다.

의기양양하던 진하의 말대로 혹여 손님이 늘어나지는 않을까 싶었는데, 책을 고르는 척하는 사람들은 가게 안만 배회하다가 기다리던 진하가 오지 않자 율리의 눈치를 보면서 나가곤 했다. 그렇게 오고 간 사람의 수가 두 손을 다 꼽고도 모자랄 즈음, 율리는 수를 세기를 포기했다.

안타깝게도 진하의 예상은 틀렸다. 그러니까 결국 차율리는 신경은 신경대로 쓰고 남는 것도 없는 그런 시간을 보내고 만 것이다.

중학생 정도로 보이는 여학생 둘이 실내를 홀끔거리다가 율리와 눈이 마주치자 순정 만화 코너로 고개를 홱 돌렸다. 지금 저 학생들처럼 '잠복'해 있는 사람만 작은 가게 안에 총 넷이었다. 로맨스 소설 코너에 몇십 분째 서 있는 여자와 가게 안을 빙빙 돌고 있는 사람까지. 안타깝게도 넷 중 그 누구도 손님은 아니었다.

'뭐 이런 거지같은 일이……'

머릿속이 훤히 들여다보이는 행동에 율리는 답답한 한숨만 푹 내쉬었다. 또 딸랑거리는 소리와 함께 낯선 사람이 가게 안으로 들어왔다. 이제는 지쳐서 어서 오세요, 라는 인사도 할 기운이 없었다.

낯선 여자가 먼저 말을 걸었다.

"저기요."

"네."

"여기 진짜 진하 오빠가 와요?"

율리와 또래 정도로 보이는 여자가 기대가 가득한 눈을 초롱초롱 빛냈다. 한껏 예쁘게 단장한 그녀는 상기된 얼굴로 율리를 바라보았다. 이 작은 책방에서 임진하와의 만남을 그려 보는 듯했다.

물론 이미 셀 수도 없을 만큼 많이 받은 질문이라 율리는 심드렁했다.

"가끔 오시긴 하는데……."

"그러면 여기서 기다려도 돼요?"

잠복하는 사람이 다섯 명으로 늘었다. 방문 목적은 오로지 임진하와의 대면뿐인지 손님으로 온 척도 하지 않는 여자를 보니 율리는 환장할 노릇이었다.

"여긴 영업장이거든요?"

율리가 일부러 영업장이라는 단어를 강하게 말했으나 얄밉게도 그녀는 율리의 말을 쌩하니 무시했다. 기가 막혀서 율리가 입을 뻐끔거릴 무렵, 사람들의 주의를 분산시키기 위해 일부러 틀어놓은 TV로 모두의 시선이 꽂혔다.

"……임진하."

갑자기 조용해진 가운데 중학생 중 한 명이 중얼거렸다.

이 일의 원흉은 아무것도 모른 채 브라운관 안에서 자신이 출연한 영화에 대해 인터뷰를 하고 있었다. 율리는 문득 진하가 대단하다 싶었다. 지금 인기리에 방영 중인 드라마도 실시간 촬영이니 뭐니 말이 많은데 영화까지 찍다니 어마어마한 체력이었다.

'정말 소처럼 일하는구만?'

그런 차율리의 냉정한 생각과는 달리 손님으로 위장한 그의 팬들은 기대에 찬 눈빛으로 TV를 뚫어져라 쳐다보았다. 율리는 TV를 힐끔 보고는 고개를 돌렸다. 그때 타이밍 좋게 가게 전화벨이 울렸다.

율리는 아주 잠시 멈칫했다. 발신자 번호 따위는 뜨지 않는 구식 전화기에 몇 번이고 전화가 왔었고, 그건 전부 다 임진하를 찾는 황당한 전화였다. 시끄럽게 울리는 벨 소리에 사람들이 율리 쪽을 따갑게 쳐다보았다. 언제까지 전화를 받지 않고 TV 보는 것을 방해할 거냐는 그들의 눈초리가 사나웠다. 손님도 아니면서!

"네, 책방입니다."

결국 율리는 힘없이 전화를 받았다. 그러나 예상과는 반대로 수화기 저편에서는 낯익은 음성이 들려왔다.

―바쁘지?

상상도 하지 못한 목소리가 율리의 입을 콱 막아 버렸다. 웃음기 섞인 낮은 음성은 기가 막히게도 이 사태를 만든 장본인이었다. 어이가 없어서 그녀는 저도 모르게 헛웃음을 터뜨렸다.

"하! 진짜……."

그녀는 TV 속의 임진하를 매섭게 노려보다가 겨우 정신을 차리고 표정을 수습했다. 다행인지 불행인지 손님으로 위장한 사람들은 그녀에게 일말의 관심도 두지 않고 혹시나 임진하가 올까 가게 바깥을 힐끔거릴 뿐이었다.

―내가 바쁠 거라고 했잖아? 장사는 잘되나?

"장사는 개뿔……."

율리가 이를 갈면서 중얼거리다 목소리를 낮추었다.

"가게 번호는 어떻게 알았어요?"

―내가 거기 몇 년 단골인데?

뻔뻔하지만 맞는 말이라 그녀는 할 말이 없었다.

"무슨 일로 전화하신 건데요?"

―어때? '임진하 효과' 좀 보고 있어?

왜일까? 이 남자가 너무 얄미워서 율리는 혈압이 빡 차올랐다.

"효과는 무슨! 아주 개판이거든요?"

그녀의 노기 섞인 대꾸에 그는 잠시 대답하지 않았다.

지금만 해도 순정 만화 코너에서 자기들끼리 소곤거리는 중학생 둘, 당당하게 임진하를 보러 왔다고 말하는 여자, 벌써 몇십 바퀴를 뱅글뱅글 돌고 있는 사람과 온갖 로맨스 소설을 집었다 놓는 여자까지…… 가관이었다.

"아니다. 효과를 보긴 했네."

의기양양하게 높아진 그의 콧대가 좀 꺾였나 싶어서 그녀가 콧방귀를 뀌고는 조소를 흘렸다.

"내 멘탈이 박살 나는 효과."

요즘 대부분의 사람들은 책을 읽지 않는다. 공짜로 빌려 볼 수 있게끔 도서관도 정비가 잘되어 있는데 그곳조차 이용하지 않는 사람들이 돈을 내고 책을 볼 리가 없었다. 애초에 독서에 관심이 있거나 책에 흥미가 있는 사람이 아니고서는 손님이 될 가능성조차 없다는 것이다. 그리고 여기 온 사람들은 독서에도, 어느 책에도 관심이 없는 사람들이었다.

'피곤해.'

율리가 한숨을 푹 내쉬었다. 그 한숨은 전화를 타고 진하에게까지 전해졌다.

―정확히 무슨 상황인데?

"이게 그쪽……."

상황 설명을 하려던 율리는 벌린 입을 다물어 버렸다. 그새 신간 코너로 이동한 다섯 번째 여자가 자신을 의심스럽게 쳐다보고 있기 때문이었다. 도둑이 제 발 저리다고 하지 않은가?

여기서 임진하에게 구구절절 설명한다 해서 그가 이 문제를 해결해 줄 것도 아니고, 괜히 대화 도중에 전화 상대의 정체가 들통나면 그녀 자신만 곤란해질 테니 입단속이나 하는 편이 나았다.

"됐어요. 더 이상 용건 없음 끊을게요."

　―음, 그러니까 지금 좀 곤란한 상황이다?

"네, 아주 곤란하니까 끊을게요. 안녕히 계세요."

무표정을 유지하면서 율리가 매몰차게 전화를 끊었다. 괜스레 가시방석에 앉은 것처럼 몸과 마음이 불편했다. 이곳에서 그토록 임진하를 오매불망 기다리고 있는 사람들은 율리 자신이 그와 통화했다는 걸 상상이나 할까?

율리는 턱을 괴고 끙 앓는 듯한 소리를 냈다. 죄책감과 비슷한 감정이 그녀의 마음을 짓눌렀다.

어느새 TV에서 진하의 모습은 사라져 있었다. 지루한 인내의 시간만이 가게 안을 메우고 있었다. 먼저 나가떨어진 쪽은 한 여학생이었다.

"오늘은 안 오나 봐. 그냥 가자. 학원 가야 하잖아."

친구보다 팬심이 적은지, 여학생은 불만스럽게 친구의 옆구리를 찌르고 있었다. 나가는 분위기가 만들어지면 다른 사람들도 따라 나갈지 모른다. 율리는 기대를 품고 사람들을 곁눈질했다.

결국 친구의 닦달을 이기지 못해서 여학생 둘은 가게를 나갔다. 좁은 실내를 빙글빙글 돌던 여자도 다리가 아픈지 쪼그려 앉았다가 다 들리게끔 한숨을 내쉬고는 신간 책꽂이에 꽂힌 핑크빛 표지의 소설책을 꺼내 들었다.

"저 이거 빌릴게요."

"네?"

그래도 양심은 남아 있나 보다.

"근데 저 여기 처음이라서 등록해야 하는데요."

당황한 율리는 멍하니 있다가 정신을 차리고 오랜만에 신입 회원 등록을 했다. 몇십 분을 뱅뱅 돌던 여자는 근처 아파트 단지 주민이었다.

"이거 신간이라 내일 갖다 주셔야 해요."

"네."

여자는 무척 쿨하게 계산을 마치고 힘없이 터덜터덜 걸어서 나갔다.

'이게…… 임진하 효과?'

고개를 갸웃거리던 율리는 남은 두 사람과 눈이 마주쳤다. 가장 마지막으로 온 여자는 오만상을 찌푸리고 휙 나가 버렸고, 로맨스 소설 코너에 못 박힌 듯이 서 있던 사람은 가게 안에 자신만 남자 당황스러운지 주변을 두리번거리다가 유리창 바깥을 보고는 웅얼거렸다.

"비 올 것 같은데?"

그녀의 말에 율리도 창밖으로 시선을 돌렸다. 언제 맑았냐는
듯 바깥은 어둑어둑하고 흐려져 있었다. 소나기의 전조처럼 습
한 기운이 느껴지기 시작했다.

"어, 저, 우산을 안 가지고 와서…… 죄송합니다!"

여자는 이것이 기회라고 여겼는지 말과는 정반대인 아주 밝은
얼굴로 후다닥 가게를 뛰쳐나갔다.

오후 내내 사람들이 끊이지 않았던 가게가 전처럼 고요해졌다.

왜일까? 율리는 갑자기 찾아온 평화가 낯설었다. 아까까지만
해도 사람들에 치여서 질식할 것만 같았는데 말이다.

곧 비가 쏟아졌다. 우박만큼 큰 빗방울인지 비 내리는 소리가
시원하다 못해 시끄러웠다.

"요즘 소나기가 잦네."

율리는 아직 열려 있는 출입문을 닫기 위해 몸을 일으켰다. 이
렇게 비가 오는 날은 그 남자와 처음 만난 날을 연상케 한다. 문
을 닫은 후 그녀는 바깥을 아무 생각 없이 바라보았다. 바람에
휩쓸린 빗방울들이 유리창을 때렸다. 이렇게 비가 내리면 귀찮
아서라도 사람들은 가게에 오지 않을 것이다.

늦은 오후에 비까지 내리니 꼭 저녁처럼 어두워졌다. 누가 지
척까지 와도 알아채지 못할 만큼 비는 거세게 내렸다. 그 빗발
사이를 뚫고 자동차 헤드라이트가 빛났다. 그 강렬한 불빛은 점

점 가까워지고 이내 차의 형체가 흐릿하게 보이기 시작했다.

'뭐지?'

가게가 있는 상가 건물에 볼일이 있는 걸까?

율리의 예상은 어느 정도 맞아떨어졌다. 아무도 지나다니지 않는 거리에 홀로 움직이던 차는 대뜸 가게 앞에 멈추어 섰다. 헤드라이트가 꺼지기 무섭게 운전석에서는 모르는 남자가 내려서 소나기를 퍼붓는 하늘을 보고 불만스러운 표정을 짓다가 가게로 다가왔다.

흠칫 놀란 율리가 한 걸음 뒤로 물러서기 무섭게 그 남자가 가게로 달려와 출입문을 열었다.

"헉!"

놀라서 숨을 벌컥 들이마신 사람은 율리가 아니라 그 남자였다. 그새 비에 쫄딱 젖은 남자는 율리와 정면으로 마주칠 것을 상상도 못 한 듯 낮게 중얼거렸다.

"어, 어헉! 귀, 귀신인줄……."

정말 뜬금없는 소리라 율리는 대꾸할 말이 없었다. 그녀는 그저 그를 경계하며 조심스레 물었다.

"누구…… 세요?"

"아, 예! 여기 사람 없나요?"

"……네?"

질문에 대답을 하기는커녕, 율리의 뒤쪽을 두리번거리며 유심히 살피던 남자는 순박한 얼굴로 헤헤 웃으면서 다시 차로 돌아갔다. 비를 피하는 것을 이미 포기한 듯 그는 내리는 비를 그대로 맞으며 뒷좌석 문을 열었다. 도대체 이 상황이 뭔지 파악할 수가 없어서 혼란스러운 율리는 미간을 찌푸렸다.

문이 열렸지만 안타깝게도 새카만 장우산을 펴는 바람에 차에서 내린 사람의 정체를 알 수가 없었다. 처음에는 또 '임진하 광팬'인가 했다. 기사 딸린 차를 타고 다니는 어느 집 사모님이 이 작은 가게까지 행차했나 싶었는데, 우산 밑으로 보이는 다리가 사모님의 다리는 아니었다.

그보다는 뭐랄까, 왠지 좀 낯익은 것 같기도…….

"닭 배달 왔다."

"히익!"

그 사람의 정체를 알자마자 율리가 혼비백산했다. 우산을 접고 의기양양하게 비닐 봉투를 내민 남자는 '임진하 광팬'이 아니라 그냥 '임진하'였다.

"여, 여길, 어떻게, 아니, 왜, 여길?"

당황을 떠나 무진장 놀란 율리는 반사적으로 주변을 휘휘 둘러보고는 진하의 팔뚝을 잡고 안으로 홱 끌어당겼다. 만약 이 근처에 혹시라도 이 인간 팬이 있다면 정말 끝장이다 싶어 손바닥에 식은땀이 몽글몽글 솟았다.

"격렬한 환대가 고맙기는 한데……."

그녀의 초조한 마음과는 180도 달리, 그가 어깨를 으쓱거리면서 씩 웃었다. 오늘 고통의 원인을 눈앞에 두자 그녀는 두통이 오는 것만 같았다.

"여길 오면 어떡해요?"

"비가 이렇게 내리는데 누가 온다고."

진하는 여유 만만하게 카운터 위에 비닐 봉투를 내려놓았다. 율리는 불안한 눈으로 가게 밖을 살폈다. 거세게 내리는 비 때문에 보이는 것은 오로지 임진하가 타고 온 차뿐이었다.

"거기 문 좀 잠가 두면 되잖아. 손님도 없으면서."

"밖에 계신 분은……."

"걔는 차에 있으면 돼. 문이나 잠가."

그녀는 떨떠름한 얼굴이었으나 그의 말을 순순히 따랐다. 출입문 잠금쇠를 돌려놓고 잠깐 자리를 비웠다는 팻말을 건 뒤, 그녀가 카운터로 돌아왔다.

"어떻게 온 거예요?"

진하는 율리의 심각한 얼굴을 빤히 쳐다보다가 혀를 찼다.

"다 죽을 것처럼 말하더니만."

"아까까진 사람 많았거든요?"

썰물처럼 우르르 빠져나가서 망정이지, 아니었으면 정말 큰일 날 뻔했다.

"그래, 나 때문에 수고 많았어. 닭이나 먹어."

"……웬 치킨이에요?"

"힘들어 죽는 소릴 하기에 먹고 기운이나 내라고. 앉아서 먹어."

진하의 사고 회로를 도통 이해할 수가 없어서 율리는 이해를 포기하고 망연히 치킨만 내려다보았다. 군침이 도는 익숙한 냄새가 그녀의 마음을 그나마 조금 누그러뜨렸다. 그녀는 오늘 하루 종일 앉아 있던 의자에 다시 앉았다. 카운터를 사이에 두고 선 그가 그녀를 응시하다가 치킨으로 시선을 돌렸다.

"새 중에서는 닭이 제일 맛있는 것 같아."

"닭 말고 뭘 또 먹었는데요? 오리?"

"여러 가지?"

에둘러 대답한 그가 의뭉스러운 미소를 흘렸다. 참새구이라도 먹었겠지, 하며 그녀는 그다지 신경 쓰지 않고 눈에 띄는 다리를 집었다. 그런데 어째 혼자 먹으려니 민망한 것도 같아 그녀가 슬쩍 말했다.

"안 드세요?"

"너한테 전화했을 때 이미 한 마리 먹었거든. 이건 널 위해 사온 거야. 특별히."

마지막 단어에 강세를 둔 그는 칭찬을 바라는 어린아이처럼 웃어 보였다.

"아, 네. 감사합니다."

물론 차율리는 덤덤하게 인사할 뿐이었다. 불만족스러웠지만 진하는 그녀가 닭다리를 한 입 베어 무는 것까지 보고 신간 코너로 고개를 돌렸다.

"뭐 재미있는 거 안 들어왔어?"

"네."

고기를 우물우물 씹으며 그녀가 심드렁하게 답했다. 그가 미간을 좁히고는 믿을 수 없다는 투로 되물었다.

"진짜야?"

"네, 드래곤 나오는 건 한 권도 안 들어왔어요."

"요즘 작가들은 왜 드래곤을 무시하는 건데?"

"그러게요. 관심이 없나 보죠."

대강 맞장구를 쳐 주며 율리는 치킨을 흡입하기 바빴다. 신경이 날카로워진 채로 오랜 시간을 보내서인지 배가 고팠던 모양이다. 튀김옷 사이로 기름과 함께 흐르는 육즙이 끝내줬다. 그때 진하가 대뜸 무게를 잡았다.

"차율리."

"네?"

"너도 드래곤은 관심 없어?"

느끼한 맛을 없애기 위해 율리는 치킨 무를 하나 입에 넣었다. 상큼한 무가 아삭아삭 씹히니 속이 다 시원해졌다. 이런 상황에서 드래곤 따위가 무슨 상관이란 말인가? 그녀는 솔직해졌다.

"별로 관심 없는데요."

"왜?"

임진하는 마치 자기부정이라도 당한 양 심각해 보였다. 율리는 봉투 안을 뒤적거리다가 이번에는 날개를 집고 되는대로 대답했다.

"전 별로 파충류는 관심 없는데……."

"드래곤이…… 파충류야? 도마뱀 같은 거라고?"

드래곤 마니아에게 충격적인 이야기였나 보다. 엄청나게 상처 받은 듯 하얗게 질린 진하를 보자, 율리는 쓸데없는 죄책감이 일렁거렸다. 율리가 눈가를 찡그리며 수습하고자 애를 썼다.

"아닌가? 실재하는 게 아니라 모르겠네요. 근데 드래곤은 한물 갔잖아요."

"드래곤은 파충류가 아니야."

"아, 그래요? 그럼 뭐지? 양서류인가?"

"양서류도 아니야. 그냥…… 그냥, 그냥 드래곤이지……."

왠지 오늘따라 그의 목소리에 힘이 영 없어 보였다. 아무렴 어떠냐는 식으로 그녀는 고개를 끄덕였다.

"나 저녁 스케줄 있어서 이만 가 볼게."

풀이 푹 죽은 진하는 걸음을 돌렸다. 신간도 없고 치킨 배달도 마쳤으니 볼일은 다 본 셈이었다. 그가 출입문 손잡이를 잡자 그녀가 벌떡 일어났다.

"어? 문 잠겨 있……."

덜컹!

출입문을 열고 유유히 떠나려 했으나 슈퍼스타 임진하는 대여점 유리문 따위에 가로막혔다. 어색해진 손을 손잡이에서 뗀 그가 바닥에 떨어져 있는 우산을 집어 들고는 복잡한 눈빛으로 율리를 쳐다보며 투덜거렸다.

"뭐해? 문 안 열고?"

율리는 손에 묻은 기름을 대충 옷에 슥 닦고 잠금쇠를 풀었다.

"안녕히 가세요. 치킨은 고마웠어요."

어느새 비는 그쳐 있었다. 진하는 우산을 펴지 않고 바로 앞에 있는 차 뒷좌석에 올랐다.

*　　　*　　　*

빡빡한 하루 스케줄을 전부 소화했음에도 피곤한 기색 하나 없이 진하는 자신이 소속되어 있는 소속사 사무실을 찾았다.

임진하의 일정이 세분화되고 바빠지면서 그의 주변에서 일하는 사람들도 늘어났다. 이제 막 신입으로 입사한 매니저는 진하의 걸음을 따라잡지 못해 숨이 턱 끝까지 차올랐다.

"어휴, 형! 어디…… 어디 가세요? 집에 안, 안 들어가세요?"

"대표이사 좀 보려고."

"네에?"

인기 스타의 뜬금없는 대답에 신참 매니저가 저도 모르게 걸음을 멈추었다. 친구처럼 대표이사를 언급하는 진하를 매니저가 멍하니 쳐다보았다. 그러나 진하는 어디서 나온 배짱인지 거침없이 대표이사실로 향했다. 이미 비서들은 퇴근한 상태였고 아무런 제지 없이 그는 대표이사실 문을 열 수 있었다.

"나한테 연락 온 것 없나?"

진하의 입에서 나온 예의 없는 말에 매니저는 눈앞이 새하얘졌다. 아무리 임진하가 인기 스타라고 해도 나이를 두 배는 먹은 듯한 대표이사에게 하대를 할 수 있단 말인가?

밤이 꽤 깊었는데도 대표이사실은 비워져 있지 않았다. 소속사 대표를 맡고 있는 중년 여성은 제 나이답지 않게 세련된 바지 정장 차림이었다. 그런 그녀에게 문을 열자마자 임진하는 대뜸 반말로 말을 건넨 것이었다. 이런 말도 안 되는 상황에 매니저는 당황할 수밖에 없었다. 왜냐하면 촬영 현장에서 임진하는 싹싹하기 그지없는 태도를 보였으니까!

인기가 하늘을 찌르지만 싹싹하고 바른 배우.

주변 사람들의 임진하에 대한 평가는 그러했다. 그는 선배에게 깍듯했고, 동료에게 싹싹했고, 심지어 막내 스태프들에게도 예의를 지켰다.

그런 임진하가 정작 소속사 대표이사에게 하대라니, 신입 매니저로서는 상상도 못 할 일이었다.

"아……."

그러나 소속사 대표는 불쾌한 기색은커녕 난처한 듯 신참 매니저에게 눈길을 보냈다. 그녀가 대답하지 않자 진하도 그녀의 시선을 따라 매니저를 돌아보았다. 우습게도 창백하게 질려 있는 매니저에게 진하가 건넨 말은 매우 일상적인 것이었다.

"민호, 너 퇴근 안 해?"

"네?"

"스케줄도 다 끝났는데 왜 여기까지 쫓아오고 그래?"

"네에?"

'퇴근하라는 말 한 마디 하지 않았으면서!'

……라고 외치고 싶었으나 신입인 터라 민호에게 배짱 같은 것이 있을 리 없었다. 빼어난 외모의 대표이사는 너그러운 미소를 지어 보이는 것으로 축객령을 대신했다.

매니저 민호가 엉거주춤 자리를 뜨고 나자 대표이사실에는 심상찮은 공기가 내려앉았다. 어딘가 서늘하고 축축한 느낌의 공기는 두 사람에게 익숙했다.

"연락이 왔을 리가 없지요."

진하의 하대와는 반대로 대표이사는 존대를 했지만 의외로 분위기는 자연스러웠다. 그는 불만스러운 투로 혀를 차며 손님용 소파에 몸을 묻었다. 고급 소파가 그의 몸을 포근하게 감쌌다.

대표이사는 여전히 선 채로 담담하게 말문을 열었다.

"많이들 죽었을 겁니다."

"그렇겠지."

인간은 유한한 존재니 말이다.

"이 작은 땅에서도 온갖 일이 일어났었으니까요."

"그래도 끈질기게 살아남을 놈들이야. 안 그런가?"

혐오스러운 감정이 물씬 느껴지는 대꾸에 대표이사가 소리 없이 한숨을 뱉었다.

"흑룡."

'임진하'가 아니라 '흑룡', 그러나 그들에게는 인간의 이름보다

더욱 낯익은 호칭이었다. 진하는 대표이사를 물끄러미 올려다보았다. 무저갱처럼 까만 눈동자에 보통 사람이라면 겁을 집어먹었을 텐데도 중년 여성은 여유로웠다.

"우린 인간을 해치기 위해 나온 것이 아니잖습니까?"

질문이 정곡을 찔러서일까? 진하는 입을 꾹 다물어 버렸다. 그의 불만스러운 표정이 썩 좋지 않은 기분을 대변했다.

다섯 용족 중 흑룡은 가장 자존심이 드높고 승부욕도 강했다. 게다가 호승심도 강해 싸움을 걸고 받아들이는 것도 즐기며 자신의 능력을 맹신하기로 유명한 게 흑룡들이었다. 그중에서도 임진하는 가장 오래된 흑룡이었다. 그 성질머리를 억누르고 인간 사이에 섞여 있는 것만 해도 놀라운 일이었다.

"애먼 인간을 해치는 것이 아니야."

"그들도 인간입니다."

"드래곤 슬…… 아니, 용살자 놈들은 씨를 말려 버려야지."

판타지 소설 애독자 임진하는 용살자를 자연스럽게 드래곤 슬레이어라 칭할 뻔했다. 드래곤 슬레이어가 주인공인 판타지 소설을 보며 얼마나 주인공이 죽기를 바랐던가. 안타깝게도 그 주인공에게 드래곤들이 픽픽 쓰러져 나가서 임진하는 쓸데없는 투지를 불태운 적도 있었다. 물론 진하의 취미를 모르는 대표이사로서는 그의 말실수를 알 리 없었다.

"그들도 많이 사라졌어요."

수없는 전쟁, 약탈, 그리고 근대 식민지 시절과 큰 전쟁까지…… 살아남기 어려운 환경에 대대로 기록을 전승하던 용살자 가문도 찾아보기 힘들어졌다. 그녀의 주장을 뒷받침이라도 하는 듯, 흑룡을 제외한 용들은 용살자를 본 적이 없었다.

"설사 살아남았다 할지라도 요즘 같은 세상에 용의 존재를 믿는 사람이 어디 있겠어요? 다 옛이야기로 남아 있을 터지요."

용과 용살자는 기이한 관계였다. 용은 본능적으로 용살자에게 이끌리고, 용살자는 약해진 용을 어렵지 않게 살해한다. 역린에 감히 칼을 꽂을 수 있는 자들. 인간들 중에서 용을 살해할 수 있는 유일무이한 존재가 바로 용살자였다. 어찌 인간 따위가 용에게 대적한단 말인가? 이해할 수 없는 자연의 섭리를 진하는 늘 부정하고 싶었다.

대표이사는 아무 말 없는 진하를 물끄러미 바라보았다. 임진하는 인간도 좋아하지 않지만 무엇보다 용살자에게 오랜 증오를 가지고 있었다. 물론 그녀도 자세한 사정은 모른다. 둘도 없는 친우라 믿었던 인간에게 배신당했다는 정도만 알 뿐이었다.

2012년, 그가 다시 인간들 틈에 끼어들었을 때 그는 손쉽게 자신의 존재를 드러내는 방법을 제일 먼저 찾았다. 그가 이번 생의 목적으로 삼은 것이 용살자 처리였기에 존재를 알려서 용살자들이 찾아오게끔 만들려는 생각이었다.

그리고 마침내 그가 선택한 방법은 브라운관에 얼굴을 내비치는 방법이었다. 얼굴과 이름을 알리는 것은 어렵지 않았다.

"닭이나 한 마리 드시고 들어가시지요?"

"먹었어."

자리에서 벌떡 일어난 진하가 입술을 삐죽이다가 대표이사실에서 휙 나갔다. 자신보다 오랜 시간을 더 살아온 자의 어린애 같은 태도에 그녀는 그저 웃기만 했다.

* * *

주말 내내 시달렸던 율리는 출근 후에야 겨우 평화를 되찾았다. 월요일 오전 직원회의를 앞두고 율리는 이제 막 출근하는 화정과 마주했다. 그리고 이 친구가 율리를 보고 제일 처음 한 소리는 바로 이것이었다.

"너 어디 아파?"

"뭐야? 만나자마자?"

"너 안색이 완전……."

화정은 율리의 몰골이 좀비 같다고는 차마 끝까지 말을 잇지 못했다. 율리가 피곤한 눈가를 비비자 화정이 기겁하며 율리의 팔을 꽉 붙들었다.

"주름 생겨! 화장 번져!"

주름이라니…… 아직 앞날이 창창한데도 율리는 문득 자신이 폭삭 늙어 버린 기분이 들었다. 율리는 화정을 흘겨보고는 한숨을 내쉬었다.

"주말에 너무 피곤했어."

"뭐 했는데? 집에 무슨 일 있어?"

율리가 고개를 저었다. 엄마 대신 가게를 보며 사람을 상대하느라 죽을 뻔했을 뿐이다.

물론 임진하 팬인 화정에게 솔직하게 말할 수는 없었다. 막무가내인 친구는 아니지만 혹시라도 화정이 서현이나 다른 사람들처럼 진하와의 연결을 부탁할 수도 있었고, 친구의 부탁을 거절하는 건 어려운 일이니까.

"참, 회사 완전 난리더라."

"왜?"

"자세한 건 모르겠고 무슨 서류에서 실수가 있었나 봐. 그거 때문에 주말에 난리였다는데, 못 들었어?"

아무것도 들은 바 없는 율리가 눈을 동그랗게 떴다. 어떤 서류가 잘못 작성되어서 클라이언트가 손해를 보게 생겼다는 화정의 설명이 이어졌다. 율리는 회사가 그토록 바빴는데도 자신에게 연락 한 번 없었다는 사실이 문득 불안해졌다.

"무슨 서류였는데?"

"글쎄, 내가 만든 서류가 아니라 잘 모르겠는데 법원에 증거 자료로 제출해야 하는 서류에 뭐가 잘못됐다고 하더라고."

법원에 제출해야 할 증거 자료. 말을 듣던 율리의 안색이 하얗게 질려갔다. 금요일 퇴근 전, 마지막으로 꾸민 서류가 증거 자료였기 때문이었다.

"그거 내가 한 것 같은데······."

"뭐어?"

화정도 할 말을 잃고 율리를 쳐다보았다. 오전 회의가 코앞이었고, 율리는 제 발이 저려 미칠 노릇이었다. 이미 사고 회로가 모두 멈춰 버려서 어디서 실수를 했는지 감도 잡을 수 없었다.

"서, 설마! 에이, 그럼 너한테 바로 연락이 갔겠지. 넌 연락 못 받았다며?"

화정이 어색하게 웃으면서 친구를 안심시키려 애를 썼다.

"그렇…… 겠지?"

화정의 말이 일리가 없는 것도 아니라 율리는 긍정적으로 생각하려 노력했다. 맞다. 큰일이 났으면 문제를 만든 사람에게 바로 연락이 와야 하는 것이다. 그런데 주말 내내 휴대폰은 조용했고 회사에서는 전화 한 통 없었다. 온몸을 내리누르던 불안이 조금 걷어질 무렵, 오전 회의를 앞두고 율리의 직속 사수가 율리를 불렀다.

"차변, 잠깐 나와 봐."

사수의 딱딱한 목소리와 어두운 표정이 겨우 걷어지던 불안을 다시 불러 모았다. 율리가 마른침을 삼키고 일어났다. 화정의 눈동자가 파르르 흔들렸다.

지금쯤 오전 회의 준비로 분주해야 할 회의실에 오늘은 웬일로 율리와 율리의 사수, 둘뿐이었다. 시베리아에 온 듯, 회의실 분위기가 급속도로 떨어지기 시작했다.

"주말에 무슨 일 있었는지 모르지?"

"네……."

율리의 대답에 사수는 한숨만 크게 내쉬었다. 본능적으로 알 수 있었다. 주말에 회사가 뒤집어진 이유가 자신의 탓이라는 것을.

"차변이 꾸민 서류에 클라이언트한테 불이익이 갈 만한 내용이 들어가 있었어. 저번에 승소한 거 말이야, 빼기로 했는데 그냥 넣었더라? 보기엔 비슷해 보여도 돌아가는 양상이 완전히 다른데 왜 그랬어? 이런 건 실수하면 안 되는 거 아냐?"

"그, 그게……."

율리는 입이 열 개라도 할 말이 없었다. 지금 맡은 사건은 리모델링 전문 건축 업체와 고객 간의 분쟁이었는데, 현재 율리의 회사는 건축 업체 쪽 의뢰를 받았다. 문제는 그 건축 업체가 툭하면 소송에 걸리는 악덕 업체라는 데 있었다.

물론 그럴 때마다 율리의 회사가 사건을 담당했었다. 이 업체가 비슷한 분쟁으로 전에 승소한 적이 있어서 아무 생각 없이 참고삼아 넣은 게 화근이었다.

"제대로 검토하지 않고 넘겨 버린 내 탓도 있지. 내가 확인했어야 했는데……."

"죄송합니다."

율리가 고개를 조아렸으나 한탄하던 사수는 고개를 흔들 뿐이었다.

"일단 수습은 해 볼 건데, 담당 판사가 좀 깐깐한 양반이라 어떻게 될지 모르겠다. 어제 비상 회의에서 이사님들은 차변 당장 자르라고 했어. 회사에 손해를 끼쳐도 어느 정도까지 끼쳐야지, 이건 뭐 아예 엿 먹고 패소하자는 거 아니냐고."

그 정도의 실수였을 줄이야.

그 순간 숨이 목구멍에 턱 막혀서 율리는 죄송하다는 말조차 나오지 않았다. 1년 계약직. 열심히 해서 계약 연장을 하려는 꿈은 이미 저 멀리 사라지고 말았다. 이 상황에 상사의 바짓가랑이라도 잡고 늘어져야 하는데 그럴 자신도, 배짱도 없었다.

"오늘은 차변한테 시킬 일 하나도 없으니까 그만 돌아가 집에서 대기하고 있어. 오전 회의 때 아마 차변 거취 결정 날 테니까."

그 말을 끝으로 율리의 사수는 휑하니 회의실을 나가 버렸다. 홀로 남은 율리는 눈앞이 아찔해져서 비틀거리다가 회의실 벽을 잡고 겨우 제대로 섰다.

"어떡하지?"

혼잣말은 아무런 도움도 되지 못했다.

망했다.

회사를 나선 이후로 율리의 머릿속에는 그 세 글자만 빙빙 맴돌았다. 가뜩이나 좁은 업계에는 소문도 잘 돌았다. 이대로 잘린다면 수습 기간에 회사에 손해를 끼쳐서 내쫓긴 신입을 써 줄 회사는 없을 것이다.

'어, 어떡하지?'

혼자 고민한다고 해서 길이 열릴 리는 없었다. 운전대를 잡은 율리의 손이 덜덜 떨렸다. 그때 뒤에서 빵빵, 클랙슨 소리가 울렸다. 깜짝 놀란 율리가 고개를 들어 신호를 쳐다보았다. 어느새 직진 신호가 켜져 있었다. 걱정 속에서 허우적거리느라 신호도 잊었다.

세상에 죄송할 것투성이었다. 앞이 캄캄했지만 율리는 정신줄을 꼭 붙들고 집에 도착할 수 있었다. 대문을 열고 들어가는 그녀의 어깨가 축 처졌다.

"그런 거 안 믿는다고 했잖습니까!"

가족 모두가 출근한 아침, 비어 있어야 할 집에서 말소리가 들렸다. 현관문을 빼꼼 열고 들여다보니 출근한 줄 알았던 아빠가 거실에 있었다. 곧, 할머니 목소리가 이어졌다.

"믿고, 안 믿고 그런 게 아니라 그냥 고인이 그런 말을 남기고 가셨으니까 생각이라도 해 보라는 거지."

'할머니가 왜 오셨지?'

아빠도 출근하지 않았고 거기에 할머니까지 웬일로 집을 방문했다. 가는 날이 장날이라더니, 회사에서 쫓겨난 날 집에 사람이 있을 건 또 뭐란 말인가.

"하여튼 미신 얘긴 하지 마세요. 말도 안 되는 소릴 하고 있어, 노인네들이."

단호히 대꾸하고 나서 뒤돌아선 아빠와 율리의 눈이 딱 마주쳤다. 아빠는 헛것을 본 사람인 양 눈을 비비고 나서 다시 율리를 쳐다보았다.

"율리, 너 출근한 거 아니었어?"

"어, 오늘…… 휴가인 걸 깜빡해서 그만 출근을……."

되는대로 말을 둘러댄 율리가 어색한 동작으로 슬금슬금 들어왔다. 거실 소파에 앉아 있던 할머니가 율리를 보고 반갑게 웃었다.

"아이고, 우리 강아지! 아니지, 변호사 선생님 오셨네?"

"안녕하셨어요?"

할머니가 말한 '변호사 선생님'이라는 말이 유난히 부담스럽게 느껴졌다. 율리는 지친 한숨을 애써 삼키고 아빠에게 물었다.

"왜 집에 계세요?"

"작은할아버지 돌아가셨다고 해서 상갓집 가려고."

"아……."

그러고 보니 할머니도 검은 양장 차림이었다. 작은할아버지라…… 율리는 친손자도 아닌 자신을 예뻐하고 아껴 주던 작은할아버지의 얼굴을 떠올렸다. 어렸을 적엔 그래도 명절 때 몇 번 뵙기는 했었는데 벌써 돌아가시다니.

"그럼 거기 엄마도 가요?"

"응, 방금 전화 넣었다. 아, 너 오늘 쉰다니까 엄마 가게 보면 되겠다."

"전 안 가도 괜찮고요?"

그래도 꽤 예쁨을 받고 이런저런 옛이야기도 들려주던 어른의 마지막 가는 길에 참석해야 하지 않을까 싶어 율리가 조심스레 물었으나 아빠는 탐탁잖은 듯 손을 내저었다.

"넌 됐어. 가게나 봐."

율리는 고개를 끄덕이고 방으로 들어갔다. 그제야 참은 한숨이 튀어나왔다. 먼 친척의 장례식도 장례식이지만 당장 닥친 현실이 너무나도 끔찍했다.

'잘리고 다신 취직 안 되면 어떡하지?'

마음 같아서는 침대에 드러누워서 현실을 부정하고 싶은데 그럴 수도 없었다. 일단 율리는 옷을 갈아입고 휴대폰만 챙긴 채 방 밖으로 나왔다. 가게 문을 닫고 돌아온 엄마가 율리를 보고 갸웃거렸다.

"왜 집에 있냐?"

"오늘 휴가더라고…….."

"회사 나간 지 며칠이나 됐다고 벌써 휴가야?"

엄마가 의심스럽게 캐물었지만 율리는 입을 꾹 다물고 가게 열쇠를 넘겨받았다. 율리는 엄마가 더 말을 붙일세라 거실에 앉아 있는 할머니에게 인사를 하고 재빨리 집에서 도망쳤다.

집에서 가게까지는 걸어서 5분도 걸리지 않았다. 바닥까지 내려진 셔터를 열고 다시 대여점 문을 연 율리는 익숙한 의자에 털썩 주저앉았다.

'엄마 가게 알바가 내 천직이 아닐까?'

……라는 말도 안 되는 생각을 하며 늘어져 있기를 한참, 역시 손님은 오지 않았다. 멍하니 허공을 바라보다가 우울해하기를

몇 번 반복하던 율리는 문득 어른들이 간다는 상갓집 생각에 고인이 된 작은할아버지를 떠올렸다.

작은할아버지는 어렸을 적 시골에서 처음 보았었다. 얼굴은 잘 기억나지 않지만 작은할아버지가 그 누구보다도 유난히 율리 자신을 예뻐해 주던 기억이 있었다. 고사리 같은 손에 달콤한 과자를 쥐어 주면서 작은할아버지는 그녀에게만 전래 동화 같은 걸 풀어 주곤 했다.

현실을 무시하고 싶어서일까? 율리는 오래된 기억을 헤집기 시작했다. 메주 쑤는 냄새가 코를 찌르던 따뜻한 방, 같이 놀던 사촌들은 뜨뜻한 아랫목에서 쿨쿨 잠들었을 무렵이었다. 아이들 먹을 간식거리를 들고 방 안에 들어온 작은할아버지는 인자한 표정으로 깨어 있는 율리에게 귤을 하나 건넸었다.

"너에게 갔구나."

알 수 없는 소리는 그게 처음이자 마지막이었던 것 같은데, 20년이 지난 지금까지도 머릿속에 바늘처럼 콕 박혀 있었다.

그 이후, 작은할아버지는 종종 전래 동화 비슷한 옛이야기를 했었다. 사람들 사이에 용이 섞여 사는데, 이로운 용도 있고 해로운 용도 있으며 그들은 인간의 규칙에 얽매이지 않고 자신들만의 규칙을 따르며 살아간다고. 그래서 나쁜 용이 더 이상 사람을 해치지 못하도록 율리가 혼내 줘야 한다는 것이 주된 이야기였다.

그러고 보니 몇 년 전에 유행했던 드래곤 나오는 판타지 소설과 내용이 꽤나 닮아 있었다. 어린 시절에도 재미있게 들었던 이야기들을 생각해 보면 작은할아버지는 이야기꾼 기질이 있었던 모양이다.

문득 율리는 그때로 돌아가고 싶어졌다. 따뜻한 아랫목에서 흥미진진한 옛날이야기를 들으며 아무 걱정도 없던 그 시절로.

하지만 현실은 냉정하기 그지없었다. 자신의 실수가 회사에 폐를 끼치고, 그래서 퇴사 당하게 생긴 얼음장 같은 현실이 그녀의 어깨 위에 단단하게 자리했다. 안다. 자신이 잘못한 걸 알기에 더욱 누구의 탓도 할 수 없다는 사실을.

"힝……."

괜스레 눈물이 핑 돌아서 율리는 눈가를 쓱 비볐다. 타이밍 나쁘게도 그때 손님이 들어왔다.

"어서 오세요."

"'청룡의 연인' 예약 없지?"

주말에 풀이 죽어 떠났던 것과 달리 신이 나서 들어온 손님은 임진하였다. 오전, 인기척이 뜸한 시간을 어찌 이리 잘 알고 오는지 모르겠다.

"잠시만요."

율리는 예약 책꽂이를 살폈다. 마침 오늘 아침에 엄마가 반납을 받았는지 '청룡의 연인'은 얌전히 책꽂이에 꽂혀 있었다.

"네, 지금 대여해 드릴까요?"

그러나 진하는 가타부타 대답은 않고 율리를 빤히 내려다보았다. 왠지 지고 싶지 않아서 책을 꺼내 든 그녀도 그를 물끄러미 쳐다보았다. 그는 배우라 그런지 평범한 옷을 입어도 일반 사람들과는 아우라가 달랐다. 어느새 그녀는 그에게 홀린 듯 시선을 떼지 못했다.

"울었나?"

"네?"

상상도 못 한 말이 진하의 입에서 튀어나왔다. 웬일로 나직하고 다정한 목소리가 달콤하게 귓가에 파고들었다. 자신에게 올곧게 꽂힌 그의 시선에 냉정한 현실은 잊히고 심장이 두근두근 뛰어서 그녀는 얼굴이 달아오르는 것만 같았다.

"아, 아니, 아닌데요."

겨우 부정의 말을 뱉고 나서 율리는 진하의 눈길을 피하고자 고개를 휙 돌렸다. 그는 흥, 콧방귀를 뀌고는 신간 코너로 걸음을 옮기며 얄밉게 말했다.

"혼자 울고 그러지 마. 청승맞게."

"안 울었다니까요!"

율리가 빽 소리쳤다. 그러거나 말거나 진하는 신간 중에 드래곤 나오는 책이 있는지 살펴보기 바빴다.

"'미녀 드래곤'? 이건 뭐야?"

"신간이에요? 잘 모르겠는데, 안 읽어 봐서."

"이런 게 있었으면 주말에 빌려줬어야지."

"몰랐다니까요."

역시나 드래곤 마니아답게 임진하는 '미녀 드래곤'을 꺼내 뒤 표지 소개문을 소리 내어 읽었다.

"칼란드 제국에는 숨겨진 미녀가 있다? 제국 최북단 깊숙한 산속 드래곤 보호구역, 콧대가 하늘을 찌르는 미녀 드래곤의 레어! 그곳은 남자들의 성역이었다. 영웅들도 손에 넣지 못한 미녀 드래곤, 알비에르! 신랑감을 찾기 위한 그녀의 남자 사냥기가……"

"으아아아! 좋은 목소리로 진지하게 읽지 말라고요, 그런 거!"

더 이상 제정신으로 들을 수 없어서 율리가 저도 모르게 귀를 막고 소리 높여 그의 말을 잘랐다. 그는 '미녀 드래곤'이 마음에 들었는지 책을 들고 와서 카운터 책상 위에 내려놓고 씩 웃으며 물었다.

"그래? 내 목소리가 좋아?"

"네? 뭐, 조, 좋기는 한데……."

"그런데?"

진하의 장난기 가득한 얼굴에 율리가 눈살을 찌푸렸다.

"……알면서 묻는 거죠?"

그는 대답하지 않고 낮게 웃을 뿐이었다. 그녀는 입을 꾹 다물고 책의 바코드를 찍었다. 대여 처리가 완료된 책을 가만 내려다보던 그가 '미녀 드래곤'의 상단에 인쇄된 19세 미만 구독 불가 딱지를 보고 중얼거렸다.

"빨간 딱지 붙어 있는데, 이거 야한 건가?"

"성인물이네요. 별로면 대여 취소해 드릴까요?"

"일거양득인데 왜 취소해?"

드래곤 나오는 이야기가 성인물이기까지 해서 대환영이었다. 율리는 진심으로 기뻐하는 진하를 보자 대외용 이미지란 도대체 뭔가…… 싶어졌다.

"신간이니까 내일 반납하세요."

"왜?"

아니, 이 사람이 대여점 몇 년 차인데 왜 갑자기 모르는 척이란 말인가.

"왜긴요? 연체료 물잖아요."

하지만 진하는 한쪽 입꼬리를 쓱 끌어 올리며 태연하게 대꾸했다.

"연체료 좀 물면 어때? 네가 좋은 거 알려 줬잖아."

"좋은 거요?"

"다 읽을 때까지 연체하면 된다며."

그 순간 율리는 뒷골이 확 당기는 경험을 했다. 이게 혈압이 오르는 느낌일까? 이럴 때 쓰라고 알려 준 팁이 아니었다.

"아, 진짜! 그건 어쩔 수 없을 때나 하시구요!"

"지금이 그때야. 내가 이따 저녁부터 스케줄 빡빡하거든? 모레나 글피쯤에나 반납할 거야."

뻔뻔하기 그지없는 그의 태도에 그녀는 기가 막혀서 말문이 콱 막혔다. 책상 위에 얌전히 놓인 두 권의 책을 보자마자 그녀는 재빨리 상황 판단을 하고 책을 잽싸게 낚아챘다.

"하! 그럼 지금 대여 취소해야겠네?"

"어허! 어딜?"

진하도 지지 않고 율리의 손목을 콱 잡았다. 갑작스러운 공격에 하마터면 책을 놓칠 뻔했지만, 두 권의 신간을 사수한 그녀가 의기양양하게 그를 응시했다. 그녀의 양쪽 손목을 힘주어 쥔 그는 의외라는 투로 말했다.

"안 놓네?"

놀라서 놓을 줄 알았더니만.

한편, 율리는 집념 가득한 눈으로 그를 올려다보았다.

"예에, 제가 곧 회사에서 잘리게 생겨서요. 장사라도 잘해야 하거든요? 신간을 며칠씩 갖고 계시겠다는 손님에겐 빌려드릴 수가 없습니다만?"

상냥한 목소리로 구구절절 사정을 말한 율리는 아차, 싶었다. 아무에게도 말하고 싶지 않은 현실을 아무렇지 않게 그에게 털어놓다니 말이다. 뜬금없는 소식에 진하가 장난스러운 표정을 지우고 진지하게 되물었다.

"회사에서 잘려?"

냉정한 현실을 스스로 긍정하고 싶지 않아서 그녀는 애꿎은 아랫입술만 잘근잘근 씹었다. 침묵을 긍정으로 알아들은 그가 다시금 물었다.

"변호산가 변리산가 그거라며? 그것도 잘려?"

"변호사도 돈 없으면 그냥 회사원이거든요. 그것도 계약직."

심지어 1년 계약. 물론 다른 직업보다 초반 월급이 적은 편은 아니지만, 고용 불안정은 이 바닥에도 존재했다. 그녀가 우울하게 받아치자 그는 혀를 찼다.

"그래? 네가 그 유명한 비정규직이구나. 난 또 전에 현수막도 달려서 개천 용이라도 되는 줄 알았더니만 개천 미꾸라지였네? 안됐다."

임진하는 안타까움이 뚝뚝 떨어지는 목소리로 위로 같지도 않은 위로를 했다. 율리는 울컥했지만 틀린 말도 아니라 반박할 수도 없었다. 현실을 맞닥뜨리니 그럴 기운도 싹 사라졌고.

"그런데 그건 네 사정이고. 책 안 줘? 나 빨리 가야 돼. 다른 사람 오면 어떡해?"

"내일 반납하시겠다면 드릴게요."

진하가 코끝을 찡그렸다. 스케줄상 내일 반납은 불가능했다. 이동하는 동안 책을 다 읽는다고 해도 오늘 저녁부터 내일, 그리고 모레 아침까지 지방 세트장에서 드라마 촬영이 있는 탓이었다.

"내일은 진짜 못 해."

"그럼, 반납 가능한 날 다시 오세요."

여의치 않을 때만 연체를 하라는 거지, 아예 연체할 생각으로 책을 빌려 가다니! 이런 뻔뻔한 선례를 두고 볼 수는 없었다. 한 치의 물러섬도 없이 율리가 무시무시한 기세로 바코드 기기를 다시 들 때였다.

"잠깐!"

그가 다급하게 그녀의 행동을 저지하고는 그녀의 이름을 또박또박 불러 주었다.

"차율리."

"왜, 왜요?"

진하가 나직한 목소리로 진지하게 자신의 이름을 부르자 율리는 심장이 바닥으로 툭 떨어지는 듯했다. 이내 그는 그녀의 왼쪽 손목을 놓더니 그 손을 그녀의 얼굴 쪽으로 뻗었다. 그녀의 시선이 절로 그의 손으로 쏠렸다. 배우는 손도 관리를 받는 건지, 길쭉길쭉하고 우아한 손이 그녀의 옆머리를 귀 뒤로 부드럽게 넘겨 주었다.

숨이 멎는 것만 같았다. 그의 손가락이 스치고 지나간 자취마다 열이 올라, 그녀는 목을 움츠렸다. 그가 다정하고 달콤하게 말했다.

"잘리면 말해. 내가 좋은 자리 하나 마련해 줄게."

"어우, 됐어요. 장난치지 마시죠."

겨우 이성을 되찾은 율리가 고개를 틀며 쌀쌀맞게 받아쳤으나 진하의 말은 청산유수로 이어졌다.

"장난 아닌데? 내 소속사에서 얼마 전에 법무팀인가? 그쪽에 사람들 많이 데려가더라고? 변호사면 그런 일 하는 거 아냐?"

"진짜요?"

연예 기획사 법무팀이라는 그럴싸한 말에 율리가 눈을 크게 뜨자, 그녀가 방심한 틈을 노려 진하는 책을 낚아채는 데 성공했다. 빈손을 보고 그녀가 꽥 소리를 질렀다.

"장난이었잖아!"

가슴 깊은 곳에서부터 배신감이 차올라 율리가 씩씩거렸다. 진하는 만족스러운 표정을 숨기지 않고 답했다.

"장난은 아니야. 내 번호 알지? 진짜 잘리면 나한테 전화해. 오늘의 은혜 꼭 갚아 줄 테니까."

결국 지고 만 그녀가 시무룩하게 중얼거렸다.

"이게 은혜까지 될 일은 아닌 거 같은데요."

"아무튼 혼자 울지 말고."

"안 울었다니까요!"

애써 부정했지만, 그는 다 안다는 듯이 웃어 보였다. 찔끔 나왔던 눈물을 정말 알기라도 하는 건가. 묘하게 가슴이 설레었다. 신간 두 권을 갖고 신이 나서 나가는 그의 뒷모습을 보자 어째서일까? 회사에서 잘려도 괜찮을 것 같다는 근거 없는 자신감이 솟았다.

*   *   *

―차변, 내일 나와서 정리해.

사수의 전화는 매몰찼다. 율리는 알았다는 대답밖에는 할 말이 없었다. 결국 회사에서는 율리를 자르기로 결정한 모양이었다.

또 어디에 이력서를 내야 하나, 눈앞이 막막했다. 어서 취직자리를 알아봐야 하는데 무기력해져서 아무것도 하고 싶지 않았다. 욱하는 마음에 율리는 진하에게 정말 전화를 걸어 볼까 하다가도 창피해서 연락할 엄두가 나지 않았다.

멍하니 허공만 바라보고 있는데 다시 휴대폰이 진동했다. 발신자는 친구인 화정이었다.

―차율! 걱정돼서 전화했어. 괜찮아?

"아, 응. 아직 실감이 안 나서."

―어떡해…….

울고 싶은 건 율리 자신인데, 정작 화정이 훌쩍거렸다.

"네가 왜 울어?"

―내가 아무 도움도 못 돼서 미안해.

친구의 정 많은 성격을 잘 아는 율리는 화정의 말이 진심임을 어렵지 않게 알 수 있었다. 화정은 아마 신입으로서 할 수 있는 데까지 율리를 변호했을 것이다. 하지만 신입의 권한은 회사 전화기보다도 못해서 화정으로서는 돕는 데 한계가 있었을 터. 그리고 무엇보다 이 상황을 만든 사람은 율리 자신이었다.

"네가 미안할 게 뭐가 있어? 괜찮아. 면허 박탈도 아닌데."

휴대폰 저편에서는 훌쩍이는 소리만 들렸다. 율리는 화정이 진정하기를 기다렸다.

―맞다. 차율, 혹시 모르니까 선배들한테 괜찮은 데 있냐고 물

어보자. 실수 한 번 했다고 내쫓는 이딴 데 말고!

화정의 말을 듣자 진하의 얼굴이 절로 떠올라 율리는 바로 극렬히 부정했다.

"아냐, 아냐. 나 진짜 그럼 쪽팔려서 얼굴도 못 들어."

─자존심이 어디 있어?

"진짜 괜찮아. 좀 쉬고 공부할까 생각 중이야. 내가 공부가 모자라서 그래."

방금 만든 계획일 뿐이었지만 율리는 화정의 오지랖을 억누르고자 여유로운 척을 했다. 율리 대신 열을 내던 화정이 곧 침착해졌다.

─그러면 내일 회사 와서 정리하는 거야?

"응, 그러래. 내일 마지막으로 점심 같이 먹을까?"

─마지막이라고 하지 마!

서러움이 북받치는지 화정이 다시 엉엉 울었다. 결국 율리는 화정을 겨우 달래고 나서야 전화를 끊을 수 있었다.

내일이 마지막 출근이라 생각하자 입안이 씁쓸했다. 업계에 소문이 나는 것도, 학자금 대출도 걱정이지만 무엇보다 부모님한테 어떻게 말해야 할지 갈피도 잡히지 않았다. 율리는 한숨을 내쉬었다.

'눈 딱 감고 전화해 볼까?'

율리는 대여점 회원 검색창에서 임진하를 검색했다. 그의 개인 정보가 손쉽게 손에 들어왔다. 그녀는 휴대폰 화면을 켜서 진하의 전화번호를 하나하나 찍었다.

'아냐, 어떻게 말해? 쪽팔리게.'

법무팀에 정말 자리 하나 마련해 줄 수 있겠냐는 부탁을 하려니 얼굴이 화끈거려서 율리는 뒤로 가기 버튼을 마구 연타했다. 물론 진하는 장난으로 하는 말이 아니라고 했지만, 기대를 걸고 연락했다가 혹시라도 그걸 정말 믿었느냐는 비웃음을 들을까 두려웠다.

"그래, 그런 소릴 듣느니……."

율리가 자기도 모르게 혼잣말을 하다가 입을 다물었다. 역시 임진하보다는 같은 일을 하는 선배들에게 일자리 소개를 부탁하는 것이 낫다는 생각도 들었다. 전화번호 정리를 귀찮아하는 성격 덕에 고맙게도 선배들의 전화번호가 전부 저장되어 있었지만 문제는 이런 사정을 솔직하게 말하고 싶지 않다는 데 있었다.

'나도 참 융통성이 없어. 뭐가 쪽팔리다고…….'

진하의 개인 정보를 알려 주지 않아서 서현과 그녀 친구들이 불평하던 것처럼 자신은 정말 넉살이 좋지 않았다. 이럴 때는 화정 같은 성격이 부러웠다. 필요한 일이라면 부끄러워하지 않고 할 수 있는 데까지 최선을 다하는 진취적인 성격. 소심한 자신과는 정반대라 특히 부러웠다. 백수가 되는 것보다는 한 번 창피한 게 나을 텐데도.

거기까지 생각하고 나서 바닥을 보고 있던 율리는 다시 고개를 들었다. 모니터에는 여전히 진하의 정보가 띄워져 있었다.

'전화…… 해 볼까?'

오히려 같은 일을 하는 선배들보다 진하에게 부탁하는 게 나을 수도 있겠다. 선배들 사이에 소문이 도는 것보다 임진하 한 사람에게만 창피하고 말면 되니까. 율리는 마음을 다잡고 진하의 전화번호로 전화를 걸고 눈을 질끈 감았다.

장난이었다고 하면 그저 웃어넘겨 버리자. 아니, 그런 장난은 치지 말라며 상처 받은 척을 해도 괜찮을 것이다. 여러 가지 가능성을 시뮬레이션하며 그녀는 그가 전화를 받길 기다렸다.

진하의 신입 매니저, 민호는 늦은 밤에도 계속되는 야외 촬영에 촬영장 구석에서 꾸벅꾸벅 졸았다. 차에 가서 쪽잠을 잘 수도 있었지만 혹여 진하에게 사고라도 날까 싶어서 민호는 아득바득 촬영장 구석에서 버티려고 노력했다. 그때 진하가 벗어 둔 재킷에서 진동이 느껴져서 민호는 정신을 번쩍 차렸다.

"엥?"

전화번호만 나열된 것을 보니 휴대폰에 저장된 번호가 아니었다. 받아야 하나 말아야 하나 고민하던 민호는 촬영을 하느라 바쁜 진하를 흘끔 보고 대신 전화를 받았다.

"네?"

―……어, 그거 임진하 씨 번호 아닌가요?

낯선 여자의 음성에서는 당황이 물씬 묻어났다. 개인 번호로 전화가 올 정도면 이상한 사람은 아니겠지 싶어서 민호는 솔직하게 답했다.

"맞는데요, 진하 형이 지금 일 때문에 많이 바빠 가지고요. 누구라고 전해 드릴까요?"

―아, 바쁘시구나. 아니에요, 그럼…….

"괜찮아요. 금방 끝나니까 말씀 전해 드릴게요."

왠지 기운 빠진 목소리가 안쓰럽게 들려서 민호는 상대방을 붙잡고 싶었다. 전화기 너머에서 여자는 조금 갈등하는 듯하더니 조심스럽게 말했다.

―그럼, 차율리라고 전해 주세요. 안 바쁘실 때 전화 주시면 된다고요.

"차율리 씨요? 네, 알겠습니다."

전화를 끊고 나서 민호는 촬영장 쪽을 곁눈질했다. 주인공인 진하와 주인공의 친구 역할인 홍주형이 대화하는 장면이 촬영 중이었다.

'언제 끝나지?'

흘러가는 장면 중 하나 정도로 보여서 금방 끝날 것 같아 민호는 선 채로 촬영이 끝나기를 기다렸다.

그러나 민호의 예상과는 달리 촬영은 쓸데없이 길어졌다. 홍주형이 자꾸 실수를 하는 바람에 NG가 연달아 나온 탓이었다.

"주형 씨, 왜 그래?"

늦은 시간 촬영으로 감독도 짜증이 극에 달했는지 주형에게 한마디 했다. 그렇게 중요한 장면도 아닌데 주형이 똑같은 곳에서

세 번이나 NG를 냈기에 짜증이 날 법도 했다. 주형은 헤헤, 사람 좋은 미소를 보이며 스태프들에게 미안하다고 사과를 했다.

"대본 다시 보고 와요."

"아, 이번엔 잘할 수 있습니다. 바로 갈게요."

"몇 번째야, 벌써?"

진하는 주형을 흘깃 내려다보고는 속으로 그를 비웃었다. 주형은 드라마 촬영을 시작했을 때부터 진하에게 못마땅한 태도를 보이곤 했다. 제작 발표회 때는 분장실에서 인기 스타 거품은 한때일 뿐이라고 자극을 하더니, 드라마가 전파를 타고 예상외로 진하가 잘나가자 주형은 진하와 마주칠 때마다 씩씩거렸다. 주인공의 친구이자 조력자 역할인데 제대로 연기를 할 수 있을까 싶을 정도였다.

'선배인 자기를 제치고 주연을 맡은 게 아니꼬운 거겠지.'

진하로서는 인간의 시기심이 통 이해가 가지 않았다.

"진짜 이번엔 제대로 갑시다."

주형을 미덥잖게 보면서도 감독은 다시 촬영을 재개했다. 악역의 끄나풀인 병조판서를 찾아가 담판을 짓겠다는 주인공을 친구가 말리는 간단한 장면이었다.

하늘을 바라보던 진하가 무언가를 결심한 양 말했다.

"병조판서를 찾아가야겠소."

"뭐? 어딜 가겠다는 거요? 참말로 죽고 싶은 게요? 절대 가만히 있을 양반이 아니라니까!"

진하가 고개를 젓고 자신을 말리는 주형을 응시했다. 모든 것을 다 해탈한 눈빛으로 진하가 서서히 입을 열었다.

"가만히 두고 볼 수만은 없소. 이는 세자 저하를 위해서도……."

"에, 엣취!"

진하가 물 흐르듯 대사를 치고 있는데 주형이 콧구멍을 벌름거리더니 갑자기 재채기를 하고 말았다. 또다시 NG. 감독은 머리끝까지 열이 뻗치는지 양손으로 머리를 부여잡고 버럭 소리를 질렀다.

"잠깐 쉽시다!"

"아이고, 죄송합니다. 감기가 오나?"

훌쩍거리는 주형을 감독이 노려보다가 휙 자리를 떠 버렸다. 마이크가 꺼지고, 스태프들도 지친 듯 바닥에 풀썩풀썩 주저앉았다. 그 와중에 진하만 태연한 표정이었다. 그것마저도 마음에 들지 않았는지 주형이 진하의 옆으로 바짝 붙고는 뱀처럼 비열한 목소리로 말했다.

"너 내일 풀 촬영이지? 오늘 잘 생각은 접어."

진하는 주형을 한심하게 내려다보다가 미소를 지었다. 자는 시간은 자신에게 중요치 않았지만, 내일 하루 종일 촬영해야 하는 자신과 달리 이 사태를 만든 주형이 편히 쉴 수 있다는 게 마음에 들지 않았다.

"재채기하시던데, 감기 조심하세요."

여유롭게 대꾸한 진하는 주형에게 등을 돌렸다. 씩씩대는 주형에게서 한 걸음, 두 걸음, 그리고 세 걸음 떨어진 진하는 주형이 서 있는 자리에 비를 불렀다. 용에게 비구름을 만드는 건 숨 쉬는 것만큼이나 쉬운 일이었다.

"으악! 뭐야?"

갑자기 쏟아진 소나기에 주형이 펄쩍 뛰었다. 스태프들도 예상치 못한 일에 눈만 휘둥그레 떴다. 혹시라도 진하가 비를 맞을까 봐 민호가 재킷을 들고 진하에게 달려왔다.

"형, 괜찮으세요?"

민호의 걱정에 진하는 피식 웃으며 뒤를 돌아보았다. 쫄딱 젖은 주형이 펄펄 날뛰면서 이게 무슨 일이냐고 비명을 질러 댔다.

"갑자기 웬 비야?"

"이게 뭔 일이래?"

주형을 중심으로 지름 1미터쯤 되는 원에만 비가 내리는 기이한 사건에 스태프들은 입을 쩍 벌리다가 하나둘씩 휴대폰으로 촬영을 시작했다. 협소한 공간에만 비가 내리는 우스꽝스러운 광경에 쉬다 말고 스태프들이 낄낄거렸다.

"대박! 감독님 대신 하늘이 벌을 주네."

"그러게 잘 좀 하지."

비웃음거리가 되어 얼굴이 새빨개진 주형이 후다닥 매니저에게로 달려갔다. 언제 비가 왔느냐는 듯 구름이 싹 흩어졌다.

진하에게 재킷을 둘러 준 민호가 고개를 돌려 축축하게 젖은 자리를 뚫어져라 쳐다보다 중얼거렸다.

"어떻게 비가 이렇게 내리지? 형이 만든 거 아니에요?"

"장난해?"

"우와…… 그럼, 진짜 천벌인가?"

민호는 진하가 하나도 젖지 않은 걸 보고 감탄하다가 율리의
전화를 떠올리고 진하에게 휴대폰을 건넸다.

"참, 아까 전화 왔었어요."

"전화?"

"네, 차율리 씨라고 하던데 바쁘지 않을 때 연락 달래요."

"그래?"

진하의 입가가 스르르 벌어졌다. 휴대폰 액정을 들여다보면서
웃는 진하를 지나가던 여자 스태프들이 흘끔거렸다.

"누군지 물어봐도 돼요?"

"있어, 아는 변호사."

"변호사요?"

임진하와 영 어울리지 않는 단어에 민호는 고개만 갸웃거렸
다. 주형이 분장을 다시 하려면 꽤 오랜 시간이 필요할 것이다.
진하는 민호에게 촬영장 정리될 때까지 전화 좀 하고 오겠다며
차 안으로 훌쩍 들어가 버렸다.

'진짜 잘렸나 보네?'

진하는 오전에 율리에게 했던 말을 기억하고 있었다. 회사에
서 해고당하면 자신이 일자리를 소개해 주겠다는 말은, 빈말이

아니었다. 소속사 대표이사에게 법무팀에 적당히 자리를 마련하라고 하면 마련해 줄 테니까. 그는 키득키득 웃으며 율리에게 전화를 걸었다.

—여보세요?

연락을 기다리고 있었는지 신호음이 몇 번 가기도 전에 율리가 다급히 전화를 받았다. 그녀와 정반대로 진하는 느긋했다.

"무슨 일이야?"

—저기, 그…… 오전에 말한 거 있잖아요.

뒷좌석 구석에 얌전히 놓인 책을 건성으로 보면서 그가 일부러 말을 빙 돌렸다.

"오전에? 나 아직 책 못 읽었는데?"

—아뇨, 그거 말고. 저, 그쪽 소속사 법무팀에 소개해 주실 수 있다고 했잖아요.

"아, 그거? 벌써 잘렸어?"

진하의 말이 정곡을 찔렀는지 율리가 숨을 깊게 들이마셨다. 그녀의 숨소리에 그의 입가가 절로 풀어졌다.

—네, 그렇게 되어서요.

"알았어, 그럼 잠깐만 기다려 봐."

—네?

그녀의 반문을 듣지 못한 척 그는 전화를 끊고 곧바로 대표이사에게 전화를 걸었다. 용에게는 수면이 절실하지 않았고, 대표이사는 늦은 밤중에도 전화를 받았다.

―무슨 일이시죠? 이 시간에.

"회사 법무팀, 누가 맡고 있지?"

　―팀장 말인가요? 경진이가 팀장입니다만.

"경진이? 백룡?"

　―예.

백룡 중에서도 가장 어린, 첫 생을 시작한 꼬마가 법무팀장이었다. 몇 번 만나지를 않아 뭘 하는 놈인지는 잘 모르겠지만 말이다.

"법무팀에 자리 하나만 만들어 줘."

　―예? 갑자기 무슨…….

인사 청탁이라니, 인간과의 관계를 최소화하는 흑룡이 이런 적은 처음이라 대표이사는 놀란 감정을 감추지 않았다.

"아는 변호사가 있는데 여기 들어오고 싶어 해."

　―벌써 공수표 날린 건 아니겠지요?

"날렸는데 어떡하지?"

웃음기 가득한 음성으로 뻔뻔하게 말한 진하는 대표이사가 당연히 제 요구를 들어줄 것을 알고 있었다. 전화를 타고 상대방의 한숨 소리가 들려왔다. 미모가 남달리 우아한 중년 여성의 정체는 적룡이었다.

　―그러면 절차상 이력서라도 팩스로 넣으라고 하세요. 바로 경진이에게 알리겠습니다.

"차율리라고, 괜찮은 애야. 너무 걱정하지 말라고. 아, 정직원으로."

　―차율리. 알겠습니다. 그렇게 하지요.

　적룡은 율리의 이름을 한 번 되뇌었다.

　취직자리도 소개해 주고 비정규직의 늪에서도 빼 주었으니 할 일은 다 했다. 진하는 전화를 끊고 다시 율리에게 연락했다.

　―여보세요?

　"법무팀 자리 말이야."

　진하는 일부러 시무룩하게 말을 꺼내곤 잠시 침묵했다. 그가 통 말을 잇지 않자 율리가 힘없이 선수 쳤다.

　―안 됐나 봐요? ……괜찮아요. 그냥 바쁜 시간 내서 신경 써 준 것만으로도 고맙고요.

　입에 발린 소리를 하고 있지만 율리의 목소리에서는 숨길 수 없는 실망이 드러났다. 진하는 가만히 듣고 있다가 언제 시무룩 했냐는 양 의기양양하게 대꾸했다.

　"안 되긴? 이력서 팩스로 보내 달래. 네가 변호사인지는 그쪽도 확인해야 하잖아?"

　―네? 정말요?

　얼마나 놀랐는지 율리의 목소리가 확 뒤집혔다. 하마터면 웃음이 터질 뻔해서 진하가 입가를 눌렀다가 뗐다.

　"내가 도와줬으니까 이번 연체료는 좀 빼 주지 그래?"

　―그, 그럼요. 해 드릴게요. 그 정도야 얼마든지 해 드리죠.

　그녀의 신난 마음이 여기까지 전해지는 듯해서 그도 덩달아 즐거워졌다. 역시 선행은 마음을 훈훈하게 데워 준다.

─근데 팩스 번호가 어떻게 돼요?

"뭐더라?"

팩스를 보낼 일이 없는 진하가 회사 팩스 번호를 알 리가 없었다. 미간을 찡그린 그가 지갑을 뒤지며 대표이사실 팩스 번호를 찾아 헤맸다. 그때 민호가 차 문을 열고 떠들었다.

"형! 촬영 재개한대요!"

"아, 일이 꼭⋯⋯."

혹시 쓸모가 있을까 싶어서 지갑 어디에 대표이사 명함을 처박아 두었는데 이럴 때 꼭 보이질 않는다. 조급한 마음에 진하가 혀를 차다가 지갑을 내던지고 번호 알려 주기를 포기했다.

"어차피 지금 밤이라 팩스 못 보내잖아?"

─네, 내일 알려 주셔도 되고⋯⋯.

"그럼 지금은 그냥 자. 촬영 끝나고 팩스 번호 문자로 넣어 놓을게."

─정말 고맙습니다. 연체료가 아니라 언제 밥이라도 한 끼 대접할게요.

식사 대접은 은인을 대하는 훌륭한 태도였다. 오늘의 선행에, 그녀의 만족스러운 응대까지 진하는 흐뭇했다.

"좋은 자센데?"

─네?

"아니. 잘 자라고. 끊는다."

─네, 촬영 조심히 하시고요.

전화를 끊은 뒤 그가 혼잣말로 중얼거렸다.

"촬영 재개만 아니었어도……."

전화를 더 길게 할 수 있었을 텐데. 자각하지 못한 아쉬움에 미간을 찡그린 진하가 휴대폰을 빌린 책 옆에 두고 밖으로 나왔다.

어디, 쫄딱 비를 맞은 홍주형이 정신을 차렸나 궁금해졌다. 아직도 정신을 못 차렸을 경우 구름을 한 번 더 부르면 될 일이었다.

아침에 일어난 율리는 제일 먼저 문자메시지를 확인했다. 늦은 새벽에 진하로부터 한 통의 메시지가 들어와 있었다.

촬영 중에 배우들은 밤낮없이 일을 한다더니, 진하도 마찬가지였다. 겨우 쪽잠이라도 자고 있을까 싶어서 율리는 진하에게 고맙다는 메시지만 보내고 말았다.

회사에 가서 짐을 정리하고 이력서를 보낸 뒤 화정과 점심을 먹으면 오늘 일과도 끝이었다. 막막하기 그지없었는데, 이직 자리가 정해지자 마음이 든든했다. 그저 대여점 우량 고객이자 드래곤 마니아라고만 생각했던 손님이 이렇게 도움이 될 줄은 꿈에도 생각지 못했는데 말이다.

'사람 일이 어떻게 될지 모른다더니!'

캄캄하던 눈앞이 확 트인 기분이었다. 율리는 이력서를 챙겨서 마지막 출근길에 올랐다.

회사에서 쫓겨나는 것이 얼마나 비참할지 걱정했지만 의외로 마지막 출근은 담백했다. 그래도 그동안 안면이 있던 사람이라고 직원들은 율리에게 상냥하게 작별 인사를 해 주었고, 실수도 그럭저럭 만회가 되었는지 율리의 사수 또한 생각보다 기분 나빠 보이지 않았다.

"너무 나쁘게 생각하지는 말았으면 해."

"……네."

사수의 말에 율리는 뻣뻣하게 긍정하고 짐을 챙기기 시작했다. 어쨌든 자신이 저지른 실수니 책임도 자신이 져야 하는 것이다. 그 실수가 퇴사를 해야 할 정도로 큰 실수인지는 아직도 모르겠지만.

몇 달 다니지 않은 회사에서는 짐이 한 박스도 나오지 않았다. 퇴사하는 기분은 비참하지는 않았으나 꽤 씁쓸했다.

"걔는 이럴 줄 몰랐던 걸까?"

작은 박스를 들고 나가던 율리는 복도 모퉁이를 돌다가 걸음을 멈추었다. 아는 목소리가 휴게실 쪽에서 들려왔다.

"아까 인사할 때 태연한 거 보니까 알았던 거 같기도 하고? 모르지, 뭐. 진짜 몰랐을지도."

"이 바닥에서 일하는 앤데 눈치가 없진 않겠지. 이직 자리는 구해 놨을 거야."

선배들 목소리였다. 율리는 마른침을 삼켰다. 선배들이 나누는 대화는 자신의 이야기가 틀림없었다.

"하긴, 근데 알면 걔도 기분 나쁘겠다. 자기랑 자기 친구 둘 중에 누구 쓸지 간보다가 자기가 잘린 거잖아."

"일 못하는 애도 아닌데 좀 안됐어, 트집 잡혀 잘리고. 커피 다 마셨음 들어가자."

박스를 든 율리의 팔에 힘이 들어갔다. 또각또각, 선배들의 구두 소리가 텅 빈 복도를 울렸다. 구두 소리가 사라질 때까지도 율리는 멍하니 서 있었다.

이상하다.

짐을 얼른 차에 싣고 이력서도 팩스로 보내야 하는데…….

다리가 움직이질 않았다.

"하……."

대신 입에서 한숨이 터져 나왔다.

면접을 보던 날이 문득 생각났다. 변호사라는 명함 하나로는 세상이 만만치 않다는 걸 느낀 날, '우리 회사는 철저한 성과제입니다.' 하고 거만한 태도를 보이던 임원의 말에 입사만 시켜 달라 자존심을 버려 가며 웃었다. 성과제라도 더 열심히 하면 되는 거라고 스스로를 설득시키면서 꼭 이 회사에 다니기를 희망하던 그날에는 이런 미래가 올 줄 율리는 상상도 못 했다. 실수를 했으니 잘리게 된 거라는 생각도 그저 회사의 논리에 억지로 납득한 것뿐이었다. 실상은 선배들의 말처럼 트집 잡혀 잘린 것이다.

'정말 눈치 없다, 나.'

율리는 힘없이 복도를 걸었다. 또각또각 울리는 구두 소리는 선배들의 그것과는 사뭇 달랐다.

얼마 되지 않는 짐은 자동차 뒷좌석에 두고, 율리는 이력서를 챙겨서 근처 문구점으로 향했다. 사무실에서 팩스를 보내고 싶지는 않았다. 더 이상 회사 안에 있기가 싫었다.

　팩스를 보내고 카운터 앞에 진열된 펜을 멍하니 보고 있을 무렵, 화정에게서 연락이 왔다.

　"응."

　―차율, 조금만 기다려. 오전 업무 다 해치워 가니까 같이 점심 먹자.

　친구의 목소리가 왠지 마음을 더욱 복잡하게 만들었다. 율리는 화정에게 들리지 않도록 소리 없이 한숨을 뱉었다. 어떻게 보면 자신이 잘려서 친구가 살아남은 셈이기도 하다. 회사의 교활한 속내를 화정도 알고 있을까? 율리는 고개를 저었다. 그럴 리가 없다. 알고 있다면 화정은 먼저 전화를 걸지도 못했을 테니까.

　―차율?

　"아, 응. 알았어. 어디서 볼까?"

　―네가 먹고 싶은 거 먹자. 뭐 먹을래?

　그때 다른 연락이 들어왔다는 소리가 뚜뚜, 울렸다. 누군가 해서 깜짝 놀라 화면을 보니 임진하의 전화번호였다.

　'뭐지?'

　받을까, 말까? 잠시 고민하던 율리는 화정에게 통화가 들어와서 이따 다시 전화하겠다고 말하고 진하의 전화를 받으며 문구점을 나섰다.

"여보세요?"

─이력서 보냈어?

그는 인사말 하나 없이 바로 본론으로 들어갔다.

"아…… 네, 방금 보냈어요."

율리가 카운터 너머 팩스 기기를 흘낏 곁눈질하고 대답했다. 이런 것까지 확인하려고 임진하가 전화를 할 줄은 몰랐다. 메시지 전송 시간을 보니 늦게까지 촬영을 한 것 같던데, 신경을 써 주어서 고맙기도 하고 뭔가 조금 부담스럽기도 하고…….

─그리고 밥 언제 살 건데?

대뜸 튀어나온 진하의 목소리에 율리의 생각이 뚝 끊어졌다.

"네?"

─네?라니? 식사 대접한다며?

아, 본론은 이력서 전송 여부가 아닌 모양이다. 율리는 할 말을 잃었다. 어제 그렇게 말하긴 했었다. 언제 밥이라도 한 끼 대접하겠다고. 물론 인사치레로 한 소리는 아니었다. 정말 감사해서 진심으로 한 말이었다.

─듣고 있어?

그 일정을 지금 당장 정하리라고는 생각도 못 했지만.

"네? 네. 어, 그러니까……."

율리가 어물쩍거리자 진하가 조금 언짢은 투로 말했다.

─뭐야? 그냥 해 본 소리였어?

"아뇨, 그건 아닌데……."

―아닌데?

보통은 서로 여유가 날 때 날짜를 잡는 거 아닌가? 그러니까 자신의 입사가 확정되고, 그 역시 스케줄에 여유가 있을 때 말이다. 다짜고짜 날을 잡으라니? 율리는 자신의 상식이 파괴되는 기분을 느꼈다.

"지금 갑자기 정하라고 하면…… 제가 그쪽 스케줄이 어떻게 되는지도 모르고요."

―날짜 정해. 스케줄은 빼면 되지.

그녀는 다시 할 말을 잃어버렸다. 임진하는 너무, 너무 과하게 시원스러웠다. 마치 매번 돈을 들고 다니기 귀찮다는 이유로 연초에 가게에 5백만 원을 선불 결제했을 때처럼 말이다. 당황한 율리가 다급히 대꾸했다.

"그, 그렇게까지 대단한 대접이 아닌데요."

―그건 네 생각이고.

도대체 이 남자는 얼마나 비싼 걸 기대하고 있는 걸까? 율리는 난처한 마음을 어떻게든 수습하고 한숨을 삼켰다.

"저 때문에 스케줄 빼진 마시고요. 그쪽이 시간 비는 날로 정하는 게 어떠세요?"

―그래? 그럼, 내일.

'빠르잖아!'

그의 결정은 한 치의 망설임도 없이 이루어졌다. 기다렸다는 듯 내일을 외치는 그 때문에 경악한 그녀가 떨리는 목소리로 되물었다.

"너무 이르지 않아요?"

─전혀? 나 내일 오후에 쉬거든? 저녁 사.

이렇게 된 이상 더는 미룰 수도 없었다. 율리는 빠르게 체념했다.

"뭐 드시고 싶은 거라도⋯⋯."

─흐음.

그녀의 질문이 마음에 드는지 그가 기분 좋은 콧소리를 냈다. 반대로 그녀는 어째 식은땀이 삐질삐질 났다. 캐비아, 푸아그라, 송로 버섯 등 어마어마한 가격의 음식 이름이 그녀의 뇌리에 한순간 스쳐 지나갔다. 임진하는 인기 스타니까 웬만한 음식은 전부 맛보았을 텐데, 아무렇지 않게 비싼 음식을 주문하면 어떡하나 걱정이 태산 같았다.

'이번 달 카드 값이 얼마더라?'

눈동자를 굴리며 계산을 하고 있는 그녀의 귓가에 그의 목소리가 울렸다.

─치킨.

"어휴, 그거 너무 비싼⋯⋯ 네?"

비싼 식재료만 생각하고 있던 율리는 저도 모르게 헛소리를 뱉다가 깜짝 놀라 물었다. 한편 진하는 잠시 침묵하다가 반문했다.

─⋯⋯치킨이 비싸?

"아, 아뇨. 전혀. 말이 잘못 나온 거예요."

하지만 진하는 율리의 말을 믿지 않았다.

─하긴, 너 비정규직이랬지.

"치킨은 살 수 있거든요?"

─그래? 괜찮겠어?

'이 사람이 날 뭐로 보고? 그래도 변호사라고!'

비정규직에 오늘 퇴사 당한 변호사 차율리는 톱스타에게 동정을 받고 있었다. 진심으로 걱정하는 그에게 율리는 한 손으로 눈가를 짚고 진심을 담아 또박또박 말했다.

"괜찮습니다. 한 마리가 아니라 두 마리, 열 마리라도 사 드리죠."

─그렇게 무리할 건 없는데.

글쎄, 그까짓 건 무리가 아니라니까 그러네. 율리는 목구멍까지 치미는 말을 겨우 누르고 평온하게 대화를 이을 수 있었다.

"어디 치킨 좋아하시는데요?"

─으음…….

말 잘하던 사람이 갑자기 말이 없어졌다. 율리는 혹시나 진하가 아직도 그녀에게 치킨 가격이 부담이 되는 걸로 여기고 있나 싶어 조심스럽게 덧붙였다.

"저, 정말로 치킨은 무리 아니거든요?"

─알았어, 알았어. 그것 때문이 아니고, 우리 둘이 밖에서 밥 먹으면 너한테 별로 좋을 것 같지 않아서.

"왜요?"

─내가 좀 한 인기하잖아?

틀린 말은 아니었다. 실제로 임진하는 현재 최고의 주가를 올리는 남자 배우였고, 조심하지 않으면 스캔들이라거나 뜬소문으로 고역을 치를 가능성도 있었다. 충분히 납득할 만한 이유인데 어째서인지 그녀는 조금 웃음이 나왔다.

"아, 네에……."

─그러니까 네가 사 가지고 와. 아무거나 양념 없는 걸로.

그는 치킨 중에서도 프라이드치킨을 좋아했다.

"네, 그럴게요. 근데 어디로요?"

─어디긴? 내 집이지.

"네?"

진하의 태연한 대꾸에 율리의 머릿속 퓨즈가 뚝 끊어졌다. 어디를 오라고? 자기 집? 아무리 그래도 남자 혼자 사는 집에 들어가는 건 곤란한데…… 물론 대한민국 미인들이 모조리 모인 연예계에 있는 임진하가 다른 마음을 품지는 않겠지만, 그래도 차율리 역시 여자라 거슬리는 건 어쩔 수 없었다.

─왜?

"아뇨, 그럴 거면 제가 그냥 그쪽 주소로 배달을 보내는 게……."

율리가 거기까지 말했을 때였다. 진하의 진중한 음성이 그녀의 말을 도중에 잘랐다.

─대접은 성의의 문제야. 무슨 뜻인지 이해 가나?

그녀는 그가 무슨 말을 하려는 건지 바로 알아들었다. 맞다. 임진하가 치킨 한 마리를 살 능력이 없는 것도 아니고, 성의 없는 배달은 감사하는 마음으로 식사 대접을 하는 것과 수십 광년쯤 떨어진 방법이었다.

"네······."

—그럼 그렇게 알고 전화 끊지. 나 일해야 해.

"아, 네. 들어가세요."

뭔가 이 남자에게 말려든 느낌이지만 어쨌거나 율리는 진하가 원하는 대로 내일 저녁 프라이드치킨을 그의 집에 들고 방문하게 되었다.

"어휴······."

절로 한숨이 흘러나왔다. 진하와의 전화를 끊고 나자 꼭 폭풍이 몰아친 직후처럼 정신이 너덜너덜해졌다.

그런데 참 이상한 일이다. 퇴사로 인해 복잡했던 기분이 어느새 풀려 있었다. 단지 전화 한 통화를 끝냈을 뿐인데.

'어디 치킨이 맛있더라?'

그러고 보니 주말에 그가 위로차 사다 준 치킨도 맛있었지. 그때도 치킨, 이번에도 치킨. 이 남자는 인터뷰에서도 치킨이 좋다고 말하더니 정말이었나 보다.

치킨에 대해 고민하면서 율리는 아까와는 전혀 다른 기분으로 화정에게 전화를 걸었다. 왠지 오늘 점심은 나쁘지는 않은 분위기로 먹을 수 있을 듯했다.

2장

RD엔터테인먼트 법무팀 팀장 백경진은 대표이사에게 이력서 한 통을 받고 멈칫했다. 아는 얼굴, 아는 이름, 아는 경력. 이력서를 보낸 사람은 분명 자신이 잘 아는 후배였다.

"어떻게 된 겁니까?"

"무엇이?"

"법무팀 인원 충원은 끝났다고 하지 않았습니까?"

경진의 말대로 이미 필요한 인원은 전부 채용한 상태였다. 이는 필요에 의한 충원이 아니라 일종의 명령이었다.

임진하가 톱스타이기 때문이 아니라 그가 현재 인간들 사이에서 섞여 지내는 다섯 용들 중 가장 높은 위치에 있는 존재라 대표이사는 그의 부탁을 감히 거절할 수가 없었다.

그녀는 피곤한 듯이 눈가를 이상하게 찡그리고 한숨을 섞어 답했다.

"흑룡께서 부탁하신 일이라 어쩔 수 없었어."

"예?"

흑룡? 뜬금없이 끌려 나온 호칭에 경진의 눈이 동그래졌다. 적룡 역시 흑룡과 차율리와의 관계를 모르는 터라 설명해 줄 수는 없었다.

"그리 알고 네가 다음 주부터 출근하라고 연락하렴."

"……예."

가장 어린 백룡이 두 존재의 명령을 거부할 수는 없었다. 대표 이사가 나가고 나서 팀장실에 남은 경진은 무표정하게 율리의 이력서를 내려다보았다. 그의 눈동자에 초조한 빛이 서리기 시작했다.

'설마……'

끔찍한 상상이 뇌리에 맴돌아 경진의 등골이 오싹해졌다. 그는 마른침을 삼키고 율리의 사진을 물끄러미 응시했다. 또랑또랑한 눈과 어색하게나마 미소를 짓고 있는 입은 자신도 잘 아는 것이었다.

이 눈동자에 빛이 사라지고 미소도 지워진 채로 그녀의 몸이 온통 피투성이가 된다면…….

머릿속에 그려지는 광경에 경진이 저도 모르게 몸서리쳤다.

흑룡이 가진 이번 생의 목적을 모르는 용은 없었다. 그 목적 달성을 위해 임진하는 인기 스타의 길을 선택했다. 온 국민에게 자신의 존재를 드러낸 후 기다리는 것이다. 용살자가 접근하기를.

접근한 용살자가 살해 위협을 가하기 전에 먼저 제거하는 것이 흑룡의 이번 생애의 목적이었다. 용살자를 향한 뿌리 깊은 증오를 흑룡은 가감 없이 드러냈다.

'일단 둘이 어떻게 알게 되었는지를 물어봐야겠다.'

그나마 다행인 건, 용살자와 용은 서로의 정체를 확인하기 위해 특별한 과정을 거쳐야 한다는 점이었다. 세부적인 사항은 모르지만 용살자는 이해의 과정을 거쳐야 한다고 알려져 있었고, 용은 용살자의 손길을 받으면 되는 것이다. 이해의 과정을 거친 용살자는 용을 알아볼 능력이 생기고, 용살자의 손길을 느낀 용은 용살자의 정체를 확신한다.

이런 구조를 가지고 있기에, 대체로 용살자가 먼저 용의 정체를 알게 된다고 한다. 하지만 율리가 진하의 정체를 모르고 있는 걸로 보아……

'아직 흑룡 또한 모를지도.'

임진하가 차율리를 바로 처리하지 않았다는 데서 경진은 희망을 가지고 후배에게 전화를 걸었다. 신호음이 이어질 때마다 그의 심장도 떨렸다.

─어, 무슨 일이세요?

아무것도 모르는 순진한 목소리가 경진의 마음을 파고들었다. 이게 문제다. 용은 용살자에게 끌리게 되어 있는 이 본능. 용살자를 처음 마주한 어린 백룡에게 이는 부정하려고 해도 부정할 수 없는 강렬한 유혹이었다. 경진은 로스쿨 시절, 율리를 처음 만났을 때부터 그녀에게서 시선을 떼지 못했다. 마치 각인이라도 된 것처럼.

"잘 지냈어?"

—아, 네. 선배는요?

"나도."

그동안 잘 지냈는데, 이제는 잘 지낼 수가 없을 것 같았다. 경진은 눈을 길게 감았다가 뜨고 물었다.

"우리 회사에 이력서 보냈더라? 어떻게 된 거야?"

—네?

"RD엔터테인먼트. 숙모님이 하시는 회사거든."

경진은 대표이사를 숙모라고 불렀다. 그는 부모를 일찍이 여의고 마음 좋은 숙모의 슬하에서 자랐다는 과거를 만들어 냈다. 마찬가지로 진하는 경진의 이종형이었다. 용들은 그렇게 서로 하나씩 연결 고리를 만들어 정체를 숨겼다.

—네에? 정말요?

율리의 경악이 휴대폰 너머로도 전해졌다.

"소개로…… 들어왔다던데."

—네. 아, 선배 계시는 데가 거긴 줄은 몰랐어요.

알았으면 이력서를 넣었을까? 몰랐기 때문에 넣은 것이 아닐까? 경진은 갑자기 기분이 미묘해졌다. 그러고 보면 차율리는 백경진을 항상 부담스러워했던 것 같다.

　―좀 부끄럽긴 한데, 어차피 나중에 소문 돌 테니까 말씀드릴게요. 저 잘렸거든요.

　율리가 허탈한 투로 털어놓긴 했지만 놀랄 일은 아니었다. 전에 두 후배를 데리고 점심 식사를 했을 적, 경진은 그들이 다니는 회사의 이름을 듣고 둘 중 하나가 퇴사 당할 것을 짐작하고 있었지만, 새로운 직장에 들떠 있는 후배들에게 차마 경고를 할수가 없었다.

　그 회사는 직원 대하기가 지저분하기로 알음알음 소문이 나 있었다. 화정이 남고 율리가 쫓겨난 것이리라.

　"그랬구나. 괜찮아, 그런 일 많거든."

　―아, 정말요? 이대로 소문나서 일 못 할 줄 알았는데. 그래도 바로 일자리 구했으니 진짜 다행이에요.

　이곳에 들어오지 않는 것이 좋겠다는 조언이 턱 끝까지 치밀었으나 경진은 차마 그 말을 할 수가 없었다. 정말 안도하는 율리의 감정이 그의 입을 막은 것이었다.

　"소개해 준 사람이 배우 임진하, 맞아?"

　―네, 그렇게 되었네요.

　"어떻게 알게 된 사이야?"

　경진이 조심스럽게 물었다.

　―저희 가게 단골이시거든요. 벌써 몇 년째 단골이라…….

　"너희 집이 서점이랬나?"

―아뇨, 대여점이요.

흑룡이 책을 그리 좋아하는지는 몰랐다. 하긴, 600년 전의 흑룡은 문무에 뛰어났을 테니 학문에 관심이 있을 수도 있겠다. 그저 임진하는 드래곤 나오는 장르 소설에 푹 빠져 있는 것뿐이었으나 경진은 멋대로 넘겨짚고 말았다. 지금 중요한 건 흑룡이 책을 좋아하는 게 아니라 차율리의 정체를 알고 있는지 그 여부였다.

"이상한…… 낌새 같은 건 없고?"

―낌새요?

"으음, 그러니까 널 많이 싫어한다거나…….."

차마 널 죽이려는 낌새가 있었느냐고는 물을 수가 없어서 경진이 대강 에둘러 말했다. 율리는 이해가 가지 않는지 한참 고민하다가 대답했다.

―그런 건 잘 모르겠어요. 왜요?

"그…… 형이 약간 인간 불신 같은 게 있어서. 정신병이랄까? 톱스타니까."

정확히 말하자면 용살자에 대한 증오와 살심이었지만 시시콜콜 털어놓을 수도 없고 해서 경진은 진하를 정신병자로 만들어 버렸다.

―아아…….

다행히 율리는 납득한 모양이었다. 그러나 곧 그녀의 밝은 목소리가 이어졌다.

―근데 절 싫어한다면 회사를 소개해 주지도 않았을걸요?

'그럴까?'

경진은 흑룡에 대해 많은 이야기를 들었다. 호전적인 성격의 흑룡은 싸움에서 승리하기 위해 무슨 짓이든 서슴지 않는다고 했다. 그리고 용살자를 직접적으로 살해할 수 없는 용은 용살자와 같은 인간의 손을 빌려 숙적을 제거해 왔다.

차율리를 이 회사로 끌어들인 것도 어쩌면 흑룡이 만든 살해 계획의 일부일지도 모른다. 자신의 영역 안에 두고 언제든 그녀를 죽일 기회를 엿보기 위해 그녀를 법무팀에 억지로 끼워 넣은 걸 수도 있다.

하지만 이런 걸 율리에게 말할 수는 없는 노릇이었다. 율리와 진하의 관계에 대해 알아낸 이상 지금 자신이 할 수 있는 일은 없었다.

"음, 그러면 다음 주 월요일부터 나올 수 있어?"

―네.

"그래, 월요일에 보자."

―네! 감사합니다.

율리의 들뜬 목소리가 듣기 좋아 경진의 입가에 절로 미소가 올라왔다.

"끊을…… 아! 그렇지."

아니다. 한 가지 도움을 줄 수는 있었다.

"그 형이 자기 목을 만지는 걸 굉장히 싫어하거든."

경진은 율리에게 역린의 위치를 알려 주었다.

―목이요?

"응, 그러니까 절대 손끝 하나도 대지 마. 우연히라도. 아마 그 형 코디도 절대 손 못 댈 거야."

평범한 자가 역린을 건드리면 용은 폭발하고 만다. 화가 난 용은 벼락을 떨어뜨리거나 주변을 초토화시키기도 하고 홍수를 일으키거나 반대로 가뭄을 만드는 등 일종의 천재지변 같은 방법으로 분노를 표출한다.

그나마 다행인 것은 인간의 모습일 때는 스케일이 덜하다는 정도일 뿐, 어쨌거나 용의 화를 불러일으키는 건 동일했다. 그러다 보니 용들은 웬만해서는 인간과 거리를 두고 지내는 편이었고, 결혼 같은 것도 할 수가 없었다. 배우자가 목을 만졌다고 해서 기분이 나쁘다고 죽여 버릴 수는 없지 않은가.

단, 용살자는 다르다. 용살자는 용의 역린을 만질 수 있는 유일한 존재였다. 그 역린 사이로 칼을 꽂아 용을 죽일 수 있는 자들. 그들이 역린에 손을 대면 세상 그 무엇보다도 황홀한 감정을 느낀다고 했다. 황홀경에서 죽어 가는 것이다.

―어…… 제가 임진하 목을 만질 일이 뭐가 있어요? 걱정 마세요.

어불성설이라고 그녀는 어이없는 웃음을 터뜨렸지만 우연이란 어떻게 작용할지 모를 노릇이다. 차율리가 흑룡의 목을 건드리는 순간, 그녀가 용살자의 피를 타고났음을 흑룡이 알지 못할 리가 없다. 자신이 그랬듯, 임진하도 곧바로 그녀의 정체를 알아

챌 것이다.

"그래, 끊자."

—네, 다음 주에 뵐게요.

전화를 끊고 나자 경진의 마음은 여러 가지 감정으로 복잡해졌다. 차율리가 이곳에 입사하는 것이 죽음으로 가는 길이라면 어떡하나 싶었다.

그러나 반대로 어떻게 보면 차라리 잘된 일일 수도 있겠다. 백경진이 법무팀장이라 차율리와 가장 가까운 곳에서 오랜 시간을 보내게 되었으니, 흑룡에게서 어쩌면 그녀를 지켜 줄 수 있을지도 모른다.

경진은 오른손으로 제 목을 매만졌다. 차율리가 기지개를 켜다가 우연히 자신의 목을 스쳤을 적 느낀, 눈앞이 아찔해지던 감각을 그는 지금도 생생하게 기억하고 있었다. 속이 뒤집어질 듯한, 절로 무릎을 꿇을 것 같았던 그때 그 느낌을⋯⋯.

임진하에게는 알려 주고 싶지 않았다.

그날, 경진은 대학원 동기들에게 처음으로 술에 취했느냐는 소리를 들었다. 백경진이 비틀거리는 모습을 처음 보았기 때문이었는데, 술이 아니라 차율리에게 취해 버렸던 것을 그들이 알 리가 없었다.

'아, 그러고 보니 그때⋯⋯ 그렇군.'

제비 고기를 먹었다는 말을 그녀가 어디에서 들었나 했더니 흑룡이 한 말이겠구나. 문득 경진은 전에 율리가 했던 말을 떠올리고 고소를 지었다.

*   *   *

월요일까지 휴가라고 하자 엄마는 옳다구나 하고 율리를 가게로 보내 버렸다. 아침부터 가게 문을 열고 멍하니 있던 율리는 점심 이후 진하에게 전화를 걸었다.

차율리는 오늘 저녁, 임진하에게 치킨을 사다 바쳐야 했다. 그 용건으로 그녀는 톱스타와 통화를 할 수 있는 영광을 얻었다. 별로 영광 같지는 않지만.

"좋아하는 가게 있어요?"

─없어. 아무거나 튀긴 닭이면 돼. 양념은 하지 말고.

그는 의외로 입맛이 까다로운 편이 아닌 듯했다. 경진의 말대로라면 인간 불신이 있을 정도로 예민한 사람인데 음식은 그리 가리지 않는 모양이었다. 율리는 인터넷으로 집 근처 치킨 가게를 검색하기 시작했다. 그때 그가 너그러이 말했다.

─돈 없지? 그냥 싼 데서 사와.

'이 사람이!'

율리는 울컥했다.

"돈 있거든요! 몇 마리 사 갈까요?"

─너무 무리하지 않아도 되는데?

치킨을 수십 마리 사는 것도 아닌데 무리일 리가! 남들은 변호사라고 하면 그래도 나름대로 고소득 직군이랍시고 띄워 주는 경향이 있는데, 임진하는 그녀가 변호사임을 알고 있음에도 불구하고 비정규직이라고 안쓰럽게 여기고 있었다.

"무리 아니라니까요? 몇 마리 사 갈까요?"

─그럼 둘?

"두 마리요?"

혹시 매니저라도 부르는 건가, 율리는 전에 자신의 전화를 따뜻하게 받아 주던 매니저를 생각했다. 하지만 진하의 생각은 또 달랐다.

─1인 1닭.

"네? 저 닭 한 마리 다 못 먹는데……."

─괜찮아, 내가 먹으면 되니까.

'어째 1인 1닭의 의미와 맞지 않은 것 같은데. 혼자 한 마리 이상을 해치운다는 건…….'

그렇게 생각이 뻗어나가는 순간 율리가 고개를 갸웃거렸다. 보통 브라운관에 모습을 드러내는 배우들은 식이 조절을 하지 않나? 게다가 임진하는 현재 드라마 촬영이 한창이었다. 비중 없는 엑스트라도 아니고 당당히 주연으로 촬영 중이면서 다이어트 따위는 신경도 쓰지 않는 진하의 태도에 그녀는 조금 혼란스러워졌다.

"정말 괜찮으시겠어요? 내일 붓는다거나, 촬영에 뭐 지장이 간다거나…… 하지 않아요?"

─전혀 그런 거 없거든? 1인 1닭이야. 두 마리.

부럽게도 임진하는 살이 쉬이 찌지 않는 체질인 모양이었다.

"알았어요. 몇 시쯤 가면 돼요?"

─나 지금 서울 올라가고 있으니까…… 한 일곱 시쯤? 회사 들렀다 가면 그쯤 될 거야.

율리는 자연스럽게 시간을 살폈다. 아직 두 시밖에 되지 않았다. 그녀는 대여점 아르바이트의 권한으로 진하의 정보를 다시 검색하고 그의 주소를 확인했다.

"현대 오피스텔 1302호 맞죠? 아직 이사 안 갔죠?"

─맞아. 가게야?

"네, 쉬니까요."

─그럼 드래곤 나오는 신간 들어온 거 있어?

역시 드래곤 마니아답다. 한결같은 그의 취향에 율리는 속으로 감탄하면서 신간 목록을 쭉 훑어보았다. 안타깝게도 '용'이나 '드래곤'이 적힌 제목은 없었다. 그녀는 그의 기대를 와장창 깨뜨렸다.

"없는데요."

─진짜 왜 드래곤을 안 쓰는 거야? 용이 우스워? 하찮나?

"나, 참. 작가들이 안 쓰는 걸 어쩌라고……."

진중한 이미지의 인기 스타는 쓸데없는 데서 열통을 터뜨렸고, 율리는 기가 막혀서 투덜거렸다.

일곱 시까지 진하의 집에 도착하기 위해서 율리는 여섯 시부터 대여점을 빠져나왔다. 오랜 검색 끝에 치킨이 담백하고 맛있다는 가게를 알아낸 그녀는 시장 골목으로 향했다.

'그리고 1+1.'

마침 며칠간 이벤트로 한 마리 가격에 두 마리를 준다 하니, 본의 아니게 저렴한 가격이었다. 소문이 나서 그런지 가게 앞에 사람들이 줄을 서서 기다리고 있었다. 기다리는 사람들 맨 뒤에 자리한 율리는 아무 생각 없이 하늘을 올려다보았다. 비가 올 것처럼 어두운 구름이 가득 끼었다.

또 비.

언제부터일까? 율리는 갑작스러운 비에 민감해졌다.

"비 오겠네……."

앞에 서 있는 사람 중 누군가가 혼잣말을 했다. 정말 비가 올 것만 같았다. 우산도 가지고 오지 않았는데 큰일이다 싶었다.

그러고 보니 저번 주에 경진에게서 우산을 빌렸다. 세차게 내리는 빗발이 무색하게 바싹 마른 우산이었다. 그땐 그 선배와 같은 직장에서 일하게 될 줄 몰랐는데, 월요일에 출근하면서 돌려줘야겠다.

율리의 차례가 되었을 때, 소나기가 한두 방울씩 떨어지기 시작했다. 가게 주인은 통닭 두 마리를 비닐 봉투 세 겹으로 단단히 싸서 건넸다. 그는 사람 좋은 웃음을 지으며 말했다.

"비가 왕창 쏟아져도 물 안 들어갈 거예요."

"감사합니다."

돌아서서 천막 밖으로 살짝 손을 내민 율리는 미간을 좁혔다. 손에 툭툭 떨어지는 빗방울이 예사롭지 않았다. 운동화를 신고 오길 잘했다. 여기서 진하의 집까지는 그리 먼 거리도 아니니 여차하면 뛸 생각이었다.

율리는 따뜻한 봉투를 끌어안고 빠르게 걸었다. 그때 갑자기 멀리서 번개가 번쩍하더니 이어 천둥이 쾅 쳤다. 깜짝 놀라서 어깨를 움찔한 율리는 점점 더 많이 내리는 비에 속으로 욕을 하면서 뛰다가 근처 상가 건물 안으로 피신했다. 퀴퀴한 냄새가 나는 낡은 건물에 들어가자마자 소나기가 무섭게 쏟아졌다.

"우와……."

앞도 보이지 않을 정도로 거세게 내리는 비를 멍하니 보던 율리는 휴대폰을 꺼내 시간을 살폈다. 여섯 시 반이었다. 비만 오지 않았어도 여유롭게 치킨 배달을 할 수 있었는데 난감하게 되었다.

일단 율리는 진하에게 전화를 걸었다. 아무래도 지나가는 비 같은데 늦는 것이 꼭 자신의 탓만은 아니라는 걸 밝히고 싶었다.

—왜 안 오고 전화야?

"제가 지금 조금만 가면 되긴 한데 갑자기 소나기가 장난 아니게 쏟아져서요."

—그래서?

"어, 좀 비가 잦아들면 갈게요. 치킨은 샀는데, 늦을지도 몰라요."

―우산 없어?

"소나기 올 줄 몰랐거든요."

갑자기 어두워지더니 갑자기 비가 내렸다. 꼭 자신에게 엿이라도 먹이고 싶은 양! 잠시 조용히 있던 진하가 되물었다.

―우산 없으면 비 맞은 생쥐겠네?

"네, 조금 맞아서……."

거기까지 말한 율리는 유리문에 비친 자신의 상태를 보고 탄식했다. 정말 옷도 그새 다 젖어 있었고 머리끝에서도 물이 뚝뚝 떨어지는 곤란한 상태였다. 그녀는 치킨 봉투를 내려놓고 한 손으로 머리끝을 꼭 쥐어짜며 정정했다.

"좀 많이 맞아서……."

휴대폰 너머에서 피식 웃는 소리가 들렸다. 남의 불행을 즐기다니, 율리는 미간을 찌푸리고는 머리에 이어 티셔츠 끝자락을 꾹꾹 짰다. 물이 똑똑 바닥으로 떨어졌다.

―됐어, 빨리 와.

"되긴 뭐가……."

눈앞이 보이지 않을 정도로 쏟아지는 비를 맨몸으로 뚫고 오라는 건가, 무리한 소리에 율리가 얼굴을 구기고 바깥을 쳐다보았다.

그런데 언제 비가 내렸냐는 듯 밖에는 빗방울 하나도 떨어지고 있지 않았다. 폭우의 기세를 보면 앞으로 30분은 더 쏟아질 것 같았는데, 마치 누가 빗줄기를 가위로 잘라 버리기라도 한 양

비는 멎어 있었다.

―비 안 오잖아?

태연한 음성이 율리의 귓가에서 맴돌았다. 문득 그녀는 소름이 돋았다. 이유는 알 수 없었다. 비가 만들어 낸 한기가 자신을 오싹하게 만든 걸 수도 있겠다. 그녀는 할 말을 잃고 개기 시작하는 바깥을 멍하게 응시했다.

―치킨 다 식은 거 아냐?

진하의 불만스러운 목소리는 율리에게 닿지 못했다. 그녀는 휴대폰을 얼굴에서 떼고 내려다보았다. 이 놀라운 일은 그저 우연에 불과하겠지만 가슴속 깊이 묻어 둔 본능이 이상하게 경고음을 울렸다.

과대망상이겠지. 그녀는 헛웃음을 지으며 편하게 생각하려고 애를 썼다.

"비…… 그쳤으니까 갈게요."

전화를 끊은 율리는 치킨 봉투를 다시 주워 들고 얼떨떨하게 밖으로 걸음을 내디뎠다. 밖으로 나가는 순간 비가 다시 쏟아질 것 같았는데, 그런 일은 일어나지 않았다.

힘없이 걷고 있는데 문득 오래된 기억이 떠올랐다.

"율리가 못된 용을 혼내 줘야 해. 사람을 해치고 괴롭히지 못하게."

"나쁜 용이 인간으로 둔갑하고 있으면 어떻게 알아봐요?"

"너라면 알 수 있을 거야."

왜 돌아가신 작은할아버지와의 사소한 대화가 떠올랐는지는
모르겠다. 옛이야기와 지금 이 순간은 아무 관련도 없는데 말이
다.

우산을 쓴 채 길거리를 걷는 사람들이 하나둘씩 우산을 접기
시작했다. 비가 완전히 그치고 말았다.

현대 오피스텔은 거주하는 사람만 들어갈 수 있게끔 현관부
터 디지털 도어록이 설치되어 있었다. 율리는 현관에 서서 진하
에게 다시 전화를 걸어야만 했다.

"저 못 들어가는데요?"

─치킨 다 식은 건 아니겠지?

비를 맞은 자신보다 치킨 걱정을 하는 드래곤 마니아에게 울
컥 화가 치밀었지만 율리는 꾹 참고 치킨 봉투를 손으로 더듬어
보았다.

"그럭저럭 미지근해요."

─문 열었어. 들어와.

그의 말이 끝나기 무섭게 굳게 닫혀 있던 문이 자동으로 열렸
다. 흥, 콧방귀를 뀐 그녀가 엘리베이터를 타고 13층으로 향했다.

엘리베이터 문이 열리고 바깥으로 발을 내밀던 율리가 멈칫했
다. 영광스럽게도 임진하가 엘리베이터 앞에서 그녀를 기다리고
있는 탓이었다. 그가 그녀를 보자마자 물었다.

"두 마리지?"

"네."

그녀가 힘없이 대꾸했다. 아무래도 자신을 기다린 게 아니라 치킨을 기다린 모양이었다.

"이거 기다리느라 저녁도 안 먹었다고."

집 안으로 걸음을 옮기면서 진하가 툴툴댔다. 율리는 자신보다 머리 하나는 큰 그를 뒤에서 관찰하듯 빤히 쳐다보았다. 평범한 옷차림인데도 그에게는 눈을 뗄 수 없게 하는 묘한 매력이 있었다. 이게 흔히 말하는 '연예인 포스'인지는 모르겠지만, 평범한 사람과는 확연히 다르게 이질감이 들었다.

"많이 식진 않았군."

가위로 비닐 봉투를 처참하게 난자한 그가 만족스럽게 중얼거렸다.

율리는 조용히 집 안을 살펴보았다. 사람 사는 구색은 그럭저럭 맞추어 놓은 집이었다. 거실에는 푹신해 보이는 소파가 있고, 그 소파 앞에는 테이블이 있었다. 테이블 앞에는 커다란 화면의 TV와 오디오 기기들이 나란히 놓여 있었는데 손을 타지 않은 새 것 같았다.

오피스텔이지만 원룸형은 아닌지 침실이 눈에 띄지는 않았다. 율리는 눈치를 보다가 조심스럽게 입을 열었다.

"저 여기 앉아도 돼요?"

진하는 소파를 가리키고 있는 율리를 흘끗 보고는 대답 대신 고개를 끄덕였다. 그녀는 앉기 전에 손으로 소파를 살짝 스치듯 만져 보았다. 보드라운 천으로 싸여 있는 소파였다.

"진짜 앉아도 돼요?"

"앉아. 왜?"

"저 비 맞았는데……."

젖은 옷을 입고 앉기에는 소파에게 미안했다. 진하는 율리의 꼴을 보고 그제야 혀를 찼다.

"그럼 바닥에 앉든가."

수건을 주겠다거나 식탁 의자에 앉으라는 말을 할 줄 알았는 데 바닥에 앉으라는 예상 밖의 소리를 하고 진하는 도로 치킨으로 고개를 홱 돌려 버렸다. 그래도 나름대로 손님인데 이런 푸대 접을 받다니, 괘씸한 기분에 율리는 소파에 털썩 앉았다.

"그냥 소파에 앉을게요."

어차피 세탁은 집주인이 하는 거니까.

하지만 진하는 별로 신경 쓰지 않는 듯 아무 반응도 보이지 않았다. 아니, 그냥 치킨밖에 눈에 뵈는 게 없는 걸지도 모르겠다.

"됐다."

그가 의기양양하게 감탄하고는 소파 앞 테이블 위에 쟁반을 내려놓았다. 큰 접시 위에 치킨 두 마리가 누워 있고, 물을 쪽 뺀 치킨 무와 소금이 소복이 담긴 작은 접시가 쟁반 안에 옹기종기 놓여 있었다.

"좀 비켜 봐."

소파는 일자형 하나였고, 율리는 엿이나 먹어 보라는 못된 마음으로 소파 한가운데에 앉아 있었다. 길고 자리도 넓은 소파였지만 테이블 위에 치킨이 있기 때문에 진하는 가운데 자리를 고집하는 것이었다.

"뭐야? 왜 이렇게 축축해?"

"비 맞았다니까요?"

뻔뻔하게 받아치는 율리를 진하는 눈을 가늘게 뜨고 머리부터 발끝까지 쓱 훑더니 벌떡 일어나 욕실에서 커다란 수건을 들고 돌아왔다.

"그러면 수건을 달라고 하든가."

"아…… 고맙습니다."

그런 건 말하지 않아도 알아서 줘야 하는 거 아닌가, 싶었으나 이 인간을 말로 이기려니 피곤해져서 율리는 감사 인사나 하고 말았다. 보송보송한 수건을 받아서 얼굴과 머리 등을 톡톡 눌러 닦던 그녀는 문득 자신에게 향한 시선을 느끼고 고개를 들었다.

이제 해피 치킨 타임을 즐기나 했는데 웬일인지 진하가 치킨에는 눈길도 주지 않고 그녀를 바라보고 있었다.

"왜, 왜요?"

얼굴에 뭐가 묻었나 싶어 그녀는 제 얼굴을 괜히 쓱 닦았다. 하얀 수건에 묻어나는 건 아무것도 없었다. 그때 그가 대뜸 그녀에게 손을 뻗었다. 거침없이 가까워지는 손에 그녀가 눈을 질끈 감아 버렸다.

'저, 정신병…… 있다더니? 이, 이게 바로 인간 불신으로 인한 공격성 표출?'

경진에게 전해 들은 무서운 생각이 찬물처럼 끼얹어졌지만 율리는 포식자 앞의 초식동물처럼 꼼짝도 할 수 없었다. 진하의 손이 멈춘 곳은 율리의 머리카락 끄트머리였다. 어깨 밑으로 흘러내린 머리끝을 쥔 그가 서서히 입술을 떼었다.

"차율리."

자신의 이름이 불리자 율리는 깜짝 놀랐다.

"……네, 네?"

"너 무슨 샴푸 써?"

그게 이렇게 무섭게 물어볼 일이란 말인가. 어깨 끝까지 꽉꽉 들어차 있던 긴장이 일순간 툭 풀려 그녀가 한숨을 내쉬었다.

"샴푸는 왜요?"

"냄새가 괜찮아서."

"어…….."

'오늘 머리 안 감았는데.'

……라고 이 상황에서 말할 수 있을 리가 없었다. 도대체 무슨 냄새기에 이 사람이 치킨도 마다하고 묻나 싶어서 율리도 머리카락 끄트머리를 쥐고 냄새를 맡아 보았지만 아무 냄새도 나지 않았다.

"그냥 명절에 선물로 들어온 거 쓰는데요? 라벤더 향이었나?"

"라벤더? 이건 라벤더 향이 아닌데?"

진하는 마치 집착이라도 하듯 율리의 머리카락을 놓지 못했다. 옆에서 자신을 내려다보는 남자를 의식하자 율리는 저도 모르게 침을 꼴깍 삼켰다. 뭔가 무서우면서도 미묘한 기분이 그녀 마음속을 맴돌았다. 왠지 얼굴에 열이 오르는 것 같아 당황한 그녀가 그의 손을 툭 밀어 내쳤다.

"나, 나중에 샴푸 이름 알려 드릴게요!"

그러나 진하의 시선은 율리의 머리카락에서 떨어질 줄을 몰랐다. 그녀는 일부러 그를 외면한 채 수건으로 젖은 옷을 툭툭 닦았다. 계속 따라붙는 불편한 그의 눈길이 그녀를 긴장시켰다. 그녀는 그의 주의를 돌리기 위해 애를 썼다.

"저기, 치킨 다 식겠어요."

"아!"

고맙게도 그의 주의는 순식간에 치킨으로 돌아가 버렸다.

걱정했던 1인 1닭은 일어나지 않았다. 율리는 눈치껏 치킨을 주워 먹고 일어나 주섬주섬 테이블 위를 정리했다.

"언제부터 출근해?"

"다음 주 월요일이요."

"이번에는 잘해 봐."

진하의 격려가 율리의 마음을 든든하게 받쳐 주었다. 성격 참 이상한 사람이긴 한데 이럴 때는 또 믿음직스러웠다. 율리는 휴지로 테이블 주변을 닦다가 경진과의 통화를 떠올리고 입을 열었다.

"아, 근데 법무팀장님이 제 로스쿨 선배더라구요."

"백경진이?"

진하가 경진의 이름을 알고 있다는 게 신기해서 율리는 손을 멈추고 진하를 돌아보았다.

"아세요?"

"……사촌 동생이야."

뻥이지만.

차율리가 백경진하고 인연이 있을 줄은 몰랐다. 진하는 귀찮은 표정을 숨기지 않았다. 둘이 선후배지간이라는 게 왠지 영 마음에 들지 않았다.

"그냥 선후배야?"

"네?"

"걔 여자들한테 인기 많은데 너도 걔 몰래 좋아하고 그런 거 아냐?"

빼어난 미모에 다재다능하기까지 한 용들은 인간에게 항상 선망의 대상이었다. 이는 백경진도 마찬가지일 것이다. 그러나 한 치의 거짓도 없이 율리는 태연하게 사실을 말했다.

"아닌데요."

물론 진하는 의심을 쉬이 거두지 않았다.

"괜찮아, 솔직히 말해 봐. 혹시 알아? 내가 도움이 될지."

순진한 인간을 구슬리는 건 숨 쉬는 것만큼이나 쉬운 일이다. 물론 용은 결혼은 물론 연애마저도 제약이 있는 터라 도와줄 생각은 추호도 없지만 말이다. 진하가 유혹하듯이 목소리를 낮추어 나긋나긋이 말했으나 율리는 이번에도 단호했다.

"진짜 아닌데요?"

사실 율리는 그 질문이 지겨웠다. 경진과 자신을 이성으로 묶는 질문이라면 대학원 시절부터 지긋지긋하게 들은 터였다. 처음에 경진에게 설레었던 건 사실이지만 시간이 지날수록 경진의 호의는 그저 후배를 아끼는 마음에서 나온 것뿐이라는 생각이 들었다. 그는 일정 선을 넘지 못했고 그녀 역시 일정 선 이상 그에게 다가가지를 못했다.

"그래?"

그런데 어째서일까? 왠지 그렇게 대꾸하는 임진하의 기분이 좋아 보였다. 율리는 당최 그의 속내를 알 수가 없어서 입을 다물고 묵묵히 정리만 했다.

*   *   *

[차율, 파이팅!]

율리는 화정의 메시지를 보고 미소를 지었다. 새로운 직장으로 가는 첫 출근이었다. 화정은 율리에게서 이직 사실을 듣고 마치 당사자인 양 기뻐했다. 친구의 격려로 인해 걸음이 가벼웠다.

"왔구나?"

"안녕하세요."

율리가 경진을 보고 꾸벅 고개를 숙였다. 경진은 복잡한 눈빛으로 그녀를 보다가 한숨을 삼켰다.

"참, 선배 우산 드릴게요."

"우산?"

그녀가 내민 것은 저번에 자신이 빌려준 우산이었다. 그날 비를 내린 것은 경진의 의지였다. 율리와 헤어진 후 어떤 용건이라도 만들어서 그녀를 다시 한 번 보고 싶은 이유에 비를 내렸었다.

'그리고 이 우산을 줬었지.'

율리는 기이한 일에 눈치가 빨랐다. 다른 사람들이라면 갑자기 소나기가 온다고 화만 내고 말았을 텐데, 그녀는 소나기의 존재에 예민하게 반응했다. 그녀가 용살자의 혈통을 타고났기 때문인지, 아니면 그저 상상력이 풍부한 탓인지는 몰랐다.

'선배는 꼭…… 비가 올 줄 알았던 사람 같아요.'

그녀가 떨떠름한 얼굴로 그 말을 했을 때 그는 가슴이 덜컥 내려앉았었다. 아니, 심장이 바늘로 찔리는 느낌이었던 것도 같다. 마치 그녀가 자신의 정체를 꿰뚫어 보고 있는 것만 같았다.

"잊고 있었는데, 고맙다."

"아니에요. 저야말로 우산 빌려주셔서 고마웠어요."

율리는 빙그레 웃어 보였다.

법무팀 안에 변호사 면허를 가진 사람은 율리를 포함해서 네 명이었다. 하나는 경진이고 나머지 둘은 율리보다 먼저 입사한 경력자들이었다. 남자 한 명과 여자 한 명이었는데 여자는 미국에서 로스쿨을 나온 국제 변호사였다.

"우와! 신입 들어올 줄은 몰랐는데? 반가워요. 최아영이에요."

시원시원한 말투로 아영이 율리를 반겨 주었다. 반짝거리는 손톱과 붉게 염색한 머리가 무척 화려했다.

"김한강입니다."

아영과 반대로 한강은 무척 침착하고 조용한 사람으로 보였다. 안경을 쓴 마른 체구의 남자는 고루해 보이는 회색 정장 차림이었다.

"안녕하세요, 차율리입니다."

율리도 꾸벅 인사를 하고 자기소개를 했다. 낯을 가리는 율리를 위해 경진이 자연스레 말을 이었다.

"제 후배입니다. 올해 졸업해서 모르는 게 많을 테니 많이들 도와주세요."

"어머, 팀장님 후배? 공부 열심히 했겠다."

아영이 기분 좋게 웃으면서 율리를 띄워 주었다. 율리는 멋쩍은 표정을 지우지 못하고 머리만 긁적였다. 경진이 율리의 어깨를 툭툭 치며 다정하게 말했다.

"저기 구석에 자리 있으니까 짐 정리하고, 이따가 다른 직원들하고도 인사하자."

"네."

경진은 율리가 짐을 정리하는 동안 팀장실에 들어가 있었다. 팀장실 문이 닫히기 무섭게 아영이 율리의 앞으로 후다닥 다가

왔다.

"율리 씨, 팀장님하고 그렇고 그런 사이?"

"네?"

"맞지? 내가 이런 쪽으로 감이 좀 좋은데."

안타깝게도 그 감, 이번에는 제대로 빗나갔다.

"어…… 아닌데요?"

"아니라고?"

"네, 그냥 선배세요."

하도 많이 오해를 받아서일까? 율리는 이제 이런 오해가 익숙하고 아무렇지도 않았다. 아영은 믿을 수 없다는 듯 과장되게 얼굴을 찌푸리더니 머리를 설레설레 흔들었다.

"그럴 리가 없어. 팀장님 목소리에서 꿀이 뚝뚝 떨어지던데?"

그리고 율리를 바라보는 눈에서도 하트 광선이 뿜어져 나왔다고, 아영이 낯부끄러운 소리를 태연하게 뱉었다. 율리가 어색하게 웃었다.

"그런 오해, 조금 많이 받았어요. 그냥 선배가 후배 위해 주시는 것뿐인데."

"뭐, 뭐라고? 선배가?"

"네?"

아영이 새된 목소리로 반문했으나 율리로서는 통 이해가 가지 않는 반응이었다. 율리는 파일 한 무더기를 든 채로 다시 대답했다.

"네, 팀장님이 원래 후배들 잘 챙겨 주세요."

"아, 그…… 챙겨 준다고?"

율리가 고개를 끄덕이자 언제 놀랐냐는 듯 아영은 표정을 수습하고 괜스레 얼굴을 붉히며 고개를 돌렸다. 멀리서 한강이 아영의 머릿속을 들여다본 양 혀를 끌끌 찼다. 그 순간, 아영의 분노의 화살이 한강에게로 돌아갔다.

"알아들은 김변도 나랑 똑같은 인간이야! 저질!"

"누가 뭐래?"

하지만 아무런 대미지를 입지 않은 한강의 태도에 아영이 화를 이기지 못하고 팔짝팔짝 뛰었다. 물론 한강이 보기에는 그저 도둑이 제 발 저려서 날뛰는 꼴이었다.

출근 첫날, 율리에게 주어진 일은 영문 계약서를 검수하는 일이었다.

'처음부터 고급 미션……'

이런 건 미국에서 로스쿨을 나온 아영이 적임자가 아닌가 싶었지만 이미 그녀는 율리의 10배 이상의 계약서를 검토 중이었다. 조항이 모두 같으면 상관없을 텐데, 각 배우들마다 특이 사항이 있다 보니 일일이 검수가 필요했다.

영문 계약서는 아영이 한다면, 중문 계약서는 한강이 전문적으로 검수하는데 율리의 서류 넘어가는 속도와 그들의 속도가 배 이상은 차이가 나는 듯했다.

'제대로 하고 있는 거야?'

겨우 소개로 들어왔는데 일도 제대로 못 하면 소개해 준 진하나 선배인 경진의 얼굴에 먹칠하는 셈이었다. 이미 전 직장에서도 실수 때문에 해고당한 경험이 있는 터라 율리는 불안해졌다.

'열심히 해야겠지.'

이럴 때는 마음을 다잡고 열심히 일하는 것밖에 할 수 있는 게 없었다. 국문 계약서와 대조해서 계약서를 읽고 파악하던 율리의 뒤에 어느새 아영이 다가와 있었다.

"힘들어?"

"아…… 엔터테인먼트 관련 용어가 아직 어색해서요."

전에 다녔던 회사에서는 쓰지 않던 단어들이 생소해 율리는 속도가 나지 않았다. 율리의 기분을 이해하는지 아영이 씩 웃어 주었다.

"금방 익숙해질 거야. 그리고 지금이야 내 일이 많아서 나누는 셈치고 하는 거지, 국내에서 사건 하나 딱 터지면 이런 일은 안 해도 될 거고."

"사건이요?"

"응, 뭐…… 간단히 하자면 고소장 작성하거나?"

"고소장이요?"

율리가 눈을 동그랗게 떴다.

"왜 저번에 김미미가 악플 고소했잖아? 그런 일도 우리가 하는 거야."

"아아……."

드라마에서 어울리지 않게 악역을 한 번 맡았다가 악플에 시달리던 여배우가 정신적 피해 보상을 요구하며 악플러들을 고소했던 사건이 얼마 전에 떠들썩하게 났다. 방송에서는 한 번 걸러진 악플만 예시로 나왔었는데, 그것도 너무 끔찍해서 율리역시 혀를 내둘렀었다.

고소장 작성이면 식은 죽 먹기였다. 그런 일이라면 걱정할 것도 없겠다 싶어서 율리가 한시름 놓고 참았던 한숨을 내쉬었다.

'아, 그러고 보면 임진하도…….'

김미미처럼 악플에 상처를 많이 받고 있지는 않을까? 율리는 문득 진하가 걱정되었다. 이목을 집중 받는 톱스타라는 위치에 있는 터라 그 역시 만만찮은 욕을 먹고 있을 듯했다. 어쩌면 그래서 인간 불신에 걸린 걸지도 모르겠다.

인간 불신하니, 치킨을 사다 바친 날이 떠올라서 율리가 움찔했다. 다짜고짜 머리카락을 쥐고는 무슨 샴푸를 쓰느냐 묻던 진하의 모습이 생각나서 그녀는 고개를 휘휘 저었다. 머릿속에 그때의 그 모습이 새겨진 듯, 한 번 떠오른 이미지가 뇌리에서 쉬이 지워지지 않았다.

'미치겠네!'

속으로 비명을 지르며 율리는 일에 집중하고자 노력했다. 그런데 생소하기 짝이 없는 영어 단어는 스펠링으로 하나하나 흩어져 보이고, 그저 하얀 건 종이요, 검은 건 글자인 상태가 되어 버렸다. 이럴 수는 없었다. 첫날부터 일 못하는 사람으로 낙인찍히고 싶지 않았다.

'차라리 고소장을 쓰게 해 줘…… 차라리 소장을!'

안타깝게도 율리의 절규는 아무에게도 들리지 않았다.

*　　　*　　　*

진하는 율리가 보낸 사진과 메시지를 뚫어져라 쳐다보았다.

[라벤더가 아니라 망고였어요.]

자신이 쓰는 샴푸의 사진이 첨부된 메시지였다. 망고가 인쇄된 노란 플라스틱 용기에 든 샴푸를 보고 진하는 눈가를 찡그렸다.

망고 같은 평범한 과일 냄새가 아니었다. 라벤더 같은 허브 향기도 아니었고. 꽃향기 같으면서도 달콤한데, 무엇이라고 딱 짚을 수 없는 모호한 향이었다. 젖은 머리칼에 가까이 있어서 느낄 수 있었지, 마른 상태였다면 맡지 못했을 것이다.

'모르겠다.'

임진하는 은근히 포기가 빨랐다. 그때 율리의 체향을 기억 속에서 복기하며 멍하니 시간을 죽이고 있는 그에게 매니저 민호가 다가와서 반가운 소리를 했다.

"형! 오늘 촬영 끝이래요."

진하가 그 말을 기다렸다는 듯 벌떡 일어났다. 오늘 차율리가 첫 출근을 했다. 그녀가 일하는 모습이 보고 싶어서 안달이 난 진하는 단 한 번의 NG도 없이 오늘 촬영을 스트레이트로 마쳤다.

"가자."

"가기 전에 옷이나 갈아입고 오세요."

눈썹을 이상하게 휘면서 민호가 우스꽝스러운 얼굴로 핀잔을 주었다.

진하는 조금 바쁜 척을 하며 동료 배우나 스태프들에게 예의 바르게 인사를 하고 바로 차에 올랐다. 민호는 룸 미러로 진하를 흘끔거렸다. 그는 오늘 내내 무엇 때문인지 초조해 보였다. 화장실을 가지 못한 똥 마려운 강아지처럼 계속 회사로 돌아가고 싶어서 난리였다.

회사에 도착한 진하는 책 두 권을 손에 쥐고 차에서 내렸다. 로비에 들어서자마자 자신에게 쏟아지는 인사에 미소로 화답하고 걸음을 재촉한 그는 거침없이 엘리베이터에 타서 대표이사실 바로 밑, 법무팀이 있는 4층을 눌렀다. 혹여 율리의 퇴근 이후에 도착할까 걱정했는데 아직 여섯 시가 되지 않아 다행이었다.

4층에 도착한 진하는 여유롭게 복도를 둘러보다가 걸음을 멈추었다. 서류 파일을 든 경진이 법무팀에서 막 나오고 있었다.

'애기 백룡이 차율리 선배라고?'

그 생각을 하자마자 진하가 경진을 불러 세웠다.

"백경진, 거기 서."

경진은 예상했다는 듯 멈추어 섰다. 이미 진하가 건물 가까이 왔을 때부터 경진은 흑룡의 기운을 느끼고 있었다. 그는 마른침을 삼켰다. 자신보다 까마득한 세월을 살아온 흑룡에게 압도당하지 않을 리가 없었다.

"무슨…… 일이십니까?"

진하는 고개를 살짝 삐뚤게 기울이고 경진의 앞에 섰다. 가까이 있으니 경진은 숨이 더욱 막혀 왔다. 웬만해서는 흑룡에게 대적할 수 없으리라는 걸 알면서도 단 하나, 율리에게 그가 해를 입힌다면 최대한 맞서고 싶었다.

"너, 여친 있냐?"

"예?"

흑룡이 무슨 소리를 할까 걱정하고 긴장하던 경진은 기운 빠지는 소리에 저도 모르게 되묻고 말았다. 진하가 코끝을 찡그렸다.

"여자도 좀 사귀고 그래. 꼭 샌님 같이 생겨서는."

백룡에게 다른 여자가 붙어 있으면 마음이 아주 그냥 푹 놓일 것 같다는 마음 하나만으로 진하는 양아치 같은 말만 남기고 경진을 놔주었다. 물 흐르듯 자연스럽게 법무팀 안으로 향하는 진하를 보면서 경진은 기가 막혀 말이 나오지 않았다.

법무팀 직원들은 갑자기 나타난 임진하를 보고 모두 할 말을 잃어버렸다. 그의 소속사가 이곳이기는 해도 워낙 바쁜 사람이라 실물을 볼일이 거의 없는 탓이었다.

그나마 입을 연 사람은 신입 변호사, 차율리뿐이었다.

"어?"

"나 바쁘니까 퇴근하면 이거 반납 좀 해라."

그가 건넨 것은 전에 대여해 간 '청룡의 연인'과 '미녀 드래곤'이었다. 이걸 아직까지 반납하지 않았다니! 율리는 대여 기일과 연체료를 머릿속으로 계산하다가 자신을 지그시 바라보는 진하를 보고 퍼뜩 이성을 되찾았다.

"이, 이거……."

"응, 그거 연체료 안 받기로 했지?"

진하는 씩 웃어 주고는 그대로 나가 버렸다. 그제야 정신을 차린 직원들이 너 나 할 것 없이 탄성을 뱉었다. 임진하가 웃는 모습을 실물로 보게 될 줄 누가 알았을까? 남녀를 불문하고 직원들은 임진하에게 홀린 모양이었다.

"그게 뭐야?"

아영이 율리의 손에 들린 책 두 권을 보고 신기하다는 듯 물었다. '청룡의 연인'은 그렇다 쳐도, '미녀 드래곤'은 미성년자 구독 불가인 성인물이라서 율리는 진하의 이미지를 위해 되는대로 말을 만들어 냈다.

"그…… 임진하 씨…… 매니저가 책을 좋아해서요."

이름 모를 매니저에게 미안했지만 율리는 나름대로 진하와의 의리를 지켜 주었다. 아영은 처음 보는 책을 보고 흥미를 보이다가 자리로 돌아가 앉았다.

"임진하하고 아는 사이세요?"

법무팀 사무직원이 용기 있게 율리에게 말을 붙였다.

"저희 집이 대여점을 해서…… 어쩌다가 이렇게 가끔 매니저 분의 책 반납을 대신해 주시거든요."

다시 한 번 매니저에게 미안했지만 어쩔 수 없는 선의의 거짓 말임을 알면 그 매니저 역시 납득은 해 줄 것이다. 율리는 양심 이 콕콕 쑤셨지만 태연을 가장했다.

"실은…… 저희는 차 변호사님이 팀장님 후배라고 해서 따로 임진하를 아시는 줄 알았어요."

"네? 왜요?"

"저희 팀장님하고 임진하가 이종사촌인가? 그렇다잖아요."

"아, 맞다. 그랬죠?"

전에 진하에게 경진과 사촌 간이라는 소리를 들은 적이 있었 다. 그러고 보면 둘은 조금 닮은 듯도 했다. 얼굴이 닮았다기보 다는 분위기나, 수려한 외모나…….

'비와 얽힌 일이라거나.'

율리는 거기서 생각을 멈추었다.

진하의 깜짝 등장으로 시끌시끌하던 팀원들은 경진이 돌아오 자 조용해졌다. 경진은 주변을 둘러보는 척, 율리를 주의 깊게 살폈다. 안색도, 그녀를 감싼 공기도 별로 나빠 보이지는 않았 다. 이질적인 것은 그녀의 손에 들린 알록달록한 책 두 권뿐이었 다.

한편 밖으로 나온 진하는 계단을 통해 5층, 대표이사실로 옮직였다. 다행스럽게도 차율리는 제대로 적응을 하는 듯했다. 혹시 울고 있거나 마음 상해서 상처 받은 눈빛을 하고 있을까 했는데 씩씩하게 사람들과 어울리는 모양이었다.

"나한테 연락 온 거 있나?"

"없습니다만?"

오늘도 대표이사실에 들어가자마자 흑룡은 적룡에게 똑같은 질문을 던졌다. 진하를 보고 몸을 일으킨 대표이사는 몸매를 훤히 드러내는 붉은 빛깔 실크 드레스를 입고 있었다. 그는 그녀를 무덤덤하게 보고는 흥이 빠진 듯 돌아섰다. 그때였다.

"어째서 그 여자를 데려온 겁니까?"

그는 뾰족뾰족 날이 선 그녀의 목소리가 꽤 거슬렸다.

"뭐가?"

"차율리."

적룡의 입에서 나온 이름에 진하가 다시 그녀에게 돌아섰다.

"걔, 불쌍한 애야. 비정규직으로 일하다가 잘렸거든."

"그럼 세상 모든 불쌍한 사람을 다 구제하시지요?"

"오늘 왜 이렇게 성깔을 부려?"

진하의 날카로운 대꾸에 대표이사가 고개를 숙였다.

"그렇게 보인다면 죄송합니다. 하지만 인간에게 거리를 두는 분이 갑자기……."

적룡은 끝까지 말을 잇지 못했다. 그녀 딴에는 이상할 만도 했다. 진하도 그녀의 마음을 이해하지 못하는 건 아니었다.

"인간치고는 꽤 괜찮은 거 같아. 그래서 도움을 줄 수도 있는 거 아닌가?"

율리에게 자꾸 마음이 쓰이는 이유를 진하는 나름대로 그동안의 정이라 여기고 있었다. 무엇보다 그녀의 도움으로 새로운 취향에 눈을 뜨지 않았나? 드래곤 나오는 책은 생각보다 꽤 재미있었고, 그녀와 함께 있는 것도 그럭저럭 마음에 들었다. 그러니까 작은 도움 정도는 줄 수 있지 않은가?

"냄새도 좋고."

"예?"

혼자만의 생각이 입 밖으로 튀어나와 버렸다. 진하는 얼굴을 구기고는 손을 내저었다. 신경 쓰지 말라는 그의 몸짓에 대표이사는 더 이상 토를 달지 않았다.

수많은 인간 중에서는 특이 체질도 있기 마련이었다. 어쩌면 차율리는 임진하의 마음에 드는 특이 체질을 가지고 태어난 여자일 수도 있겠다. 그런 생각을 하자 그는 괜스레 기분이 좋아졌다. 이 넓은 세상에 그런 인간 하나쯤은 있어도 괜찮지 않을까?

"연락 없었으면 이만 가지."

"이렇게 안 찾아오셔도 이상한 연락이 오면 말씀드리겠습니다."

진하는 대표이사를 빤히 쳐다보았다. 그 역시 그녀가 무슨 뜻으로 그런 소리를 하는지 모르지 않았다. 자신만의 공간을 불쑥불쑥 침해받는 것이 불편한 것이리라.

"하긴, 너도 여자니까."

겉으로 보기에는 어머니뻘인 대표이사에게 아무렇지 않게 말을 건넨 진하는 피식 웃으면서 대표이사실을 나섰다. 문을 닫는 순간, 적룡은 그 아름다운 얼굴을 한껏 구기고 어쩌면 저주의 말을 읊고 있을지도 모를 노릇이었다.

그러나 진하의 생각과 달리, 대표이사는 다시 의자에 우아하게 앉았다. 자신이 아는 흑룡은 인간, 그것도 용살자들에게 강렬한 적의를 가지고 있었다. 그는 인간을 믿지 못했고, 용살자들을 전부 제거하고 싶어 했다. 그런 사람이 사사로운 감정으로 인간에게 손을 내밀다니, 놀라운 일이었다.

'뭐, 인간들에게 조금 감화가 된 걸지도.'

그녀가 그리 생각하는 계기가 없지도 않았다. 아까 복도를 걷다가 백룡과 차율리가 대화하는 모습을 본 대표이사는 차율리에게 이해할 수 없는 호감이 치솟았다. 보는 것만으로도 괜히 마음에 드는 사람. 그런 사람들이 가끔 있다. 선한 기운을 가지고 있거나, 맑은 눈빛을 내비치고 있거나…….

아니면, 용살자.

용살자에 예민한 흑룡이 차율리에게 호감을 보이는 것을 보면, 그녀가 용살자일 리는 없겠지만 적룡은 어쩨 마음 한구석이 불편했다. 만일 차율리가 용살자의 운명을 타고났다면, 임진하는…….

끔찍한 상상이 뇌리를 스쳐 지나갔다.

"알아서 하시겠지."

대표이사실을 나가기 전, 피식 웃던 진하의 모습을 떠올린 대표이사는 얼굴을 구기고 고개를 저었다. 아무튼, 흑룡은 가끔 존경해 보려고 해도 존경심을 싹 짓밟아 버린다니까. 부드러운 실크 드레스를 손으로 매만지면서 적룡은 속으로 투덜투덜했다.

*　　*　　*

아침에 일어나서 율리가 제일 먼저 본 메시지는 친구 화정의 메시지였다.

[차율! 기사 봤어?]

"웬 기사?"

잠이 덜 깬 율리가 혼자 중얼거리고 말았다. 출근 준비로도 바빠서 그녀는 '아니?' 하고 짧게 답을 보내고 휴대폰을 손에서 놓았다. 여섯 시 반. 출근은 아홉 시까지지만 그래도 신입 사원인데 열심히 일하는 모습은 보여 주고 싶어서 그녀는 일찌감치 일어났다.

전에 다녔던 회사와는 달리 이 회사는 출근할 생각만으로도 좋았다. 일단 사수들이 전과 달리 다정하고 편했다. 물론 팀장이 로스쿨 선배라는 인맥도 있지만 그보다는 법무팀 사람들이 모두 좋은 느낌이었다.

부푼 마음을 가지고 회사 앞에 다다랐는데, 웬일인지 이른 시간임에도 회사 건물 출입문 쪽에 사람들이 몰려 있었다.

'뭐지?'

지하 주차장으로 들어가면서도 율리는 무슨 일이 일어난 건지 갈피를 잡지 못하다가 빈자리에 차를 세우고 나서야 화정의 메시지를 떠올렸다. 출근 준비를 하고 운전하느라 휴대폰을 보지 못한 사이에 화정이 메시지를 실컷 보내 놓았다.

[임진하 기사 진짜야?]

[야! 차율리!]

[님 잠? 지금 몇 신데 잠?]

[일어나!]

[궁금해 미치겠네!]

……등등.

메시지 폭탄을 보던 율리는 그제야 기사를 찾아보았다. 건물 지하라 와이파이 신호가 약해서 기사 뜨는 것이 느렸다. 그 짧은 시간, 율리는 마른침을 삼키며 이상한 상상을 했다.

'혹시 임진하가 알고 보니 드래곤 오타쿠라는 게 들통나서 이미지가 와장창 깨진 건 아니겠지?'

드래곤이 파충류라든가, 양서류라든가 하는 소리만 들어도 상처를 받는 듯한 그의 태도가 떠올라 율리는 괜스레 불안해졌다.

하지만 기사에는 드래곤의 '드' 자도 나오지 않았다. 오히려…….

"열애설?"

왠지 모르겠지만 율리는 웃음을 터뜨렸다.

물론 임진하의 대외적 이미지가 어떤지 그녀는 잘 알고 있었다. 멋있는 것은 물론 요즘 사람답지 않은 청렴결백한 이미지, 그러면서도 사랑하는 사람에게만은 정열적일 것 같은 남자. 최근 남자 배우들 중에서 최고로 주가를 올리고 있는 이 사람에게 열애설이 따라붙지 않는 게 이상할 정도였다.

그런 점을 머리로는 이해하지만 그녀는 이 완벽한 남자의 다른 면 역시 아주 잘 알고 있었다.

'드래곤하고 열애 중이라면 이해한다.'

심드렁한 눈빛으로 율리는 기사를 읽었다. 최근 클라이맥스에 다다른 드라마에서 조연으로 나오는 여배우와의 열애설이었다. 촬영장 멀리에서 카메라 줌을 엄청 당겨 찍은 흐릿한 사진이 기사에 첨부되어 있었는데 어둑어둑한 구석에 임진하가 상대 여자에게 손을 뻗어 만지고 있는 사진이었다.

"헐, 진짠가?"

이는 코웃음을 치던 율리마저 홀딱 넘어가게 만들 만한 증거 사진이었다. 게다가 이 여배우는 무명도 아니었다. 몇 년 전 해체한 아이돌 그룹에서 미모로 으뜸이었고, 연기력은 조금 부족할지언정 연기자로 전향한 뒤에도 남성 팬들의 마음을 쥐고 흔드는 여배우이니 꽤 그럴싸한 스캔들이었다.

'회사, 난리 났겠네.'

무엇보다 차율리는 회사에 어떻게 들어가야 하나 걱정이었다. 기자들이 눈을 시퍼렇게 뜨고 어떻게든 기삿거리를 얻으려고 애를 쓰는데 거길 뚫고 들어갈 자신이 없었다. 그래도 출근은 해야 했지만 말이다.

그런 걱정도 무색하게, 지하 주차장에서까지 관계자로 보이는 사람에게 달려들던 연예부 기자들은 율리에게는 별 볼일이 없다고 생각했는지 말도 걸지 않았다.

시끌시끌한 밖과 달리 정작 사무실 복도는 조용했고, 아무에게도 관심을 받지 못한 율리는 허탈했다. 그녀는 가방을 고쳐 메고 터덜터덜 법무팀 사무실로 향했다.

"안녕하세요."

사회생활은 인사가 반이다. 들어오자마자 인사부터 한 율리는 자신을 향한 맞인사에 마음이 따스해졌다. 전의 회사는 냉랭한 공기가 흘러서 마음이 영 놓이지 않았는데 여기는 모두가 정말 한 가족 같았다.

"안녕, 율리 씨."

"엇, 벌써 출근하셨어요?"

변호사들 중에는 자신이 가장 먼저 출근했으면 했는데, 이미 선배인 아영이 먼저 출근해 있었다. 아영은 커피를 마시면서 관자놀이를 꾹꾹 누르고 있었다. 피곤한 듯 그녀의 눈가는 어두웠다.

"어디 불편하세요?"

"응? 당연하지. 기사 봐. 이따 홍보팀하고 회의도 해야 하고."

"아……."

전에는 그저 가십거리에 불과했던 일이 여기서는 큰일이 되었다. 율리가 고개를 끄덕거리자 아영이 후후 웃으며 입을 열었다.

"율리 씨는 좋겠다. 이제 계약서 검토 안 해도 되잖아."

"네? 정말요?"

아영의 어두운 눈가와 반대로 율리의 안색은 환해졌다. 얼마나 간절하게 바랐던가, 영어와 관련 없는 일을!

"응, 나랑 김변이 계약서 왕창 볼 거거든. 원래 우리 일이었으니까. 율리 씨는 팀장님이랑 팀 짜서 스캔들 대응하게 될 걸?"

"아……."

좋은 건지 나쁜 건지 감이 잡히지 않아서 율리는 표정을 수습하고 고개를 주억거렸다. 아영은 율리의 어깨를 톡톡 쳐 주고는 자리로 돌아갔다.

책상 앞에 앉은 율리는 뒤늦게 사무실 안에 맴도는 팽팽한 분위기를 읽고 긴장했다. 스캔들 따위는 별거 아니라고 생각했는데 의외로 엄청난 일인가 보다. 이렇게 긴장되는 순간도 없었다. 그때였다.

"품!"

아영이 웃음을 참지 못해 터뜨리자 깜짝 놀란 율리가 아영을 돌아보았다. 아영은 낄낄 웃다가 숨이 찬지 헉헉 숨을 몰아쉬고는 겨우 웃음을 멈추었다.

"어머, 율리 씨 긴장한 거 봐. 어깨가 바짝 올라갔네."

"네, 네?"

"긴장하고 있었어?"

"아……?"

지금 상황이 어떤 상황인지 파악하지 못해서 율리는 눈만 휘둥그레 뜨고 있었다. 아영은 후배를 귀엽다는 듯 응시하다가 웃음기 섞인 목소리로 말했다.

"이거 별거 아니야. 스캔들 같은 건 대응 매뉴얼도 있거든. 일단 홍보팀 일이고."

"아, 네……."

그러니까 그냥 놀린 것뿐이었다. 율리는 속아 넘어갔지만 화가 나기보다는 긴장이 풀리며 다행이라는 생각이 들었다.

"오늘도 계약서 검수해야 할걸?"

"아…….."

다행이라는 생각도 잠시, 율리는 다시 절망에 빠졌다. 어두워지는 율리의 얼굴을 보며 어쩔 수 없다는 듯 아영이 웃을 무렵이었다.

"좋은 아침입니다."

경진이 출근했다. 율리는 경진을 보고 자리에서 일어났고 아영이 먼저 여유롭게 인사를 건넸다.

"안녕하세요, 팀장님."

아영을 보고 생긋 웃은 경진이 율리에게로 시선을 꽂았다. 꾸벅 인사하는 그녀를 그는 말없이 바라보았다. 지금이라도 회사에서 멀리 떨어뜨려 놓고 싶은데 자신에게는 그럴 힘이 없다는 게 답답했다.

"차변은 잠깐 나 좀 봅시다."

경진은 감정을 꾹 누르고 율리를 따로 불렀다. 아영과 의아한 눈빛을 교환한 율리가 허둥지둥 경진을 따라 팀장실로 들어갔다.

"무슨 일이세요?"

"기사 봤어요?"

"네."

율리가 긍정하자 경진은 한숨을 내쉬고 가방을 테이블 위에 내려놓았다.

"상황 봐서 이상하게 흘러가면 이번 사건 수습하는 거 나랑 같이할 수도 있을 거야."

"아, 네."

문이 닫히고, 둘만 남아서인지 그는 사석에서처럼 그녀에게 말을 놓았다. 아영이 말한 것이 전부 농담은 아니었나 보다. 율리가 알겠다는 양 대답하자 경진이 의자에 앉아서 그녀를 물끄러미 쳐다보았다.

"그리고 이건 노파심에서 말하는 건데, 가능하면 임진하랑 거리를 둬 줬으면 좋겠어."

"네?"

거리를 둘 일도 없는데 갑자기 무슨 소리인가 싶어 율리의 눈이 동그래졌다. 굳어진 얼굴로 경진은 미간을 좁히고 말을 이었다.

"임진하랑…… 진하 형이랑 얼마나 친한 사이기에 형이 회사 소개까지 해 준 건지 나로선 모르겠지만, 가까이 지내면 혹시라도 이런 일에 휘말릴 수도 있으니까."

"아…….."

문득 율리는 전에 치킨을 사 들고 진하의 집까지 갔던 게 생각 났다. 그가 치킨 배달을 시킨 이유는 이런 일을 방지하기 위해서 였다. 톱스타란 조금이라도 틈을 보이면 기삿거리가 되기 십상 이었다. 그뿐인가? 단지 임진하가 가게에 드나든다는 이유만으 로 대여점에 사람들이 찾아오고 전화까지 걸었던 게 며칠 전이 었다.

"톱스타다 보니 이런 일에 민감해. 네가 이해해 줘."

"네."

"그럼 일단 나가 보고, 이따가 오전 회의 때 업무 지시할게. 쉬 고 있어."

딱딱한 표정을 언제 지었냐는 듯 경진의 입가는 다시금 부드 럽게 풀려 있었다. 율리는 고개를 꾸벅 숙인 뒤 팀장실에서 나갔 다.

경진은 율리가 나가고 닫힌 문을 가만히 지켜보다가 참고 있 던 한숨을 내쉬었다. 아마 그녀는 자신의 말을 다분히 이성적인 조언으로 여겼을 것이다.

스캔들도 스캔들이지만 임진하와 가까이하지 말라는 건 차율 리의 안위를 위한 것이기도 했다. 차율리 본인조차 자각하지 못한 정체를 흑룡에게 언제 들킬지 모르니까.

경진은 입을 꾹 다물고 업무용 노트북 전원을 켰다. 오늘 해야 할 일이 바탕 화면 가득 리스트로 작성되어 있었지만 하나도 보이지 않았다.

"웃기는 여자네? 자기가 불러 놓고는 갑자기 뭔 벌레를 잡아 달라 하더니, 사진을 찍어?"

진하는 자신의 스캔들을 대서특필한 기사를 일독하고 나서 기분이 매우 상했다. 스캔들 상대인 박희은과 무슨 일이 있기라도 했으면 억울하지도 않을 텐데, 이건 거의 모함 수준이었다.

"무슨 일이었습니까?"

적룡이 여전히 차분해서일까? 그녀의 분위기가 진하에게도 옮겨 왔다. 답답한 숨을 길게 내뱉고 나서 그가 깔끔하게 답했다.

"무슨 일이긴? 얘가 날 불러서 이야기 좀 하자기에 거기 갔더니 자기 어깨에 벌레 있다고 지랄을 떨더라. 그거 치워 준 순간이야, 저거."

대표이사는 고개를 끄덕였고 임진하는 귀찮은 표정을 숨기지 않은 채로 소파에 몸을 깊게 묻었다.

"그렇군요. 분명 오해인데 저쪽에서는 본인에게 사실 확인을 해 보겠다는 보도를 냈습니다."

"기가 막히는군."

진하가 혀를 내둘렀다. 그가 짜증 나는 이유는 거짓으로 점철

된 기사도 기사지만, 자신에게 향할 오해의 시선 때문이었다.

특히 차율리가 괜히 오해라도 한다면.

왜 그녀가 떠올랐는지는 모르겠지만 아무쪼록 이 회사에서 일을 하고 있으니 이 스캔들이 오해에서 비롯되었음을 알게 될 것이다. 거기까지 생각하자 진하는 마음을 다스릴 수 있었다. 주변 공기가 흑룡의 기운에 파르르 떨다가 겨우 멈추었다. 그제야 적룡도 다시금 입을 열 수 있었다.

"……어떻게 그 순간을 촬영했을까요?"

"그쪽에서 짜고 쳤다는 거야?"

"그거야 모르지요. 인간들이란 워낙……."

거기까지 말한 적룡이 입을 다물어 버렸다. 인간에게 결코 좋은 감정을 갖고 있지 않은 흑룡한테 굳이 인간의 나쁜 점을 상기시킬 필요는 없었다. 그녀는 애써 화제를 돌렸다.

"이런 일에 초연하실 거라고 생각했습니다만."

"내가?"

무슨 뜻이냐는 듯 진하가 눈을 동그랗게 뜨고 입술을 삐죽였다.

"이토록 싫어하실 줄은 몰랐습니다."

처음 세상에 나온 백룡도 아니고, 몇 번씩이나 세상을 경험한 흑룡이 고작 인간의 사소한 장난질에 일순간 주변 공기를 뒤흔들 정도로 감정의 동요를 보이는 모습이 그녀로서는 신기할 따름이었다.

"음."

그도 느끼는 바가 있는지 말문을 닫았다. 그녀는 그를 힐끗 보고는 자리에서 일어났다. 아홉 시가 다가오고 있었다.

"저는 오전 회의가 있어서."

"그래?"

진하도 몸을 일으켰다. 대표이사가 자리를 비우기 전에 손님 인 자신이 먼저 나가야 했다. 바깥에는 비서들이 있고, 자신은 예의 바른 이미지를 고수해야 하니까.

진하가 문을 열고 나가기 직전, 대표이사가 말을 건넸다.

"오늘 스케줄은 웬만하면 취소하는 걸로 하지요."

뜻밖의 휴가로 흑룡의 기분은 한층 나아졌다.

"그럼 난 애기 백룡하고 이야기 좀 해 볼까?"

"경진이, 너무 괴롭히지 마세요."

그동안 백룡에게 관심 한 자락 주지 않던 흑룡이 웬일인가 싶 었지만 적룡은 더 이상 그를 말리지는 않았다. 진하는 씩 웃고는 조금은 풀이 죽은 연기를 하며 밖으로 나갔다. 스캔들 때문에 질 책당한 모양새를 만들기 위해서였다. 아니나 다를까, 비서들이 진하에게 힘내라고 한마디씩 말을 붙였다.

대표이사실을 나온 임진하는 법무팀에 쳐들어와서는 가증스 럽게 연약한 척을 했다.

"이번 일 때문에 동생하고 대화를 조금 나누고 싶은데요."

어느 누가 업무 중이라고 임진하를 내칠 수 있을까? 아영은 벌떡 일어나서 팀장실 문을 쾅쾅 두들겼고 흑룡의 기운을 아주 잘 느낀 '사촌 동생' 법무팀장 백경진은 얌전히 문을 열고 나와 흔들리는 눈빛으로 '사촌 형' 임진하를 올려다보았다. 흑룡이 왜 갑자기 쳐들어왔는지 이해할 수 없어서였다.

아영에게 고맙다고 나직하게 인사한 진하는 눈이 마주치지 않기 위해 억지로 고개를 수그리고 있는 율리를 지목했다.

"차율리, 커피 두 잔만."

오늘 아침, 경진에게 주의도 들은 터라 진하와 최대한 떨어져 있고 싶었는데 이름까지 또박또박 불린 이상 그를 무시할 수는 없었다. 율리가 부스스 일어나자 경진이 웃는 낯으로 말했다.

"아니에요. 차변은 할 일 많으니까, 제가 타 드릴게요."

진하의 시선이 율리에서 경진에게로 단숨에 옮겨 갔다. 매서운 눈빛이 자신을 죽일 것처럼 찔러, 경진은 저도 모르게 숨을 들이켰지만 침착하게 정신줄을 붙잡았다.

"들어가죠."

먼저 사무실로 걸음 하는 경진의 태도에 진하의 새카만 눈동자가 가늘어졌다. 이내 진하도 안으로 향하고 문이 닫혔다. 조용한 밀실에 둘만 남자 소파에 자리한 진하가 먼저 입을 열었다.

"너, 꽤 귀여운 짓을 하는구나? 네가 커피를 타겠다고?"

"무슨 일로 오신 겁니까?"

흑룡의 의지를 꺾어 등골이 오싹했으나 경진은 진하의 말을 듣지 못한 척 용건을 물었다. 마시지도 않으면서 무슨 커피란 말인가. 커피는 그저 구실일 뿐임을 경진이 모를 리가 없었다.

적룡에게는 백룡을 만나러 간다고 말했지만 실상 진하는 율리의 상태를 살피고 싶어서 이곳에 온 것이었다.

"쟤 적응은 잘해?"

누구냐고 이름을 물을 필요도 없었다. 경진은 진하의 관심이 율리에게 쏠려 있는 게 거북하고 불안했다. 그가 그녀의 정체를 알고 있는 건지, 모르는 건지 갈피가 잡히지 않았다. 모르고 있다면 다행이지만 알고 있다면 언젠가 그녀는 그에 의해 살해당할 테니 말이다.

"……그건 왜 물으십니까?"

"왜긴? 내가 꽂았는데 일 못한다고 하면 미안하잖아?"

딱딱한 경진과 달리 진하는 여유롭게 대꾸했다. 경진은 겨우 담담한 투로 답했다.

"아직 초반이라서 가타부타 말씀드리긴 그렇고…… 열심히 하고는 있습니다. 걱정하지 않으셔도 돼요."

"그래?"

입꼬리를 끌어 올린 진하가 출입문 쪽을 돌아보았다. 저 너머에 차율리가 있다. 재미있고 마음에 드는 인간이.

"커피 타 온다며?"

"커피…… 안 드시잖아요."

경진은 단지 차율리를 안으로 끌어들이기 위해 진하가 커피 이야기를 꺼낸 것을 지적했다. 순간 진하가 키득거렸다. 그 웃음

소리는 마치 차가운 얼음송곳으로 온몸이 찔리는 것처럼 싸늘하고 공포스러웠다.

"아가."

흑룡은 진심으로 즐거워하는 것이 아니었다.

"난 누가 날 멋대로 막아서는 걸 별로 좋아하지 않아."

"일…… 하고 있는 직원에게 커피 심부름은…… 타당치 않다고 생각합니다."

겁에 질렸음에도 경진은 또박또박 제 의견을 밝혔다. 진하는 눈썹을 휘면서 웃음을 터뜨렸다.

"차율리는 그냥 네 후배야. 거기까지만 해."

임진하는 기분이 좋지 않았다. 백룡이 기어올라서 그런 것은 아니었다. 스캔들도 그의 기분을 저조하게 만드는 데 크게 영향을 미치지는 않았다. 그저 아까 자신의 시선을 어떻게든 피하려고 애를 쓰던 차율리의 태도가 그의 기분을 엉망진창으로 만들고 있었다.

"율…… 차변에게 왜 집착하시나요?"

율리라고 이름을 부르려던 경진이 겨우 공적인 호칭을 입에 담았다. 진하는 생각지 못한 질문을 들은 양 잠시 침묵하다가 조소했다.

"집착?"

그녀가 용살자의 혈통을 타고난 것을 아는지 모르는지 여기서 확인하고 말 것이다. 마음을 단단히 먹은 경진의 눈이 단호해졌다.

"네가 집착이 뭔지 잘 모르는구나?"

"예?"

"이게 무슨 집착이라고…… 쟤랑 좀 인연이 있어서 그래. 쟤 불쌍한 애야. 걱정하는 건 당연한 거라고. 나름대로 나한테 도움도 많이 줬고, 알기도 오래 알았거든."

"특별한 이유는 없고 단지 걱정이 되어서…… 그뿐인가요?"

믿을 수 없다는 경진의 시선이 진하에게 닿았다. 정말 그뿐일까? 진하는 긍정하지 못했다. 거짓말 정도는 쉬운데도 왠지 거짓말을 하고 싶지 않았다. 대신 그는 말을 돌렸다.

"좀 닭 같은 애야."

"예? ……닭이요?"

율리가 멍청하다는 뜻인가? 백룡은 뜬금없이 닭을 언급하는 흑룡이 어이없었다.

하지만 닭…… 아니, 정확히는 치킨 같은 여자. 정말 딱 알맞은 수식어였다. 자꾸 생각이 나고, 구미가 당기며, 아주 맛이 좋은 데다, 언제 먹어도 질리지 않는 치킨 같은 여자.

"그런 게 있어. 아무튼 끼어들지 마. 짜증 나니까."

미간을 확 찌푸린 진하가 소파에서 일어나 인사도 없이 팀장실을 나가 버렸다.

경진은 진하의 분위기에서 답을 대강 도출해 낼 수 있었다. 차율리가 용살자라는 것을 알았다면 흑룡은 그녀에 대한 이야기를 할 때 살기를 띠었을 것이다. 용살자에게 뿌리 깊은 증오를 가지고 있으니 말이다. 그러나 지금 진하의 분위기는 오히려 한결 누그러져 있었다. 단지 차율리에 대한 이야기를 나누었을 뿐인데.

'끌리는 건가.'

그녀가 용살자라는 것을 모른 채 흑룡이 본능적으로 끌리고 있는 것이라면, 훗날 얼마나 끔찍한 일이 일어날지 경진은 상상만으로도 가슴이 서늘해졌다. 또다시 배신을 당했다고 길길이 날뛰며 그녀를 갈기갈기 찢어 죽일지도 모르겠다.

'율리는 그저 이곳에 존재했을 뿐인데…….'

자신에게 위협이 되지 않는, 단지 용살자의 혈통만을 가지고 태어난 사람마저 그는 죽이려고 할까?

온화한 성격을 타고난 것도 있지만 단 한 번도 용살자에게 살해 위협을 받아 본 적이 없는 경진은 진하의 감정을 이해할 수 없었다. 오히려 경진은 율리가 안쓰러워서 지켜 주고 싶다는 생각이 들었다. 다만, 그 생각마저 파멸로 향하는 본능의 영향임을 어린 백룡은 알 리가 없었다.

오전 회의는 이번 스캔들과는 전혀 상관없이 흘러갔다. 증거랍시고 올라온 것도 고작 흐릿한 사진 하나뿐이고 상대측에서도 '확인 중'이라는 모호한 보도만 냈기 때문에 법무팀에서 나설 일이 아니었다. 결국 율리는 선배들 옆에서 오늘도 소속 연예인들의 해외 진출을 위해 열심히 꼬부랑글씨와의 사투를 벌였다.

"점심 먹자!"

열두 시가 되자마자 아영은 칼같이 서류를 덮고 모니터를 꺼 버렸다. 머리를 너무 써서 열이 날 지경에 이른 율리도 긴장의 끈을 놓았다.

"빨리빨리 정리하고 일어납시다. 김변, 미적미적하지 마!"

배가 고프면 사나워지는 아영은 옆에 있는 한강을 괴롭혔다. 한강은 안경을 슥 밀어 올리고 소리 없이 일어났다. 그 광경을 지켜보며 율리는 아무래도 법무팀 실세는 아영인 것 같다고 생각했고 아영에게 밉보이지 않아야겠다고 다시금 결심했다.

"뭐 먹지? 오늘은 조금 칼로리 높은 게 먹고 싶은데. 아침부터 정신이 사나워 가지고."

"평화로운 어제도 돈가스 먹었으면서."

휴대폰을 들여다보면서 음식 메뉴를 검색하는 아영에게 한강이 작은 목소리로 투덜거렸다. 그러나 두 사람 사이에 자주 있는 말인지 아영은 한강을 흘겨볼 뿐, 화를 내지는 않았다.

"아, 참! 율리 씨도 왔는데 우리 환영회 같은 거 안 해?"

"네?"

특별히 환영하는 자리를 만들자는 말이 왜 나오지 않나 했다. 율리는 아영과 한강을 번갈아 보다가 팀장실 문으로 시선을 돌렸다. 아무래도 환영회니, 회식이니 하는 건 자신이 정하는 게 아니라 경진의 몫이었다. 그런데 웬걸, 한강이 고개를 저으며 매우 피곤한 눈빛으로 아영을 쳐다보았다.

"미안한데 난 당신하고 술은 별로 먹고 싶지가 않아서."

"한 번뿐이었어! 한 번! 벌써 1년이나 지났는데 아직도 그걸 우려먹어?"

모르는 일이라 율리는 그저 입을 다물고 두 사람을 지켜보았다. 한강은 떠올리기조차 싫은지 얼굴을 구기고 아영에게서 돌아섰다.

"그 뒤로 그런 적 없잖아!"

"당연히 없지. 내가 술 마시는 최변 근처에도 안 갔으니까."

"남자가 의리라고는 눈곱만큼도 없지."

"입장 바꿔서 생각해 보라고. 내가 최변 옷에 토했으면 어떨 것 같은데?"

"이제 과음 안 한다고!"

동공에 지진이 일어난 듯 아영이 눈동자를 떨면서 빽 소리를 질렀다. 율리는 그제야 두 사람 사이에 무슨 일이 있었는지 대충 눈치를 챌 수 있었다. 언젠가 아영이 과음을 해서 한강에게 폐를 끼친 적이 있었나 보다. 왠지 두 사람다운 사건이다 싶었다.

그때 경진이 팀장실에서 나와 아웅다웅하는 두 사람과 율리를 발견하고 빙그레 웃었다.

"점심 먹으러 갑시다."

율리는 경진을 흘끔거렸다. 솔직히 오전에 진하와 무슨 대화를 했나 궁금했다. 짧은 시간 대화를 마치고 나가던 진하의 표정이 썩 좋아 보이지 않아서였는데, 안타깝게도 율리는 물어볼 자격이 없었다.

'스캔들…… 진짜일까?'

사촌 사이라면 그래도 가족이니 타인보다는 내밀한 이야기를 나눌 수 있을 텐데.

업무 시간이라서 휴대폰을 멀리 두긴 했지만 율리는 간간히 화정에게 온 메시지를 확인했었다. 화정은 정말 임진하가 연애 중인 건지 궁금하다며 메시지상에서 날뛰고 있었다. 아는 바가 없어서 대답해 줄 수 없었지만.

자신을 힐끔거리는 율리의 시선을 경진이 모를 리가 없었다. 그녀가 자신에게 무슨 할 말이 있는 걸까, 유추해 보았지만 모든 유추의 끝은 임진하에게로 모아졌다. 흑룡은 그녀를 닭 같다고 칭했으나 경진 자신이 보기에 율리는 본인이 위험에 처해 있다는 것을 모르는 순진한 어린 양이었다.

'답답하다.'

경진은 겨우 한숨을 삼켰다. 때마침 한강에게 씩씩거리고 있던 아영이 겨우 표정 수습을 하고서 경진에게 말을 붙였다.

"팀장님, 율리 씨도 왔는데 환영회 안 해요?"

"환영회요?"

경진은 회식을 그다지 좋아하지 않았다. 회식에 빠지지 않는 것이 술이었고, 인간들은 술을 무척 좋아했다. 문제는 술을 마셔도 정신을 차리고 있으면 괜찮은데, 그렇지 않다는 데 있었다.

흐트러진 모습을 보이는 것도 괜찮았다. 사람들은 대개 선한 편이었고, 눈살 찌푸리는 행동은 많이 보이지 않았다. 단, 가끔 자제를 할 줄 모르는 사람들이 나와서 몇 번 큰일이 날 뻔했기에 경진은 술자리를 최대한 줄여 왔다.

술에 잔뜩 취한 대학 동기들이 노래방에 가자며 어깨동무를 하고 자신을 끌고 갔을 때 얼마나 난처했는지 모른다. 거기에 맞춰 주기 어려워서가 아니라 혹시라도 그들을 죽여 버릴까 봐 난감했었다. 만약 율리가 용살자가 아니라 평범한 인간이었다면 어땠을까? 경진은 눈앞에 서 있는 후배를 복잡한 심정으로 쳐다보았다. 아마 그녀는 지금 이 세상에 없었을지도 모른다.

"팀장님이 술자리 싫어하시는 건 알지만 꼭 술은 마시지 않아도 되잖아요? 율리 씨도 환영할 겸 같이 저녁 식사를 한다거나."

아영의 말에도 일리는 있었다. 변호사들끼리만이 아니라 가능하면 함께 일하는 사무직원들까지 모여서 저녁 시간을 보내는 것도 율리의 인간관계에 큰 도움이 되기는 할 테니까. 경진은 흔쾌히 고개를 끄덕였다.

"그러네요. 그럼, 그건 점심 먹으면서 생각해 봅시다."

"오! 점심 뭐 먹지? 뭐 드실 거예요?"

제안이 받아들여져서 기분이 좋아진 아영은 메뉴를 고르기 위해 휴대폰을 보며 가방을 들었다. 점심시간이 한 시간뿐이라 이동하면서 고르는 편이 효율적이었다. 율리도 선배들을 따랐다.

엘리베이터를 기다리는 동안 아영의 주도로 환영회 날짜를

정하게 되었다. 자신의 환영회지만 피라미드 최하위층인 율리는 아무 말도 하지 못했고, 경진은 이래도 저래도 좋다는 편이었으며, 한강은 아예 흥미가 없어 보였다.

"이번 주가 그래도 좋지 않아요?"

"으음, 빨리하는 게 좋긴 하겠지만……."

경진이 말을 끝맺기도 전에 엘리베이터 문이 열렸고 모든 대화는 거기서 멈추었다. 점심시간임에도 웬일인지 엘리베이터 안에는 단 두 사람만 타고 있었다.

임진하와 그의 매니저.

"점심 먹으러 가?"

끼고 있던 선글라스를 벗으며 진하가 반갑게 미소를 지었다. 경진을 향한 진하의 눈빛은 오전과 달리 맑고 다정했다.

"아, 예……."

경진이 어색하게 대답하고는 엘리베이터에 올랐다. 아영과 한강은 어색하게 묵례만 하고 조용해졌다. 마지막으로 탄 율리가 마른침을 삼키고 아영의 뒤쪽 구석으로 붙었다. 최대한 진하와 거리를 벌리기 위해서.

율리는 경진이 한 조언을 의식하고 있었다. 가능하면 임진하와는 거리를 두라던 말은 올바른 조언이었다. 그는 회사의 간판스타였고 자신은 신입으로 들어온 일개 직원이었다. 폐를 끼칠 수는 없었다.

정적만 가득한 엘리베이터 안에서 진하가 먼저 침묵을 깼다.

"근데 왜 아까 커피 안 타 줬어?"

"예?"

누구에게 향한 질문인가. 경진은 진하를 돌아보았다. 진하는 여심을 녹이는 눈웃음을 지으며 경진의 어깨를 쓱 쓸었다.

"나중엔 네가 탄 커피 한번 먹어 보자."

다시는 내 의지를 꺾으려 들지 말라는 무언의 협박. 다정하고 따스한 음성과는 정반대인, 인간은 느낄 수 없는 서늘한 기운이 경진의 입을 막아 버렸다.

경진이 가타부타 대답도 하기 전에 엘리베이터는 1층에 도착했다. 지하 주차장으로 향하는 진하와 매니저는 남고 법무팀 직원들은 내리게 되었다. 구석에 숨어 있던 율리가 애써 그의 시선을 피하며 마지막으로 후다닥 내렸다. 문이 닫히기 전까지 율리의 뒷모습을 물끄러미 지켜보던 진하는 도로 선글라스를 꼈다. 기분이 썩 좋지 않았다.

한편, 진하를 신경 쓰느라 정신이 혼미해진 율리는 건물에서 빠져나가자마자 안도의 한숨을 소리 없이 내쉬었다. 하필이면 조언을 해 준 경진도 함께 있어서 혹여 진하가 자신에게 말을 걸까 얼마나 걱정했는지 모른다.

"기름진 거 먹고 싶은데……."

초조해진 아영이 중얼거렸다. 이대로라면 늘 먹던 백반집을 가게 생겼다. 아영이 기름진 음식을 찾아 헤매느라 바쁠 때, 한강이 경진에게 물었다.

"팀장님, 아까 임진하 씨랑 무슨 이야기 하셨어요?"

타인의 일에 관심이라고는 티끌만큼도 없을 듯한 한강이 웬일로 이런 이야기를 하나 싶어 아영도 놀라 고개를 들었다. 경진도 의외의 질문이었는지 곧바로 대답하지 못했다.

"그건 왜요?"

"사적인 일이라면 괜찮지만 지금 이상으로 일이 많아지면 조금 힘들 것 같아서요."

그러고 보니 평소와 다를 것 없던 한강의 안색이 조금 나빠 보였다. 이내 아영이 끼어들었다.

"응? 김변 컨디션 안 좋아?"

"오늘 아침부터 몸살 기운이 있어서."

"말을 하지. 몰랐네."

약한 소리를 좀체 하지 않던 한강이 솔직하게 말할 정도면 '몸살 기운' 정도가 아닐 것이다. 아영이 걱정스럽게 한강을 바라보았다. 진하의 방문이 실제 업무와는 상관없는 일이라 경진이 가볍게 답했다.

"별일…… 아니었어요. 이번 일하고는 전혀 상관없는 거였는데."

"다행이네요."

과묵한 한강은 그 말을 끝으로 말문을 닫았다. 한강이 아프다는 소리에 흥이 빠져서 기름진 음식 검색을 포기한 아영은 휴대폰을 주머니에 넣으며 중얼거렸다.

"그나저나 이번 주는 내일하고 모레밖에 시간 없는데, 김변 컨디션 계속 안 좋으면 환영회 미뤄야겠네."

"미안해요, 차변."

진하와의 조우에 정신이 팔려 있던 율리가 퍼뜩 정신을 차리고 손을 내저었다.

"네? 아니에요. 전 아무 때나 해도 괜찮아요."

지난 직장에서 선배에게 사과를 받아 본 적이 없는 터라 율리는 한강의 사과에 몸 둘 바를 몰랐다. 한강은 코끝을 매만지면서 미안하다는 표정을 지어 보였다. 거기에 아영이 말을 보탰다.

"나한테도 미안해 해. 김변 아프니까 나도 기름진 거 포기했다고."

물론 한강은 전혀 미안해하지 않았다.

스캔들은 두 배우 모두 부인하는 것으로 싱겁게 끝이 났다. 박희은 쪽에서 부정하는 보도를 내자마자 기다렸다는 듯 임진하 측에서도 부정했다. 그러나 여론은 쉬이 가라앉지 않았다. 공식적으로는 부정해도 사진이 남아 있는 이상, 두 사람 사이에 심상찮은 기류가 있는 게 아니냐고 사람들은 상상을 부풀렸다.

"인간들은 변하지를 않아."

억지 기사와 칼럼 등을 읽어 보고 나서 진하는 비웃을 뿐이었다.

"덕분에 박희은은 다시 한 번 사람들 입에 오르내렸지요."

박희은은 드라마 종영이 다가올수록 비중이 점점 작아지는 것에 불안해했다. 애초에 주연도 아니었다. 역사 드라마라 남자들에게 스포트라이트가 비치다 보니 여자 주인공마저 들러리가 되어 가는데 그녀는 심지어 조연이었다. 게다가 초반에 연기력 논란이 있어서 안 좋은 소리를 실컷 들은 터라 작품 내 그녀의 비중이 많이 삭제된 이유도 있었다. 겨우 인기 작품에 얼굴을 내밀 수 있었는데 그만큼의 인지도를 쌓지 못해 그녀는 발을 동동 굴렀었다.

"나, 이용당한 거야?"

"흑룡께도 나쁜 일은 아니지 않습니까? 혹시 알아요? '누군가'에게 연락이 올지."

"……그렇지, 그래."

태연하게 대답하긴 했으나 진하는 내심 충격을 받았다. 놀랍게도 자신은 이번 생의 목적을 깜빡 잊고 있었다. 뼈와 살과 피에 새겨져 지금까지 한 번도 잊지 않았던 것을 말이다.

이번 사건에서 자신이 신경 쓰던 건 오로지 차율리뿐이었다.

'걔가 뭐라고…….'

오전에 법무팀에서도, 점심에 엘리베이터에서도 이상하게 자꾸 피하려고 하는 율리의 모습이 떠올라 진하는 벌떡 일어났다. 마음속이 기분 나쁘게 꼬이고 불편해서 짜증이 나 가만히 있을 수가 없었다.

"간다."

진하의 뒷모습을 대표이사가 물끄러미 바라보았지만 그녀의 시선은 안중에도 없다는 듯 그는 대표이사실을 나갔다.

문이 닫히고 나서 그녀는 경진에게 전화를 걸었다.

"쉬고 있니?"

—예.

"오전에 많이 힘들었지?"

경진은 대답하지 않았다. 경진에게 내비치던 진하의 기운을 대표이사가 느끼지 못했을 리가 없었다. 어린아이에게 장난이 심했다고 한마디 하려고 했는데 입이 떨어지지 않아서 결국 타박 한 소리 못한 터라 대표이사는 미안한 마음에 경진에게 연락한 것이었다.

"무슨 일이 있었는지 물어봐도 되니?"

—별일 아니었습니다. 제가 감히 흑룡을 저지하려던 바람에…….

적룡은 여러 가지 복잡한 감정이 담긴 백룡의 목소리가 안쓰러웠다. 둘 사이에 무슨 일이 있었는지 궁금했으나 그녀는 더 이상 캐묻지 않고 백룡을 달랬다.

"원래 예민한 분이시니 이해하렴."

—알겠습니다. 심려치 마세요.

통화는 거기까지였다. 적룡은 전화기를 내려놓고 한숨을 쉬었다.

＊　　＊　　＊

휴일, 늘어지게 자고 일어나니 벌써 열한 시였다. 율리는 산발이 된 머리를 대강 하나로 묶고 방 밖으로 휘적휘적 나왔다.

"아이고, 우리 변호사 선생님!"

기다렸다는 듯이 들리는 반가운 목소리에 반쯤 감고 있던 눈을 번쩍 뜬 율리는 거실에 앉아 있는 할머니를 보고 화들짝 놀랐다.

"하, 할머니?"

엄마는 가게 문을 열어야 해서 나갔고 아빠는 할머니 맞은편에 뚱한 얼굴로 앉아 있었다. 율리는 이 상황을 전에도 본 것 같았다. 그러니까, 며칠 전 작은할아버지 장례 때였다. 다른 건 옷차림 정도?

"삼촌은 대체 왜 율리한테 그렇게 집착을 한대요?"

"내가 아니? 율리, 이리 와 봐라."

불만스러워하는 아빠의 눈치를 보면서 율리는 할머니 옆으로 다가갔다. 할머니는 테이블 밑에 놓여 있던 상자 하나를 율리에게 건넸다. 분홍빛 보자기로 싸여 있는 상자는 묵직했다.

"이게 뭐예요?"

"작은할아버지 유언장에 여기 든 건 전부 너한테 주라고 쓰여 있더라."

"네?"

작은할아버지는 결혼을 하지 않았고, 당연히 자식도 없었다. 유산이라고 해 봤자 시골에 있는 작은 집이 전부였는데 정작 그것에 관한 말은 없었고 이 묵직한 상자만 율리에게 상속한다는 유언만 남겼다.

"이게…… 뭔데요?"

"그게 무슨 기록? 책이던데, 작은할아버지가 쓴 거 같아. 잘은 모르겠다. 허무맹랑한 이야기만 가득해서."

아빠만큼이나 율리도 떨떠름하게 상자를 쳐다보았다. 보자기를 열자 튼튼한 상자가 있었다. 뚜껑을 여니 오래된 종이 냄새가 났다. 상자 속에는 책과 메모 등이 가득했다. 유품을 기분 나쁘게 응시하던 아빠가 율리에게서 상자를 빼앗았다.

"또, 또 그 미신! 용인지 뱀인지 때려잡고 싶으면 혼자 실컷 하지 왜 남의 자식한테까지 그러는데? 노인네가 재수 없게!"

"죽은 사람한테 너무 그러지 마라. 율리 넌, 뭐 아는 거라도 있어? 작은할아버지가 뭐 말한 적 있었니?"

"……잘 모르겠는데요?"

어렸을 적에나 본 작은할아버지와 접점이 있을 리가 없었다. 율리는 뒷머리만 긁적이고 말았다. 아빠는 상자 속의 지저분하고 낡은 종이를 보며 오만상을 찌푸렸다.

"가서 밥이나 먹어. 이건 다 태울 테니까."

"어……."

"죽은 사람 물건 갖고 있어 봤자 좋을 것도 없어."

아빠의 단호한 말에 율리는 할머니 눈치를 살폈다. 할머니는 내키지 않는 표정이었지만 아들을 말릴 수는 없다고 생각했는지 가만히 있었다. 아빠는 당장에라도 상자째 태워 버릴 기세로 벌떡 일어났다.

"아니, 그래도 혹시 모르니까 한 번 읽어 보고 태우면 되잖아."

"그래, 애비야. 율리가 한 번 읽어는 주고 태우자. 죽은 사람 바람인데."

율리의 의견에 할머니도 한마디 보탰다. 어머니에 하나뿐인 딸까지, 두 사람이 말려서일까? 아빠는 이기지 못하고 상자를 테이블 밑에 내던지듯 내려놓았다.

"오늘 가기 전에 다 태우는 걸로 해, 그러면."

"네, 저 밥 좀 먹고요."

율리가 시원스럽게 대꾸했고 할머니는 한결 가벼워진 표정으로 고개를 끄덕였다.

아빠가 할머니를 모셔다 드리러 나간 바람에 집에는 율리 혼자 남았다. 설거지까지 마친 후 그녀는 묵직한 상자를 들고 방 안으로 들어갔다.

"와! 언제 적 거야?"

상자 안에 든 종이를 낱장으로 꺼내자 더욱 낡아 보였다. 살짝만 비틀어도 금세 찢어질 것처럼 누렇게 변색된 종이에는 한글과 한자가 병행해서 쓰여 있었다. 고문서에 적힌 옛말일까 걱정했는데, 다행히 어느 정도 이해가 가는 내용이었다.

     ……龍(용)의 正體(정체)를 알게 되는 方法(방법)은
   過去(과거)에 수 가지가 있었으나 傳承(전승)되는 方
   法(방법)은 없다……

"뭘 어쩌라고?"
   그러니까 사람이 용을 아는 방법이 몇 개 있었는데, 방법을 아
는 사람들이 전부 죽어서 그 방법이 결국 전해지지 않는다는 내
용이었다. 꼭 오래된 무협지를 읽는 기분이었다.

     ……逆鱗(역린)을 찔러 龍(용)을 除去(제거)할 수 있
   고……

"무슨 말인지 하나도 모르겠는데……."
   거기까지 약 세 장을 읽은 율리가 중얼거렸다. 결국 관심 없는
신문 섹션을 넘기듯 율리는 흥미를 잃고 종이를 휙휙 넘겼다. 종
이에는 글만 있는 것이 아니라 그림도 있었다. 아무래도 작은할
아버지는 그림에 소질이 없었던 듯, 웬 뱀 같은 것이 다섯 마리
가 그려져 있었고 그림 옆에는 빼곡하게 메모가 있었다.
   누군지도 모르는 존재들에 대한 소개와 설명은 지루하고 재
미도 없었으며 무엇보다 관심이 가지 않았다. 종이 뭉텅이를 꺼

내 흥미 없이 넘긴 율리는 박스 맨 밑에서 공책 하나를 발견했다.

혈통을 이은 아이에게.

공책 표지 가운데, 멋들어진 필체로 한 줄 적혀 있었다. 율리는 무의식적으로 이 공책이 자신을 위한 것임을 깨달았다. 아이를 위한 공책이라 그런지 한자는 보이지 않았다. 대신 그림책처럼 그림이 있고 그림 설명이 옆에 짤막하게 붙어 있었다.

'문제는…… 그림을 너무 못 그리셨어!'

율리는 고개를 절레절레 저었다. 그래도 그녀는 그림책을 보는 기분으로 페이지를 슥슥 넘겨 가면서 내용을 읽었다.

어디서 많이 본 내용이었다. 그러니까 엄마 가게에 수십 권은 있을 듯한, 유행이 지난 판타지 소설 같은 내용. 이는 작은할아버지가 해 줬던 옛날이야기와도 비슷했다.

날씨를 조절하는 존재를 만난다면 그를 유심히 관찰해 보라고, 분명 사람이 아닐 것이라고. 그리고 사람이 아닌 그 존재는 사람을 해칠 것이기에 반드시 목에 칼을 찔러 넣어 죽여야 한다는, 다소 잔혹하기도 한 이야기였다.

오행설 때문인지 그런 존재는 총 다섯이고, 그것을 모두 없애면 평화를 되찾고 부와 명예를 가질 수 있다는 일종의 전래 동화 같은 내용.

쭉 읽고 나서 공책을 덮었지만 마지막 그림, 작은 소녀가 칼을 용인지 뱀인지 모를 생물의 목에 꽂아 넣는 괴기스러운 그림이 이상하게 머릿속에 남았다.

그림의 잔상을 없애고자 율리는 머리를 흔들었다. 작은할아버지는 왜 이런 걸 자신에게 남긴 것일까?

어렸을 적부터 작은할아버지는 그녀에게 대단한 관심을 보였었다. 무엇 때문인지는 모르겠다. 그저 기억에 선명하게 남아 있는 건 '너에게 갔구나.' 그 한마디.

'혹시 뭐…… 무당 같은 거 아니야?'

작은할아버지는 결혼도 하지 않았다. 평생을 이런 것에 몰두해서 홀로 살다 쓸쓸히 돌아가신 것이다. 어쩌면 무당이나 영 능력자 비슷한 것이 아니었을까? 미신을 믿지 않는 율리지만 괜히 소름이 돋았다.

"으…… 진짜 괜히 나한테 신 내림 같은 거 오면 어떡하지?"

역시 아빠 말이 맞았다. 이런 건 읽지 말고 태웠어야 했다. 귀신을 보기는커녕, 가위 한 번 눌려 본 적 없는 차율리는 겁을 집어먹고 상자 안에 공책과 종이 뭉텅이를 서둘러 집어넣었다. 괜히 봤다. 공책 마지막 장에 그려진 기괴한 그림이 눈앞에 아른거려서 율리는 속이 답답해졌다.

율리는 아빠에게 전화를 걸어 거실에 상자를 내놓을 테니 태우라고 말하고 집에서 나왔다. 혼자 집에 있으려니 무서웠고 상자가 거슬렸다.

그러나 가게에 들어가자마자 엄마는 율리를 보고 반색하며 자리에서 일어났다.

"우리 딸! 마침 잘 왔어. 엄마 아줌마들이랑 사우나 갔다 올 테니까 가게 좀 봐."

"헐……."

혼자 있기 싫어서 가게로 나온 건데 가게에서도 혼자 있게 생겼다. 엄마는 친한 동네 사람들과 사우나에 가 버렸고 율리는 졸지에 휴일에 또 노동을 하는 처지에 놓였다.

홀로 남겨진 율리는 불안한 눈빛으로 가게 구석구석을 둘러보았다. 구석에 사람이 아닌 것이 웅크리고 있을 것 같은 상상 때문에 무서웠다. '임진하 효과'도 한철이었는지 손님으로 위장한 팬들도 오늘따라 오지 않았다.

'누구라도 와라, 귀신 빼고.'

무서운 생각을 해서인지 상상은 꼬리에 꼬리를 물고 점점 더 무섭고 기괴해져 갔다. 흔들리는 눈으로 가게 구석을 보다가 율리는 유리창 너머로 시선을 돌렸다. 바깥에는 해가 쨍쨍 내리쬐고, 길거리를 지나는 사람들도 많은데 혼자 겁에 질려 있다는 생각이 들자 마음이 조금 편해졌다. 그녀는 침을 꿀꺽 삼키고 마음을 다잡으려 노력했다.

'귀신은 없다. 미신은 안 믿는다. 근데 진짜 무당이면 어떡…….'

거기까지 생각하는 순간 출입문이 열리고 딸랑, 종소리가 경쾌하게 울렸다. 고개를 번쩍 든 율리가 툭하면 오는 손님을 보고 울상을 지었다.

"왜 이제 왔어요?"

"뭔 소리야?"

뜬금없는 소리에 진하가 눈살을 찌푸리고 툭 받아쳤다. 율리는 안도의 한숨을 내쉬었다. 귀신이고 나발이고 이 남자 앞에서는 쪽도 쓰지 못할 것 같았다.

"차율리, 나 기다렸어?"

"아니, 그게……."

"웬일이야? 응? 회사에서는 나랑 눈도 안 마주치려고 하더니?"

진하가 비아냥거렸다. 실제로 스캔들이 났던 그날 이후 율리는 최대한 진하와 접촉하지 않으려 애를 썼다. 경진의 언질도 있었지만 회사에는 아무래도 보는 눈이 많아서 괜한 오해를 만들수 있기 때문이었다.

"그건 팀장님이 조심하라고 해서 그런 거거든요?"

"팀장? 백경진이?"

유들유들하게 웃고 있던 진하의 표정이 싹 지워졌다. 백룡 아가에게 너무 온화하게 경고를 주었나 싶어서였다.

한편, 율리는 말실수를 했나 되짚어 보다가 솔직하게 털어놓았다.

"괜히 스캔들 같은 데 휘말리지 말라고요."

"스캔들? 너랑?"

"네."

진하는 마치 자신이 잘못 들은 양 고개를 갸웃거리곤 다시 물었다.

"너랑 내가?"

뭐지, 뭔가 기분이 점점 나빠지는데? 율리는 진하를 흘겨보면서 힘주어 대답했다.

"네!"

율리의 대답을 듣자마자 언제 무표정했나 싶을 정도로 임진하는 얼굴 근육을 전부 쓰면서 웃음을 터뜨렸다. 얼마나 웃기기에 그는 배를 잡고 한참을 킥킥거리다가 겨우 벽을 붙잡고 정신을 차렸다. 그는 잠시 숨을 고르다가 대뜸 정색을 했다.

"차율리, 말이 되는 소릴 해라. 내가 뭐가 아쉬워서 개천 미꾸라지랑 스캔들이 나?"

"아, 진짜!"

자존심에 금이 간 율리는 빽 소리를 쳤다. 물론 임진하는 코웃음만 치고 있었다.

"스캔들 그런 거 걱정할 거 없어. 사람들은 너랑 내가 끌어안고 있는 걸 봐도 스캔들이라고는 상상하지 못할 거야."

"어이가 없어서……."

물론 연예계에 있는 여배우들과는 비교도 되지 않지만 그래도 어디 가서 못생겼다는 소리는 들어 본 적 없는 차율리는 오늘 제대로 여자의 자존심을 구기고 말았다. 게다가 변호사라고 소개하면 얼굴도 예쁘장한데 변호사냐고 띄워 주던 사람들이 얼마나 많았는데, 이상하게 임진하한테는 비정규직 개천 미꾸라지로 찍히고 말았다.

"됐어요. 대여 안 해 줄 거야."

입술을 삐죽거리면서 율리가 심통을 부렸다. 그러나 진하는 그녀의 말을 무시하고 어깨를 으쓱거리며 신간 코너로 향했다.

"용 나오는 거 없나, 용⋯⋯."

"없거든요?"

"없긴? 여기 있잖아. '드래곤 하트에 정조준!' 이거 시리즈물인가 봐? 1권이네? 1권만 나온 거야? 2권 동시 발매 안 했어?"

율리는 도서 검색을 해 보고 고개를 저었다.

"안 했어요."

"2권까지는 나와 줘야 좀 내용을 알지."

투덜거리면서 그는 신간을 훑어보다가 더 이상 용과 관련된 책이 없음을 인지하고 쓸쓸히 카운터로 다가왔다.

"근데 아깐 뭐야? 꼭 날 기다린 것처럼 말하던데?"

"뭐, 뭘요⋯⋯."

자신의 언행이 부끄러워서 율리는 그의 시선을 피해 모니터를 바라보며 키보드만 두드렸다. 하지만 역시나 임진하는 질겼다.

"'왜 이제 왔어요오⋯⋯.' 라며?"

"제가 언제요!"

자신의 목소리를 흉내 낸 남자를 율리가 흘겨보았다. 진하는 장난기 가득한 얼굴로 그녀를 의기양양하게 응시하고 있었다.

"젊은데 치매 왔어? 벌써부터 깜빡깜빡하면 안 돼."

"아, 나 진짜!"

율리의 반응이 재미있는지 진하는 얄밉게 킥킥거렸다. 그녀는 코끝을 찡그리고 바코드 처리를 마친 책을 그에게 내밀었다.

"신간이니까 빨리 반납하세요."

"얘기 안 해 줄 거야?"

"뭔 얘길 해요?"

율리는 아까 자신이 뱉은 말을 떠올리면 얼굴이 화끈거려서 사무적인 대화만 하고 싶었으나 진하는 끈질겼다.

"왜 이제 왔냐며? 나 기다린 거 아니었어?"

기대 가득한 표정으로 진하는 율리의 대답을 기다렸다. 그녀는 자신이 대답하기 전까지는 이 남자가 절대 가게를 나가지 않을 것을 깨닫고 한숨을 푹 뱉었다.

"특별히 그쪽만 기다린 건 아니거든요?"

"그럼?"

"그냥…… 아무나 손님이든, 그쪽 팬이든…….'"

"왜?"

이미 개천 미꾸라지 이미지가 형성되었는데 거기에 쪼다 이미지가 합쳐진들 더 나빠질 것도 없을 것이다. 율리는 모든 걸 포기하고 사실대로 말했다.

"좀 무서운 걸 봐서요."

"무서운 거? 뭔데?"

"얼마 전에 돌아가신 작은할아버지가, 그…… 할아버지 동생인데 저한테만 유언 같은 걸 남기셨거든요. 그거 때문에……."

"그게 무서운 거야? 뭐 어디 땅이라도 준다는 거 아니야?"

진하는 율리를 도무지 이해할 수 없다는 듯 바라보았다. 그런 거면 이러고 있었겠냐 싶어서 그녀가 사정을 줄줄 털어놓았다.

"어우, 그런 거 아니에요. 읽어 봐도 통 이해가 안 되는 오래된 문서들이라서 그냥 아빠가 다 태우기로 했어요. 근데 괜히 기분이 찝찝하고 돌아가신 분 거니까 좀 무섭고 그래서요."

"그래? 저주라도 걸었나 보지?"

"그런 분은 아니거든요?"

"근데 뭐가 무서워? 죽은 사람은 산 사람한테 해코지 못 해."

"네? 진짜요?"

"당연하지. 죽었으면 끝인데 무슨."

너무나도 현실적인 그의 대꾸에 그녀는 할 말을 잃고 허탈해졌다. 그래, 왠지 이 남자는 귀신 같은 것에 전혀 개의치 않을 것 같았다. 귀신 때문에 덜덜 떨고 있었다고 말하면 바보 취급을 할 사람이었다. 그래도 아까는 무척 무서웠다고.

그녀가 힘없이 중얼거렸다.

"그냥 기분이 좀 그런 거 있잖아요. 왜 괜히 가게 구석에 귀신 있을 것 같고……."

속내를 입 밖으로 내뱉자마자 다시 그 무서운 감정이 떠올라 율리는 어깨를 움츠렸다. 진하는 그녀를 빤히 내려다보다가 가게 구석구석을 둘러보고 무감정하게 말했다.

"여기 귀신 없어."

"그, 그걸 어떻게 알아요? 지, 진짜 여긴 귀신 없어요? 아니, 그 쪽 귀신 봐요?"

눈을 동그랗게 뜨고 의자에서 벌떡 일어난 율리에게 진하는 기가 막힌다는 표정을 가감 없이 드러내고 그녀를 비웃었다.

"귀신이 어디 있냐? 진짜 웃기는 애네."

"뭐야!"

울컥한 율리가 다시금 버럭 소리쳤다. 진하는 킥킥 웃다가 가게를 한 번 다시 둘러보더니 안쪽 구석을 유심히 응시했다. 한 번 속지 두 번 속지 않는 차율리는 자리에 앉으며 이를 갈았다.

"이제 안 속아!"

"그래? 아쉽네."

코웃음을 치며 진하는 '드래곤 하트에 정조준!' 1권을 들고 가게를 나갔다. 율리는 씩씩거리면서 그의 뒷모습을 보다가 괜히 솔직하게 말했다고 자신을 탓했다. 그냥 개천 미꾸라지로 남을 것을, 쪼다 이미지까지 덧붙이고 말았다.

곧 휴대폰이 짧게 울렸다. 웬 메시지인가 했는데 방금 자신을 실컷 놀려 먹고 나간 임진하의 메시지였다.

[전기 조심해.]

"뭐, 뭐야?"

휴대폰을 들여다보고 있던 율리는 아까 진하가 마지막으로 응시하던 가게 구석을 조심스럽게 쳐다보았다. 물론 거기에는 아무것도 없었다. 그저 벽에는 오래된 콘센트가 있었고, 소켓 하나에 공기청정기 선이 연결되어 있을 뿐이었다.

"……끝까지 놀린 거지?"

율리는 휴대폰을 꼭 쥐고 부들부들 떨었다. 공포가 아니라 분노로.

사우나를 다녀온 엄마에게 가게를 도로 넘기고 집에 돌아가니 아빠는 어느새 마당에서 상자를 활활 태우고 있었다. 종이는 소리 없이 탔고 허무하게 재만 남겼다.

"읽어 봤어?"

"네, 근데 무슨 말인지 하나도 모르겠더라고요."

몇 장 읽지 않았지만 뜬금없는 내용이 율리로서는 영 이해가 가지 않았다.

"작은삼촌…… 네 작은할아버지는 조금 남다른 사람이었어. 그 시절에 혼자 산 것도 그렇고, 젊었을 때부터 시골구석에 처박혀서 맨날 이상한 책만 읽고. 재밌는 사람이긴 했는데 미신에 심취한 게 문제였지."

율리는 대답 대신 고개만 끄덕였다. 아빠는 이제 불씨가 거의 꺼져 가는 종이 더미를 응시하며 한숨을 내쉬었다.

"그래도 나쁜 사람은 아니었어. 이상한 사람이긴 했지만. 너 낳고 고향에 인사 갔을 때, 다른 어른들은 아들도 낳아야지 어찌니 듣기 싫은 소리를 했는데…… 작은삼촌은 덩실덩실 춤을 추셨거든. 너 하나면 열 아들 부럽지 않을 거라고. 참 나, 자기 손녀도 아닌데 말이야."

추억에 젖은 건지, 회한이 겹친 건지 아빠는 오늘따라 중얼중얼 말이 많았다. 엄마는 몸이 약한 편이라 딸 하나를 낳은 것만으로도 기적이라고 들었다. 그런 사람에게 아들을 낳으라는 말을 하다니, 엄마도 엄마지만 아빠의 속도 만만치 않게 타들어 갔을 것이다. 율리는 잠자코 아빠의 말을 들어 주었다.

"틀린 말은 아니었지. 너희 대에서 네가 제일 잘났잖아?"

율리는 할 말이 없었다. 허울 좋은 변호사 직함이 이럴 때는 무겁게만 느껴졌다. 그냥 열심히 하다 보니까 얻은 것뿐인데. 그래도 자신 없는 마음을 내색할 수는 없었다. 그녀는 더 이상 아무 말도 하지 않고 집 안으로 걸음을 옮겼다.

어쩌면 작은할아버지는 특이 체질 같은 것이었을 수도 있겠다. 도를 닦다 보면 미래가 보인다는 사이비 비슷한 이야기도 있지 않은가? 무협지에서도 내공을 쌓다 보니 혜안이 생겼다거나 특이 능력이 생겼다는 내용도 있고…….

"모르겠다."

정신적으로 무척 피로해져서 율리는 방에 들어와 침대에 쓰러졌다. 혹여 악몽을 꾸지 않을까 걱정스러웠지만 악몽 같은 건 없었다.

너무 일찍 잠든 바람에 저녁도 건너뛰고 새벽같이 일어난 율리는 일단 씻고 나왔다. 날씨가 좀 흐린 게 오늘 엄마가 삭신이 쑤시다고 할 듯했다.

아니나 다를까, 엄마는 허리와 무릎이 아프다고 하면서도 어제 사우나를 너무 심하게 했는지 감기까지 와서 끙끙 앓았다. 집에 그 흔한 종합 감기약 하나가 없어서 아침부터 아빠가 급히 문을 연 약국을 찾아 돌아다녔다.

"내가…… 다시는 그 여편네들하고…… 사우나를 가나 봐라……."

앓는 소리를 내는 가운데에서도 엄마는 자존심을 세웠다. 율리는 엄마에게서 컵을 건네받고 중얼거렸다.

"갈 거면서."

"애!"

엄마는 쉰 목소리로 소리를 높이며 율리의 등짝을 후려갈겼다. 몸이 약하다면서 손 하나는 엄청나게 매웠다. 율리는 엄마에게 맞은 곳을 호들갑스럽게 쓸면서 도망치듯 밖으로 나갔다.

오늘도 가게는 자신이 보게 생겼다. 어차피 할 일도 없고 약속도 없어서 율리는 느긋하게 가게에 나가기로 마음먹었다. 영문 계약서 샘플 몇 개를 들고 공부도 할 겸 가게를 보는 것도 나쁘지는 않을 듯했다.

일요일인데도 손님은 통 오지를 않았다. 이제 정말 슬슬 가게를 접어야 하는 게 아닐까 싶은 위기감이 들었다. 그래도 작년,

재작년까지는 휴일 오전에 손님들이 오곤 했는데 오늘은 한 명도 걸음 하지 않았다.

영문 계약서 샘플 두 개째를 꼼꼼하게 보던 율리가 기지개를 쭉 켰다. 공부하기는 참 좋은 환경이었다. 목을 돌려서 굳은 근육을 풀다가 그녀는 무의식적으로 가게 구석을 쳐다보았다. 물론 귀신 같은 건 없었다. 그저 벽에 오래된 공기청정기 코드가 꽂혀 있을 뿐이었다.

"어휴, 장난 때문에⋯⋯."

어제 진하가 남긴 마지막 농담이 이상하게 마음에 걸려서 갑자기 계약서 샘플이 눈에 들어오지 않았다. 왠지 섬뜩한 기분이라 그녀는 일부러 입 밖으로 소리 내서 말했다.

"이 인간 때문이야!"

머리를 양손으로 움켜쥔 율리가 고개를 도리도리 젓다가 휴대폰을 집어 들었다. 뭐라고 한마디 해 줘야 기분이 풀릴 것 같았다. 그렇다고 쪼다처럼 겁을 집어먹은 내색은 하고 싶지 않아서 잠시 고민하던 율리는 고심하다가 메시지를 작성했다.

[신간 예약 있으니까 오늘 꼭 갖다 주세요!]

물론 손님도 없는데 '드래곤 하트에 정조준!' 1권은 예약이 있을 리 없었다. 율리는 전송된 메시지를 내려다보며 마음이 조금은 가라앉는 것을 느꼈다. 미신을 믿지 않는 진하의 태도가 떠오르자 그와 메시지로 연결된 것만으로도 든든하다는, 이해 못 할 생각이 들었다.

마음을 굳게 먹고 계약서로 막 시선을 돌릴 찰나, 전화가 왔다. 가게 전화가 아니라 휴대폰이었다. 발신자는 역시나 임진하였다.

'설마 연체하겠다는 건 아니겠지?'

그런 마음으로 율리는 전화를 받았다.

"여보세요?"

―가게 몇 시에 닫아?

그는 다짜고짜 본론으로 들어갔다. 주변이 조금 시끌시끌한 게 일하는 도중인 모양이었다.

"네? 글쎄요? 열 시쯤?"

가게 닫는 시간은 탄력적이었다. 손님이 줄어 가면서 열 시 전후에 더는 손님이 올 리 없다 싶으면 셔터를 내렸다. 오늘도 파리만 날리는 걸 보아하니 전기세가 더 나가겠다 싶었다.

―……열 시면 조금 아슬아슬한데. 반납기는 왜 치웠어?

거기에는 아픈 추억이 있었다.

"전에 근처 고등학생들이 털어 가서요."

―뭐? 하! 별 걸 다 털어 가네.

진하는 기가 막힌다는 양 헛웃음을 터뜨렸다. 바쁜 사람을 굳이 닦달하고 싶지 않아서 율리가 너그러이 말했다.

"오늘 반납 못 하겠으면 나중에 하세요. 급한 것도 아니니까."

―예약 있다며?

"그, 그렇긴 하지만……."

―예약 있는 거 맞아?

그녀가 말끝을 흐리자 그가 바로 의심하기 시작했다. 눈치 하나는 세상 누구보다도 빠른 남자였다.

―솔직히 내가 드래곤 나오면 그냥 덮어 놓고 보는 편인데 이건 좀 심하더라. 이걸 예약한 사람이 있긴 해?

역시 사람은 거짓말을 하면 안 되나 보다. 율리는 쩔쩔맸다.

"그게⋯⋯."

―전체 페이지에서 드래곤이 3장 나와. 3장! 드래곤 하트는 무슨⋯⋯.

드래곤 마니아 임진하는 다른 의미로 화를 내고 있었다. 율리는 할 말을 잃어버렸다. 그러니까 책이 재미가 없다거나 기본도 안됐다는 게 아니라, 그저 드래곤 분량이 3장뿐이라는 이유에서 화를 냈다.

율리가 아무 말도 하지 못하자 진하는 다시 본론으로 돌아왔다.

―아무튼 열 시까지 가도록 해 볼게.

"아뇨, 그냥 바쁘시면⋯⋯."

―간다고.

연체 따위는 우습게 여기던 사람이 웬일인가 싶었지만 그녀는 더 이상 토를 달지 않았다. 멀리서 누군가가 그를 부르는 소리가 작게 들렸다.

―끊는다. 늦으면 연락할게.

"아, 네……."

전화를 끊고 나서 율리는 고개를 갸웃거렸다. 의아한 일이기는 하나 손님이 대여 기일을 지키겠다는데 말릴 필요도 없었다. 그녀는 휴대폰을 책상 위에 두고 다시 계약서 샘플을 들여다보았다. 지금부터 열 시까지 가게를 비울 수 없다면 점심은 배달 음식을 주문해야겠고, 저녁은 잠깐 짬을 내서 먹은 뒤에 돌아와야 할 것이다.

하루 종일 영어와 사투를 벌이고, 저녁도 양껏 먹어서인지 율리는 초저녁부터 잠이 쏟아져서 죽을 맛이었다. 결국 가게 문을 잠그고 잠깐 자리를 비웠으니 전화를 달라는 메모를 출입문에 붙인 채 그녀는 카운터 책상에 엎어져서 눈을 붙였다.

"……어?"

달게 자던 율리가 정신을 차린 건 전화벨 소리 때문이 아니었다. 자는 사이 흘린 침을 닦으며 상체를 일으킨 그녀는 자신이 아직 꿈속에 있는 건가 싶어서 멍하니 가게 안을 쳐다보다가 소리를 질렀다.

"악!"

불이었다.

이미 가게 안쪽은 활활 타오르는 불길 주변으로 검은 연기가 들어차 있었다. 방금 전까지 책의 일부였을 종이는 이미 재가 되어 너울거렸다. 그나마 다행인 건 불길이 일어난 지 얼마 되지 않았는지 안쪽에 있는 책꽂이 두 개만 희생되었다는 점이었다.

하지만 이 작은 가게에 가득한 건 책, 심지어 책꽂이는 합판이었고 책은 종이였다. 즉, 불이 빠르게 번지고 있다는 게 문제였다.

"물, 물을 뿌려야 하나? 신고해야 하나? 119?"

율리는 너무 당황스러워서 아무 생각도 할 수 없었다. 일단 점점 가까워지는 불길과 연기를 피해 이곳을 빠져나가는 게 먼저였다. 본능적으로 벌떡 일어난 그녀는 혼란스러운 표정을 지은 채 뒷걸음질을 치다가 되는대로 휴대폰을 들고 출입문 쪽으로 허겁지겁 뛰었다.

하지만 손님이 오지 않아 잠가 둔 문이 오늘따라 열리지 않았다. 손에 땀이 가득해서 미끄러지기만 하고 잠금쇠가 쉬이 돌아가지 않았다. 손바닥에 흥건한 땀을 옷에 닦은 그녀는 있는 힘껏 잠금쇠를 돌렸다. 그리고 지옥의 입구가 열리는 소리가 이어졌다. 잠금쇠 안쪽에서 뭔가 부서지는 소리였다.

"……왜?"

아까까지만 해도 잘 돌아가던 게 어째서 지금 망가진단 말인가. 율리는 정신이 혼미해졌다. 문득 무슨 짓을 해도 죽는 영화가 떠올랐다. 매캐한 연기가 스멀스멀 그녀를 위협하기 시작했다. 숨이 콱 막혀 오는 것만 같았다.

숨을 몰아쉬면서 다급한 눈으로 안을 본 율리는 기절하는 줄 알았다. 안쪽 책꽂이 두 개만 태웠던 불이 어느새 네 개째 잡아

먹고 있었고 소화기는 불길 뒤에 가려진 지 오래였다. 그동안 손님이 없는 것에 비해 가게 규모가 쓸데없이 크다고 생각했는데, 오늘따라 가게가 너무나도 좁아 보였다.

지나가는 사람이 있을까 싶어 간절한 눈으로 바깥을 둘러보았지만 이 상가 건물은 책방을 제외하고 학원뿐이라 일요일 밤에는 개미 새끼 한 마리 지나가지 않았다. 게다가 번화한 쪽에 신축 상가가 들어서서 외진 이쪽으로 오는 사람도 없었다. 도움을 받을 수 없으니 결국 율리는 떨리는 손으로 신고를 했다.

"여, 여기 불이 나서요……."

─정확한 위치가 어떻게 됩니까?

"그린 아파트 근처 상가 건물인데요, 주소는 잘 모르겠어요. 안쪽 학원 건물 1층이요."

─안에 사람이 있나요?

"……저요."

율리는 이 절망적인 목소리가 자신의 입에서 흘러나오는 것을 믿을 수 없었다.

바로 출동하겠다는 말이 이어졌지만 불길이 무섭게 번져서 안심할 수는 없었다. 출입문을 등진 율리는 불길이 번지는 것을 무력하게 봐야만 했다.

불이 번질수록 합판이 만들어 낸 자욱한 연기와 뜨거운 기운이 그녀에게 점점 다가왔다. 마음 같아서는 의자라도 집어 던져 유리창을 깨고 도망치고 싶은데 발길이 떨어지질 않았다. 코를

찌르는 냄새에 콜록거리던 그녀가 멈칫했다. 열 시에 오겠다던
남자가 떠올랐다.

'몇 시지?'

율리는 휴대폰을 켜서 시간을 살폈다. 열 시 반, 진하가 온다
던 시간에서 30분이나 흘러 있었다. 차라리 오지 않는 게 나을
것이라 생각한 그녀가 막 그에게 전화를 걸려던 참이었다. 자신
이 등지고 있는 바깥에서 자동차 헤드라이트가 강하게 빛났다.
소방차가 도착했기를 바라는 간절한 마음으로 뒤를 돌아본 그
녀는 양손으로 휴대폰을 쥔 채 울상을 지었다. 눈물이 나는 이유
는 연기 때문만이 아니었다.

"열 시에 온다면서……."

혼잣말을 중얼거린 율리는 약속 시간에 늦은 남자를 유리문
너머로 올려다보았다. 진하는 그녀가 도대체 왜 바깥으로 나오
지 않는지 이해할 수 없어서 출입문을 세게 잡아당겼다. 물론 문
은 열리지 않았다.

"미쳤어? 문 안 열어?"

"문이 고장 났어요!"

연기 때문인지 율리의 목소리는 한층 쉬어 있었다. 상황을 파
악한 진하가 주변을 둘러보다가 가게 앞에 놓인 화분을 들었다.
흙이 가득 든 자기로 된 화분은 꽤나 무거웠다. 유리가 깨질지
화분이 깨질지 모르겠지만 뭐라도 시도해 봐야 했다. 그는 말 대
신 그녀에게 출입문에서 떨어지라고 손을 흔들었다. 그녀가 냉

큼 뒤로 물러서자 그는 뜸들일 것 없이 화분을 출입문에 내던졌
다.

그러나 화분은 산산조각이 났는데 유리문은 크게 금이 갈 뿐,
쉬이 깨지지 않았다. 초조해진 진하가 다른 화분을 들었다. 불
길은 어느새 가게 안의 책꽂이 반 이상을 태웠고 뜨거운 기운에
율리는 몸을 움찔거렸다. 그는 크게 금이 간 부분을 노려서 화분
을 집어 던졌다.

"아……."

문이 부서졌기를 바라며 감았던 눈을 뜬 율리는 절망에 빠졌
다. 유리문은 생긴 것 답지 않게 너무 튼튼했다. 거미줄처럼 갈
라질 뿐, 결국 깨지지는 않았다. 그녀의 머리 위로 하얗게 타 버
린 재가 날아왔다.

이건 사람의 힘만으로는 어떻게 할 수 없는 것인가 보다.

무섭게 퍼지는 불길에서 조금이라도 떨어지려고 율리는 주춤
주춤 출입문 쪽으로 다가왔다. 그때였다.

"조금만 참아."

진하의 나직한 목소리가 귓가에서 들리는 착각이 일어 율리
는 그제야 화마에 꽂혀 있던 시선을 돌렸다. 평소에는 본 적 없
던 필사적인 그의 표정이 거미줄처럼 깨진 유리문 너머로 보였
다. 그가 손을 들어 출입문을 내리쳤다.

그 순간, 금이 간 채 굳건히 버티던 유리가 힘없이 바닥으로
쏟아졌다. 깜짝 놀란 율리가 몸을 움츠리면서 유리문에서 빠르

게 물러났다. 곧 뜨거운 기운이 그녀의 등 뒤를 덮쳤다. 가뜩이나 기세 좋게 타오르던 불이 외부에서 들어오는 산소에 더욱 커진 것이었다. 그녀는 비명도 지르지 못했다.

"차율리!"

길을 터 줬으면 당장 뛰쳐나와야지 왜 안으로 들어간단 말인가. 율리가 유리문이 깨진 것에 놀랄 거라고는 생각도 못 한 진하는 마음처럼 되지 않는 일에 화가 났다. 게다가 불길은 마치 그를 비웃기라도 하는 듯 빨간 혓바닥을 날름거렸다. 호승심 강하고 자존심 높은 흑룡의 한 가닥 남은 이성줄이 뚝 끊어졌다.

물이 떨어졌다.

얼음장처럼 차가운 물이었다. 뜨거운 기운은 급격하게 사그라지고 그 대신 차가운 기운이 율리의 등 뒤를 감쌌다. 두 팔로 머리를 감싸고 있던 그녀가 서서히 고개를 들어 등 뒤를 살폈다.

자신의 주위가 안개 낀 것처럼 흐릿했다. 무섭게 타오르던 불길은 어느새 그녀의 주변에서 꽁무니를 빼고 있었다. 믿을 수 없는 광경에 율리는 할 말을 잃고 멍하니 가게 안쪽을 쳐다보았다.

실내에 비가 내리고 있었다. 치익, 화마가 식어 가는 소리가 귓가에 윙윙거렸다.

스프링클러가 설치되지 않은 오래된 상가 건물에 있을 수 없는 일이 일어난 것이다.

이 흐릿한 물안개의 정체를 깨닫자마자 그녀의 다리가 풀썩 꺾였다.

"안으로 왜 들어가? 죽으려고 환장했어?"

바닥에 넘어지기 직전, 진하가 율리의 팔을 붙잡아 끌어 올렸다. 그녀는 초점이 나간 눈으로 그를 응시하다가 다시 가게 안을 돌아보았다.

믿을 수 없는 광경이 펼쳐져 있었다.

불길은 그새 자취를 감추었고 까맣게 타 버린 잿더미는 질척하게 물을 먹었다. 자신을 중심으로 가게의 딱 절반은 검게 타고 그을렸는데, 나머지는 폭풍에 쓸린 듯이 젖었다.

율리는 팔을 잡고 있는 손을 내려다보았다. 자신을 지탱해 주는 이 남자가 갑자기 낯설게 느껴져 심장이 무섭게 뛰었다. 몸이 덜덜 떨리기 시작한 것은 결코 차가운 빗물 때문만은 아닐 것이다.

율리는 진하의 손을 따라 시선을 옮겼다. 물안개가 스민 자신은 잔뜩 젖어 있는데 그의 까만 재킷 소매는 하나도 젖지 않았다. 젖지 않은 팔과 어깨를 지나 그녀는 그의 얼굴을 두려움 가득한 눈으로 올려다보았다. 평소의 여유 만만한 표정은 어디로 치워 버리고 그는 미간을 찡그린 채 화가 난 건지, 슬픈 건지, 고통스러운 건지 모를 눈빛으로 그녀를 바라보았다.

멀리서 사이렌 소리가 아른아른 다가오고 있었다.

3장

이종우 소방장은 소방관으로 20년을 근무했지만 이런 경우는 처음 보았다. 실내에 불이 나서 부랴부랴 출동을 했는데 화재가 진압된 경우가 없는 것은 아니었다. 작은 불은 집 안에서도 어렵지 않게 잡을 수 있었다. 하지만 현장 흔적을 보아하니 꽤나 불길이 컸을 텐데, 소화기를 사용하지 않았는데도 물만으로 실내에서 불이 꺼지다니 그로서는 처음 겪는 사건이었다.

사건의 중심에 있어서 충격을 받았는지 신고자는 영문을 모르겠다고 했고, 그곳에 같이 있던 유명 연예인은 상황이 다 끝났을 때 빌린 책을 반납하러 왔다가 갇혀 있는 신고자를 보고 출입문을 부수었다 진술했다. 실제로 신고자는 물에 젖어 있었으나 남자는 털끝하나 젖지 않았다.

하필이면 이 유명 연예인이 며칠 전 시끌시끌하던 스캔들의 주인공인 터라 임진하의 매니저는 소방서와 경찰서를 드나들면서 빌고 또 빌었다.

"기사화 되지 않게 잘 부탁드립니다."

"예, 관련자도 아니니 걱정 마십시오."

경찰관과 소방관들에게 읍소하는 매니저를 진하는 뒤에서 팔짱을 끼고 구경했다. 율리는 혹시 다친 곳이 있을지 모른다고 해서 병원으로 이송되었고, 진하는 그 길로 매니저에게 붙잡혀 얌전히 집에 돌아가야만 했다.

"미치겠네! 아니, 형은 그런 델 왜 갔어요? 촬영도 서둘러 끝낸다 했어, 진짜."

"연체하지 말래잖아."

"지금 연체료 몇 푼이 중요해요? 거기 왜 그러고 있었어요? 빨리 움직였어야죠!"

"시끄러워."

진하의 목소리가 한층 가라앉았다. 매니저는 룸 미러를 통해 진하의 표정이 썩 좋지 않음을 보고는 입을 다물었다.

이성이 끊겨서 비를 불렀다고 하면 적룡은 기가 막혀서 아무 말도 못 할 것이다. 하지만 그 상황을 지켜만 보고 있을 수는 없었다. 율리를 집어삼킬 듯 덮치는 불길을 어떻게든 막아야만 했다. 그녀가 불에 타 죽는 꼴을 어찌 본단 말인가. 그렇게 불길 대신 용의 기운이 그녀를 덮쳤다.

진하는 양손에 얼굴을 묻었다. 자신을 향한 율리의 눈동자가 간절함에서 두려움으로 변한 순간이 계속 떠올랐다. 애초에 유리 따위는 손끝으로도 부술 수 있었다. 그렇게 하지 않은 것은 인간의 상식을 지키기 위해서였다. 유리를 깨서 그녀를 탈출시 켰다면 비를 부를 일도, 그녀의 그런 눈빛을 볼일도 없었을 텐데.

어느새 집에 도착했는지 차가 멈추었다. 진하는 그제야 고개를 들었다. 매니저의 안쓰러운 얼굴이 시야에 들어왔다.

"일단 오전 스케줄은 전부 비워 볼게요. 쉬세요."

"그래."

걱정스러운 시선이 뒤에서 따라붙었지만 진하는 단 한 번도 돌아보지 않고 집 안으로 들어갔다. 아무도 없이 홀로 있고 싶었다.

그 불은 전기 때문에 일어난 것이 틀림없었다. 경찰은 화재 원인을 조사해 봐야겠다고 했으나 진하는 알 수 있었다. 어제 신경을 건드리던 안쪽 벽의 콘센트가 결국 버티지 못한 것이다. 뜨거운 기운이 뭉쳐 있다 싶었는데 하루 만에 터질 줄은 몰랐다.

'조금만 일찍 갔더라면……'

아슬아슬하긴 했지만 촬영이 생각보다 늦게 끝이 나는 바람에 이 꼴이었다. 그는 이마를 감싸 쥐고 한숨을 뱉었다. 그때 휴대폰이 울렸다. 대표이사의 전화였다.

"들볶을 거면 나중에 해."

─……무슨 일입니까?

정말 들볶을 생각이었는지 정곡을 찔린 적룡이 잠시 말을 못하다가 겨우 대꾸했다. 사실만을 두고 보면 별거 아닌 일이었다. 불이 났고, 비를 뿌려 불을 껐다.

거기에 차율리가 얽혀서 그렇지.

"이미 보고 올라갔잖아. 뭘 또 물어봐?"

—보고요? 제가 궁금한 건 아무것도 모르는 매니저의 보고가 아닙니다만?

역시 쉽게 나가떨어질 여자가 아니었다. 진하는 모든 것을 포기하고 털어놓았다.

"인간 앞에서 구름을 불렀어."

그 정도야 갑작스러운 소나기 정도로 인식할 테니 문제가 되지는 않았다. 숨겨진 사건이 더 있겠지. 적룡은 더욱 상세한 말을 기다렸고 흑룡은 자백했다.

"실내에."

그의 말이 끝나기 무섭게 정적이 흘렀다. 전화기 저편의 침묵은 꽤나 무거웠다. 침묵은 적룡의 길고 긴 한숨으로 깨졌다. 그녀가 활기차게 그를 비꼬았다.

—정말 대단한 분이세요, 실내에 비가 오게 만들다니. 몇 명이나 그 멋진 광경을 보았지요?

"한 명밖에 안 봤어. 그리고 짜증 나니까 헛소리는 집어치워."

—으음…… 한 명이라니 그나마 다행이네요. 그럼 그 한 명은 어떻게 처리하실 건가요?

우아한 목소리로 율리의 처리를 태연하게 입에 담는 적룡에게 진하가 화들짝 놀라 버럭 소리쳤다.

"뭐? 처리를 왜 해?"

─참 신기한 일이네요. 제가 아는 흑룡은 인간을 아무렇지 않게 처리하던 분인데.

"내가 멀쩡한 사람을 왜 죽여? 웃긴 여자네? 너 어디 가서 그런 소리 하지 마. 누굴 살인귀로 아나."

뻔뻔하게 구는 진하에게 대표이사는 아무 대답도 하지 않았다. 사실 이는 반쯤은 진실이고 반쯤은 부풀려진 소문에 불과했다. 용살자를 처리하기 위해 수를 쓰다 보니 어쩌다 주변의 무해한 사람들까지 몽땅 휘말려 죽게 만든 적이 그에게 몇 번 있었으니까.

그래도 차율리를 살리기 위해 이런 짓을 한 건데, 겨우 살린 그녀를 죽여 버릴 수는 없었다. 진하가 단호하게 말했다.

"상황 지켜보고 내가 알아서 할 테니까 넌 괜히 나서지 말고 있어."

─……알겠습니다.

마음에 들지는 않지만 억지로 납득하고 나서 대표이사는 전화를 뚝 끊어 버렸다. 먼저 전화를 끊은 적이 없던 그녀가 이런 식으로 성질을 부리고 있다는 것을 그는 어느 정도 너그러이 이해해 주었다.

율리의 부상은 연기를 조금 들이마신 것과 1도에도 미치지 않는 가벼운 화상 정도가 끝이었다. 그래도 혹시 모를 증상이 나중에 나타날 수 있기에 오늘 하루 입원하라는 진단이 떨어졌다. 안타깝게도 빈 병실이 없어서 율리는 값비싼 1인실을 배정받았다.

"많이 놀랐지?"

아빠는 물론 몸살로 끙끙 앓고 있던 엄마도 혼비백산이 되어 병원에 왔다. 율리는 부모님을 보면서도 입을 열 수가 없었다. 영화나 드라마에서 나오는 것처럼 실어증 같은 거창한 병은 아니었고 그저 기가 막혀서 말이 나오지 않았다.

실내에 비가 오다니.

진짜 어디 가서 말도 못 할 일이다. 허무맹랑한 소리를 기꺼이 들어주는 화정마저도 '가게에 불이 났는데 글쎄, 실내에 비가 내리지 뭐야? 불이 꺼져서 개이득이었다니까!' 같은 소리를 들으면 고개를 절레절레 저을 것이다.

"근데 도대체 어떻게 된 거니? 넌 밖으로 빠져나오지도 못했다며? 소화기도 구석에 있었는데 어떻게 불을 껐어?"

"……몰라, 나도."

다시 그때를 떠올리자 율리의 안색이 나빠졌다. 피곤한 기색을 내비치며 그녀가 고개를 돌리자 엄마는 더 이상 캐묻지 못했다.

"엄마 여기 있을까? 아니면 혼자 있을래?"

"괜찮으니까 들어가서 쉬세요."

모로 누운 율리는 환자용 침대의 이불을 뒤집어쓰며 대답했다. 머릿속이 복잡하고 혼란스러워서 생각을 정리하고 싶었다. 그래도 엄마는 하나뿐인 딸을 홀로 두고 싶지 않은지 미련을 보였다.

"정말 괜찮아? 한 사람이라도 보호자로 있는 게……."

"괜찮아."

당사자가 이렇게 나오니 어쩔 수는 없었다. 결국 부모님은 아침 일찍 오겠다는 말만 남기고 병실을 나섰다.

병실은 고요했다. 율리는 이불을 걷고 상체를 일으켰다. 그 와중에 챙겨 가지고 나온 휴대폰이 침대 옆 테이블에 놓여 있었다. 열두 시가 지나 월요일인데 출근은 글렀다. 이따 아침 해가 밝으면 경진에게 사정을 미리 말해야 했다.

차가운 빗물이 등 뒤로 느껴지는 것 같아 율리는 몸을 움츠렸다. 불에 타 죽지 않은 게 어디인가 싶다가도, 실내에 비가 내리던 이질적인 광경이 뇌리에서 사라지지 않았다.

그건 정말 뭐였을까? 왜 자신의 앞에 서 있던 남자는 조금도 젖지 않은 걸까?

'역시 임진하가 만들어 낸 것일까?'

말도 안 되는 생각이라 율리는 머리를 세게 흔들었다. 평범한 사람이 어떻게 그런 걸 만든단 말인가? 날씨를 좌지우지하는 일은 우스운 상상 속에서나 가능할 뿐, 현실에서는 절대 있을 수 없었다.

'그래, 솔직히 비를 제멋대로 뿌릴 수 있다면 벌써 기상청에서 일하고 있겠지.'

애써 이성적으로 생각을 돌려 보았지만 율리는 진하의 눈빛이 쉽게 잊히지 않았다. 그가 보통 사람이라면 이해할 수 없는 상황을 맞닥뜨렸을 경우 자신처럼 놀란 표정을 지어 보여야 할 텐데, 놀라기는커녕 그는 무척 괴로워 보였다.

그뿐이 아니다. 큰 불도 잠재운 비가 마치 그를 피해 가듯, 그는 한 방울의 물도 묻지 않았다. 얼음장 같은 비에 흥건하게 젖은 자신과 다르게 그의 옷은 바싹 말라 있었다.

순간 진하를 처음 만난, 비가 쏟아지던 날이 율리의 뇌리에 번쩍 떠올랐다. 어마어마하게 내리던 빗줄기를 가뿐하게 무시한 듯 그의 바지 밑단은 물론 신발마저 젖지 않았다.

추측은 꼬리에 꼬리를 물고 이어졌다. 며칠 전 그에게 감사의 의미로 치킨을 배달한 날, 갑작스러운 소나기에 쫄딱 젖은 생쥐 꼴이 되었을 때도 이상했다. 소나기 때문에 불평하면서 그에게 전화를 걸었더니, 언제 비가 내렸냐는 듯 장대 같이 쏟아지던 빗줄기가 눈앞에서 뚝 잘렸다. 누군가가 비를 가위로 자른 것 같았던 그 기묘한 광경이 생각나자 율리의 온몸에 소름이 돋았다.

이상하다고 여겼던 것들이 어쩌면 자신만의 예민한 생각이 아니었을지도 모르겠다. 정말 누군가의 의지로 날씨가 변한 것이라면…….

"날씨를……."

율리가 허공을 바라보며 중얼거렸다. 순간 머릿속에 어제 읽었던 작은할아버지의 기록이 스쳐 지나갔다.

날씨를 조절하는 존재는 사람이 아닐 것이라는 기록. 그러나 혈통을 이은 아이에게 남긴다는 작은할아버지의 노트는 이미 재가 되어 사라져 있었다. 갈피가 잡힐 듯 잡히지 않아서 그녀는 양손으로 머리를 쥐고 고개를 푹 수그렸다.

"어떡하지……."

오래 알고 지냈던 사람이 사실은 사람이 아닐지도 모른다는 결론이 내려지자 그 공책의 마지막 장에 그려진 기괴한 그림의 잔상이 그녀의 어깨를 짓눌렀다. 소녀가 칼로 괴물을 찌르는 장면.

그 기록을 태우지 말았어야 했다. 아니, 처음부터 그 기록을 보지 말고 태워 버려야 했다. 부모님 말씀을 잘 들으면 자다가도 떡이 나온다는데 왜 아빠의 말을 따르지 않았을까?

온몸이 녹초가 되어 피곤한데 정신은 점점 또렷해졌다. 율리는 오늘 밤을 뜬눈으로 지새워야 함을 어렴풋이 깨달았다.

아침에 율리에게서 사정을 전해 들은 경진은 소스라치게 놀라 점심시간에 그녀를 찾아 왔고, 법무팀 변호사들도 귀한 점심시간을 비워 병실에 동행해 주었다.

"세상에, 불이 나다니……."

뉴스에서나 보던 사건 사고를 주변인이 겪어서일까? 아영은 환자복 차림의 율리를 보고는 충격을 받은 모양이었다. 환자복을 입고 있어서 그렇지 사실 크게 다치지 않은 터라 율리는 조금 민망하기도 했다. 경진이 율리에게 안쓰러운 시선을 보냈다.

"차변, 퇴원은 언제 해요?"

"이따 오후예요."

"많이 다치지는 않았나 보네요. 다행입니다."

율리가 대답 대신 고개를 끄덕였다. 하얗게 바랜 얼굴로 앉아 있는 율리에게 경진은 여러 가지 감정을 동시에 느꼈다. 화재라는 사고를 겪은 것이 안타까우면서도 그녀의 온몸에서 느껴지는 흑룡의 기운에 가슴 한구석이 불편했다. 흑룡은 그녀에게 언제나 자신보다 한 걸음 먼저 나아가 있었다.

그래도 수확은 하나 있었다. 흑룡이 차율리의 정체를 전혀 모른다는 것을 경진은 확신했다. 차율리가 용살자의 혈통을 타고 났음을 흑룡이 이미 알고 있었다면 그는 이번 화재를 기회로 삼지 않았을까.

차율리를 처리할 기회로.

"당분간 몸조심하고."

"네, 걱정 끼쳐 드려서 죄송해요."

미안한 마음에 율리가 고개를 조아렸다. 아영이 율리의 어깨를 토닥여 주며 말을 붙였다.

"근데 율리 씨, 내일은 출근할 수 있겠어?"

"네, 오늘 쉬었으면 됐어요. 내일은 정상 출근할게요."

"그렇다면 뭐……."

본인이 괜찮다는데 말릴 수는 없었다.

회사와 병원은 어느 정도 거리가 있어서 오래 대화를 나눌 수는 없었다. 부하 직원들과 점심을 먹고 회사로 돌아온 경진은 곧장 대표이사실로 향했다. 대표이사는 피곤한 내색을 감추지 않고 용건을 물었다.

"무슨 일이니?"

"어제 흑룡께서 무슨 일을 하신 겁니까?"

다짜고짜 진하를 언급하는 경진의 말에 대표이사가 웬일로 기겁을 하며 벌떡 일어났다.

"왜? 설마 이상한 기사라도 난 거니?"

"기사요? 기사 날 짓을 하신 거예요?"

"실내에 비를 좀 뿌리셨다고……."

600년마다 한 번씩 주어지는 삶의 기회에서 지켜야 할 것은 오로지 '평범한' 인간으로 살 것, 그 하나뿐이었다. 60년간의 짧다면 짧고 길다면 긴 '인생'에서 딱 하나만 지키면 되는 건데, 대단하신 흑룡은 실내에 비를 뿌렸다. 이 상황을 어찌하나, 머리를 부여잡은 적룡이 마음을 가다듬고 다시 자리에 앉았다.

도대체 율리에게 흑룡의 기운이 어떻게 묻었나 했는데, 경진은 대표이사의 말에서 대충 감을 잡을 수 있었다. 화재가 난 곳에 비를 내리게 만들었을 것이다. 경진이 아무 말 않고 서 있자 적룡이 노파심에 덧붙였다.

"너는 어디 가서 절대 그러면 안 된다. 우리는 자연의 일부야. 이런 식으로 조화를 깨는 행위는 절대 해선 안 돼."

먼 과거에는 기적 정도로 치부될 일이었으나 지금 같은 세상에 이런 일이 계속되면 사람들을 혼란에 빠뜨릴 수가 있었다. 물론 용은 인간이 가진 이상과 도덕에 얽매이지 않고 자연에 가까운 존재였지만, 그렇다고 해서 인간 사회에 큰 혼란이 오는 것을 원하는 자는 없었다.

"그러면 흑룡께서는 앞으로 그 인간을 어떻게……."

차마 '처리'라는 말이 나오지 않아 경진이 말끝을 흐렸다. 자연의 비밀을 알아도 되는 인간은 남들과는 다른 눈을 가진 자들이거나 용살자 정도였다. 율리는 진하의 정체를 알아도 문제가 되지 않았으나 그녀의 정체를 모르는 흑룡이라면 혹여 다른 계획을 세울 수도 있었다.

"알아서 하시겠다는데."

"예?"

모호한 대답이 경진의 불안을 부추겼다. 대표이사는 한숨을 내쉬며 속에 담아 둔 말을 줄줄 늘어놓았다.

"도대체 무슨 생각을 하고 계시는지 난 하나도 모르겠다. 인간에게 냉정한 분이 왜 저런 행동을 하고 다니는지, 나는 정말 이해가 전혀 되지 않는구나. 이번 생의 목적이 용살자 처리라고 하신 분이, 인간에게 연민을 가져서 본분마저 잊고 계신다는 게 말이 되니?"

새벽에 진하와의 통화를 마친 후로 지금까지 쭉 적룡은 혼란스러웠다. 지난 생에서도 제 목표에 방해가 된다면 인간을 가차 없이 죽이던 흑룡이 비밀을 들키고 나서도 그 인간을 살려 둔다 했다. 그나마 다행인 점은 그때와 달리 요즘 세상에 용이 존재한다는 소리를 하는 자나 믿는 자는 정신 이상자로 격리된다는 것 정도였다.

대표이사의 일그러진 눈가를 보며 경진이 무겁게 대꾸했다.

"능력을 써 가면서 목숨을 구할 정도라면, 드물게 마음에…… 드시는 인간인가 봅니다."

"그래, 그러니까 살려 두시는 거겠지."

헛웃음을 뱉은 적룡은 못마땅한 마음을 숨기지 않았다. 흑룡이 목숨을 구해 준 인간이 누군가 알아봤는데 저번에 낙하산으로 들어온 그 여자였다. 지나가다 보았을 때 이유 없이 호감이 가긴 했던 터라 어느 정도 흑룡의 마음이 이해가 가기는 했다. 그래도 한낱 인간에 대한 호감보다는 조화가 중요했다.

"너희 팀 직원이지?"

"예."

"이상한 기색이 보이면 흑룡이 나서지 않더라도 네가 처리하거라."

"예?"

날벼락을 맞은 듯 경진은 깜짝 놀랐다. 그녀가 말하는 '처리'의 뜻을 그가 모를 리 없었다. 그러나 눈을 크게 뜬 어린 백룡을 보며 적룡은 자신 역시 이런 말은 하고 싶지 않다는 투로 힘없이 웃어 보일 뿐, 더 이상은 아무 말도 하지 않았다.

경진은 차마 긍정하지 못하고 대표이사실을 나왔다. 용은 인간을 쉬이 죽일 수 있다. 그러나 그 상대가 용살자라면 불가능했다. 그는 자신의 손을 내려다보았다. 율리를 이 손으로 죽일 자신도 없었거니와 그녀는…… 희귀한 용살자의 혈통을 타고난 인간이었다.

*   *   *

퇴원 수속을 마치고 율리는 곧장 집으로 들어갔다. 화재 원인이 누전으로 밝혀진 오늘, 이제야 부모님은 가게를 정리하러 집을 비웠다. 다른 영업장도 그렇겠지만 특히 책 대여점이라 손해가 막심했다. 불에 타고 물에 젖은 책은 한 권도 쓸 수 없을 테니 말이다.

엄마에게서 '누전'이라는 화재 원인을 전해 듣자마자 율리는 토요일에 진하가 보낸 메시지를 떠올렸다.

[전기 조심해.]

이제는 임진하가 미리 화재 원인을 알았다 해도 놀랍지 않다. 실내에 비를 내려서 불길을 잡았다는 말도 안 되는 상황을 겪은 차율리는 웬만한 일은 다 이해할 지경에 이르렀다.

집에 돌아오자마자 그녀가 제일 먼저 한 일은 휴대폰 충전이었다. 충전기를 꽂고 휴대폰 전원을 켠 그녀는 복잡한 마음에 눈만 이리저리 굴렸다. 이내 부팅이 완료되고 휴대폰 액정이 환해졌다. 화면을 보자마자 그녀가 저도 모르게 혼잣말을 중얼거렸다.

"어떻게 전화 한 통이 없지?"

메시지는 수십 통이 넘게 와 있었다. 화재 때문에 병원에 갔다는 말에 화정은 엉엉 우는 이모티콘과 함께 엄청나게 걱정을 했고, 법무팀 선배인 아영은 시간이 날 때마다 괜찮으냐는 메시지를 보냈다. 퇴근 시간이 지나자 경진도 내일 쉬어야 할 것 같으면 미리 연락을 하라는 메시지를 주었고, 심지어 소방서와 경찰서에서도 사건 관련 메시지가 왔는데…….

정작 임진하는 연락 한 통이 없었다.

뜬눈으로 밤을 샌 율리는 나름대로의 결론을 내렸다. 임진하의 정체가 무엇인지, 그가 사람인지 아니면 얼마나 두려운 존재인지 그녀로서는 알 길이 없었지만 그래도 하나는 확실했다.

이번 화재에서 자신을 구해 준 사람은 그 남자라는 것.

실내에 비가 내린다는 비상식적인 방법이기는 했어도 결과적으로 그가 아니었으면 자신은 이 자리에 이토록 멀쩡하게 있을 수가 없었다. 그의 정체가 무엇이든 간에 그는 생명의 은인이었다.

'그래, 목숨보다 소중한 건 없더라.'

사람은 큰 사고를 겪으면 변한다고 했던가. 진리를 깨달은 현자처럼 그녀는 무겁게 고개를 주억거렸다.

병원에 있는 동안 율리는 진하의 연락을 기다렸다. 먼저 메시지라도 보내 볼까 하다가 용기가 나지 않아 그가 바쁠 거라고 자신을 억지로 납득시키며 연락을 기다렸는데 휴대폰 전원이 꺼질 때까지 그는 한 통의 연락도 주지 않았다.

그렇다고 해서 해명이나 변명 같은 건 바라지도 않았다. 그냥, 차율리와는 다른 존재인 듯 낯설게만 보였던 임진하가 낯익은 드래곤 마니아로 돌아와 아무 일도 없었다는 양 뻔뻔하게 안부 인사라도 해 주기만을 바랐다.

앰뷸런스에 실려서 병원에 가는 차율리를 똑똑히 보았으면서 괜찮으냐는 안부 정도는 물어볼 수도 있는 거 아닌가!

"앓느니 죽지."

의미 불명의 말을 뱉고 나서 율리는 전화번호부에서 진하의 번호를 찾아 냅다 전화를 걸었다. 연결음이 이어질 때마다 심장이 두근두근 뛰었다.

하지만 전화는 끝내 연결되지 않았다. 겨우 용기를 냈는데 거부당한 기분에 의기소침해진 율리는 시무룩하게 휴대폰 화면을 보다가 다시 전화 연결을 시도했다.

익숙한 연결음이 한참 지난 뒤에 또 연결이 되지 않는다는 녹음된 목소리가 들렸다. 율리는 휴대폰을 원망스럽게 쳐다보며 한탄했다.

"바빠서 그러는 거야? 그럼 매니저라도 받으면 안 되는 거야? 내 번호 수신 거부한 거 아냐?"

율리는 오기로 다시 통화 버튼을 눌렀다. 연결음이 가고, 가고, 또 가다가 뚝 끊어졌다. 연결이 된 건지 전화가 그냥 끊긴 건지 몰라 그녀가 휴대폰 화면을 들여다볼 찰나였다. 기다리던 목소리가 버럭 흘러나왔다.

―야! 나 바빠!

"연…… 연결 됐네?"

―뭐라는 거야?

떨떠름하게 혼잣말을 하던 율리가 정신을 차리고 곧장 서운한 감정을 담아 툴툴거렸다.

"사람이 어떻게 그래요?"

―뭐가?

태연한 대꾸가 나오자 그녀의 말문이 뚝 막혔다. 뭐라고 해야 할까? 그는 마치 일요일 밤에 무슨 일이 있었는지 모르는 사람처럼 되묻고 있었다. 가게에 불이 나서 병원에 실려 간 것을 전부 지켜봤으면서 말이다.

서운함이 파도 같이 밀려들어 그녀의 목소리가 높아졌다.

"아니, 사람이 병원에 실려 갔는데 괜찮으냐고 물어보지도 않아요?"

―왜? 너 멀쩡하잖아? 어디 다쳤어?

진하가 기가 막힌다는 듯 대꾸했다. 건강한 것은 사실이라서 율리도 차마 부정할 수는 없었다.

"그, 그건 그렇긴 한데……."

—지금 바쁘니까 이따 전화해. 끊는다.

"네?"

그대로 전화가 끊겨 버려서 율리의 말은 진하에게 닿지 못했다. 그녀는 통화가 끊어진 화면을 내려다보다가 휴대폰을 침대 위에 내동댕이치고 옆에 벌렁 드러누웠다.

"웃기네! 이제 안 해. 잘 거야!"

전화가 연결된 것은 좋은데 그녀는 왠지 허탈해졌다. 이 짧은 통화를 위해 하루 종일 전전긍긍했다니, 차라리 진작 전화를 하고 마음이라도 편해질 것을.

"전화를 그냥 그렇게 끊는 사람이 어디 있어? 정말 자기 마음대로야."

하지만 전화를 끊었는데도 그의 목소리가 귓가에서 계속 맴도는 듯싶었다. 가만히 있을 수가 없어서 그녀는 한참 뒤척거렸다.

자신의 예상과는 달리 정작 임진하는 전과 전혀 다르지 않았다. 뻔뻔하고 제멋대로이며 능글맞고 내키는 대로 행동하는 남자.

그런데 어째서일까? 눈가는 찌푸리고 있는데 율리의 입이 자꾸 호선을 그렸다. 자신에게 익숙한 모습을 보이는 그가 너무나도 반갑고 한편으로는 고맙기까지 해서, 그의 정체가 무엇이든 간에 이제는 상관없다는 생각이 들었다.

어쨌거나 임진하는 그녀가 잘 알고 있는 대로 드래곤물 마니아이자 최고의 주가를 달리고 있는 배우였고, 자신을 구해 준 생명의 은인이었으니까.

꽤 오랜 시간 자고 일어난 율리는 창문에서 들어오는 푸른빛을 보고 부스스 몸을 일으켰다. 입안이 깔깔했다. 그녀는 옆에 놓여 있는 휴대폰을 켜서 시간을 확인했다. 여섯 시가 조금 넘어 있었다. 집에 돌아온 뒤로 내내 잔 모양이었다.

부재중 전화는 없었고, 대신 메시지만 한가득이었다. 걱정 가득한 메시지 사이로 투덜거리는 진하의 메시지가 보였다. 전화 하라니까 왜 바쁘지 않을 때는 전화를 하지 않느냐는 불만 가득한 메시지에 그녀는 피식 웃고 답장을 보냈다.

[지금 일어나서요. 죄송.]

율리는 기지개를 켜고 씻기 위해 침대에서 내려왔다. 그때 휴대폰이 진동했다. 길게 울리는 것을 보아하니 전화였다.

"엥?"

이 시간에 그가 깨어 있을 줄은 몰랐다. 율리가 동그래진 눈으로 어색하게 전화를 받았다.

"여보세요?"

─차율리.

낮은 음성이 자신의 이름을 부드럽게 부르자 귀에서부터 목까지 간질간질해지는 느낌에 그녀가 머뭇거렸다. 잠깐의 정적도 참을 수 없는지 그가 바로 말을 이었다.

—또 자?

"네? 아, 아뇨."

겨우 정신을 차린 율리가 부정하자마자 진하의 질문 세례가 쏟아지기 시작했다.

—너 나한테 할 말 있어?

무슨 할 말? 어제 짧은 통화로도 할 말은 다 전했던 터라 율리는 눈동자만 굴렸다. 특별히 할 말은 없었다.

"없는데요?"

—근데 어제 왜 끈질기게 전화를 걸어?

"그거야 전화를 안 받으니까⋯⋯."

생각해 보면 꽤 스토커 같은 행동이라 율리는 말끝을 흐렸다.

—할 말도 없는데 전화를 해?

"아뇨, 그건⋯⋯."

—그리고 전화하라니까 왜 안 해?

그는 그녀의 해명을 도중에 끊고 자기 할 말만 늘어놓았다. 이 남자와 대화할 때는 항상 말려드는 것 같았다. 주눅이 드는 것은 아닌데, 왠지 지는 기분이 들어 그녀의 가느다란 인내심이 울컥울컥 흔들리다가 뚝 끊겼다.

"아, 진짜! 잤다니까요!"

이 남자 때문에 병원에서 날이 새도록 잠을 이루지 못했었다. 마음이 너무 불편하고 어떻게 해야 할지 몰라 당황스러웠던 사정을 알지도 못하면서! 억울해진 율리도 지지 않고 목소리를 높였다. 그제야 진하의 기세가 한풀 꺾였다. 다 들리게끔 그가 한숨을 내쉬더니 한층 차분하게 말했다.

─나랑 이야기 좀 해. 시간 언제 돼?

"이야기…… 요?"

─오늘 퇴근하고 시간 있지?

꽤나 급한 어투였다.

율리는 마른침을 삼켰다. 뭐랄까? 올 것이 온 모양이었다. 얼음장 같이 차갑게 내리던 비와 물안개 속에서 점점 사그라지던 불길이 또렷하게 떠올랐다. 자신을 붙잡고 있던 그의 예쁜 손에는 물 한 방울 묻어 있지 않았던 것도, 그의 괴로운 듯한 표정까지 전부 다.

그는 그날에 대한 해명을 할까? 아니면 그저 그녀가 착각을 한 것뿐이라고 이상한 시선으로 볼까?

"네."

율리의 대답이 단호하게 울렸다. 무엇이 되었든 간에 그가 하고자 하는 이야기를 들어는 보고 싶었다.

출근과 동시에 걱정스러운 시선을 받은 율리는 어색하게 웃으면서 괜찮다는 말을 고장 난 녹음기처럼 반복해야만 했다.

"오늘은 컨디션 봐 가면서 일해. 조퇴해야 할 것 같으면 말하고."

"죄송합니다."

팀장실에 들어간 율리는 경진의 배려에 고개만 꾸벅 숙여 보였다. 일이 손에 잡히지 않는 것을 아는지 고맙게도 경진은 업무량을 줄여 주었지만 사실 율리는 그를 마주하는 것도 껄끄러웠다.

어제는 경황이 없어서 진하의 정체에만 집중하느라 몰랐지만 경진은 진하의 사촌이었다. 이토록 익숙하고 친근한 선배에게도 다른 면모가 있을지 모른다는 의심이 그녀의 마음을 불편하게 만들었다.

경진은 용건이 끝났음에도 나가지 않는 율리를 의아하게 쳐다보았다.

"할 말 더 있어?"

"네? 아, 아뇨!"

다시금 인사하고 나서 그녀는 후다닥 밖으로 나갔다. 경진은 율리가 남긴 진하의 기운에 미간을 찌푸렸다.

'괜찮을까?'

머리가 아플 정도로 짙게 풍기는 기운은 자신뿐만이 아니라 다른 존재들도 충분히 느낄 것이다. 경진은 문득 불안해졌다. 언제쯤이면 그녀의 몸에서 흑룡의 자취가 전부 사라질까?

"쓸데없는 게 꼬이면 안 될 텐데."

경진이 한숨을 섞어 중얼거렸다. 평범한 인간에게서 느껴지는 용의 기운에 흥미를 가지고 접근하는 존재가 없으리라고 단정 지을 수는 없었다. 당분간은 그녀의 주변을 잘 살펴봐야 할 듯했다.

법무팀 변호사실의 과반 이상이 환자였다. 율리는 말할 것도 없었고, 한강 또한 결국 몸살 기운을 이기지 못하고 감기에 걸려서 안색이 어두웠다.

"이번 주도 율리 씨 환영회는 못 하겠다."

한강과 율리의 책상 위에 따뜻한 커피를 한 잔씩 올려 준 아영이 자리에 앉으며 한탄했다. 하긴, 환영회를 가장 기대하던 사람은 당사자인 율리가 아니라 아영이었다.

"아……."

어디에 말하기도 곤란한 비일상을 겪어서인지 율리는 환영회 같은 느긋한 단어가 멀게만 느껴졌다. 지난주만 하더라도 환영회를 어떻게 할지, 진하의 스캔들이 어떻게 될지가 가장 큰 고민이었는데 말이다. 게다가 자신도 자신이지만 한강도 몸살에 걸린 상황에서 환영회는 무리였다.

"그렇지!"

커피를 홀짝거리던 아영이 갑자기 짝, 박수를 치며 언제 풀이 죽었냐는 듯 의자를 휙 돌리고 신이 나서 떠들었다.

"이렇게 된 이상 아예 화려하게 환영회를 해 버리자. 어때?"

"네?"

"생각이 왜 그렇게 튀어?"

한강은 고삐가 풀려 날뛰는 아영을 잔뜩 잠긴 목소리로 말렸다. 그러나 이미 놀고 싶어서 눈이 돌아간 아영은 한강의 말을 귓등으로도 듣지 않았다.

"인내의 열매는 달다잖아. 그러고 보니 워크숍용 콘도, 가평에 있다 하지 않았어?"

"귀찮게……."

"율리 씨는 어때? 1박으로 워크숍 가는 거?"

한강의 의욕 없는 대꾸를 무시하고 아영은 율리에게로 화살을 돌렸다. 당황한 율리는 어색하게 얼버무렸다.

"조, 좋은 생각이긴 한데요."

"그렇지? 율리 씨도 괜찮아지면 가자. 아, 혹시 싫어?"

율리는 여기서 싫다고 말할 자신이 없었다. 사무실의 실세가 바로 자신의 눈앞에 있는 최아영이라는 것을 알기 때문이었다. 자신의 의견에 반대한다고 해서 아영이 토라질 사람은 아니었으나 그래도 율리는 선배에게 미움을 사고 싶지 않았다.

"그, 그렇지는 않은데……."

"싫은 건 아니지?"

활짝 웃는 아영에게 율리는 차마 귀찮아서 싫다는 말을 전할 수 없었다. 얼떨결에 아영의 주도대로 흘러가자 한강이 깊은 한숨을 내쉬었다.

"그럼 팀장님한테 말씀드려 보고, 총무팀에도 말해야겠다. 콘도 예약 어떻게 되어 있냐고."

한강이 오만상을 찌푸리고 귀찮음 광선을 보내고 있음에도 아영은 기운이 솟는지 힘차게 계획을 세웠고, 율리는 두 선배를 외면했다.

[저 퇴근해요.]

퇴근 후에 보자고 약속은 했지만 정확한 시간과 장소는 정하지 않았던 터라 율리는 진하에게 일단 메시지를 넣었다. 선배들과 사무직원들 배웅을 마치고 약속 장소가 정해지기를 기다리며 회사 정문에 서 있던 율리에게 어떤 여자가 말을 걸었다.

"저기요."

"네?"

작고 가냘픈 느낌을 주는 여자는 얼굴도 웬만한 영화배우처럼 분위기 있고 예쁜 편이었다. 작은 동물처럼 무해한 이미지의 그녀가 율리를 물끄러미 쳐다보다가 한 걸음 다가왔다.

"혹시……."

그런데 가까이 다가온 여자가 다짜고짜 율리에게 손을 뻗는 것이었다. 깜짝 놀란 율리가 한 걸음 물러서서 당혹스러운 표정으로 여자를 쳐다보았다. 여자의 행동은 처음 보는 사람에게 충분히 무례한 일이었다. 여자의 눈이 무섭게 빛난다 싶을 때였다.

"여기서 뭐 해?"

율리의 뒤에서 경진의 목소리가 울렸다. 고개를 돌린 율리는 초조한 기색을 차마 숨기지 못한 경진을 보고 의아해하다가 어색하게 웃으며 답했다.

"아, 이쪽 여자분이……."

하지만 율리는 말을 다 끝맺지 못했다. 자신의 앞에 서 있던 자그만 여자가 어느새 자취도 없이 사라진 탓이었다. 돌처럼 굳은 율리는 눈만 깜빡거리다가 경진을 홱 돌아보며 다급하게 물었다.

"선배, 봤어요?"

"……뭘?"

"아까 저한테 말 건 여자요. 키가 작고 마른……."

긍정해 주기를 바라는 율리의 간절한 눈빛을 경진은 차마 외면할 수 없었다. 물론 경진도 그 존재를 인식하지 못한 것은 아니었다. 경진의 존재감에 놀라 달아난 그것은 아마 그녀에게 사람처럼 보였을 것이다.

사람이 아니었지만 말이다.

"봤어. 왜?"

"아…….."

'나만 본 게 아니구나.'

경진의 대답에 율리는 안도의 한숨을 내쉬었다.

"그 여자가 말을 걸어 놓고 갑자기 사라져서 놀랐거든요. 그새 어디로 갔어요?"

몸집이 작아서 그런가? 경진을 돌아보는 그 짧은 순간에 그 여자는 털끝 하나 남기지 않고 사라졌다. 기척도 없이, 연기처럼. 순간 든 생각은 그 여자가 사람이 아닐지도 모른다는 의심이었다. 왜 그런 생각이 들었는지는 모르겠다.

경진은 입맛이 씁쓸했다. 앞으로 율리는 얼마간 이런 경험을 하게 될 것이다. 그중 몇몇은 꽤 위험할 수도 있었다. 마치 아무 것도 모르는 어린아이가 호기심에 곤충의 다리를 떼어 내듯 인간이 아닌 존재는 인간의 보편적인 감정을 이해하지 못해 때로는 잔혹하고 끔찍한 짓을 저지르곤 했다.

"모르는 사람하고 말하지 마. 따라가지도 말고."

"제가 애도 아니고."

괜스레 멋쩍어진 율리가 아무렇지 않은 척 농담으로 받아쳤으나, 경진이 보기에 그녀는 불안해하고 있었다. 일요일 밤, 고작 이틀 전에 일어난 사건의 충격을 아직 전부 받아들이지 못한 탓이었다.

"조심하면 좋잖아."

율리가 뭐라 대답할 찰나, 그녀의 손에 들린 휴대폰이 진동했다. 진하의 전화에 율리가 경진의 눈치를 흘깃 살폈다. 진하와 거리를 두라던 경진의 조언이 그녀의 마음을 불편하게 만들고 있었다.

"그럼 전 전화 좀……."

"갈게, 전화 편하게 해."

"아, 안녕히 가세요."

경진은 지레 제 발이 저려 쭈뼛거리는 율리를 묵묵히 바라보다가 희미하게 미소만 짓고 돌아섰다. 다시 건물 안으로 들어가는 그의 뒷모습을 보던 그녀는 전화가 끊길세라 냉큼 통화 버튼을 터치했다.

"여보세요?"

—뭐 하느라 전화를 늦게 받아?

"죄송해요. 잠깐 일이 있어서……."

혹시나 싶어서 주변을 살펴보았지만 역시 여자는 없었다. 경진이나 이상한 여자에 대해 구구절절 길게 말하고 싶지 않아서 율리는 대충 둘러대고 말았다.

—나 바로 집으로 갈 거거든? 회사야?

"네."

—얼추 시간 맞겠네. 바로 집으로 와.

"집이요?"

전혀 생각지 못한 장소라 그녀가 새된 목소리로 되물었다. 그는 그녀가 당황하든 말든 전혀 신경 쓰지 않고 오히려 장난스럽게 맞받아쳤다.

—느긋하게 카페 같은 데 앉아서 이야기할까?

며칠 전에 일어난 해프닝 때문에라도 진하는 사람들 눈에 띄지 않도록 움직여야 했다. 물론 그는 소문을 걱정하는 율리에게 둘이 껴안고 있어도 스캔들이 나지 않을 것이라고 호언장담하긴 했으나 어쨌든 피곤해지는 일은 질색이었다. 게다가 시집도 가지 않은 처녀가 남자 혼자 사는 집에 드나드는 모양새도 좋지 않아, 그녀는 머리를 빠르게 굴리다가 회사 건물을 올려다보았다.

"저기, 회사도 있잖아요. 회의실이나⋯⋯."

─회사에서 할 이야기 아니야. 알잖아?

단호한 진하의 말에 율리는 어쩔 수 없이 수긍해야만 했다.

도로 회사에 들어간 율리는 지하 주차장으로 가기 위해 엘리베이터를 탔다. 회사에서 할 이야기가 아니라면 역시 일요일 화재와 관련된 이야기일 것이다.

차로 향하는 율리의 걸음이 한층 무거워졌다. 임진하에 대해 숨겨진 것까지 전부 캐내고 싶은 마음과 더는 얽히고 싶지 않은 마음이 공존했다. 어떻게 불길을 잡았는지 진상을 알고 싶으면서도 알게 되면 돌이킬 수 없을 것만 같아 두려웠다.

문득 율리는 괴물의 목을 칼로 찔러 죽이는 소녀 그림이 떠올랐다. 그림에 소질이 없는 작은할아버지의 그림 중에 이상하게 머릿속에 각인이 된 기괴한 그림. 딱 한 번만이라도 태워 버린 기록을 다시 읽어 볼 수 있으면 좋을 텐데.

주차장에 도착해서 차에 오른 율리는 시동을 걸고 안전벨트를 매다가 멈칫했다. 그러고 보니 경진은 왜 1층으로 왔던 걸까? 경진도 그녀 자신처럼 차를 몰고 다녔다. 퇴근을 하려면 엘리베이터를 타고 바로 지하로 내려가는 것이 당연한데, 오늘은 왜 1층으로 나왔던 걸까. 마치 그녀가 이상한 여자를 만날 것을 눈치라도 챈 사람처럼.

운전대를 잡은 율리의 손이 가늘게 떨렸다. 차 안에 아무도 없는데 등 뒤에서 시선이 느껴지는 듯한 착각이 일었다. 그녀는 마른 입술을 축이고 슬그머니 룸 미러를 살폈다. 뒷자리에는 역시나 아무도 없었다.

'내가…… 생각이 너무 많은 건가?'

율리는 일부러 숨을 크게 내쉬고 나서 운전을 시작했다.

지상으로 올라와서 도로에 끼어들 타이밍을 재고 있는 율리의 시야 끝에 뭔가가 거슬렸다. 끼어들기 좋게 이전 교차로에 정지 신호가 들어와서 막 핸들을 돌릴 찰나, 그녀는 멀찍이서 자신의 차를 보고 있는 자그만 몸집의 여자를 발견했다. 건물 그림자에 숨어 고개를 쭉 빼고 있는 여자는 분명 아까 보았던 그 여자였다.

등골이 오싹해지고 온몸에 소름이 돋아 호흡마저 멈춘 율리는 혼란에 빠졌다. 난생처음 본 여자라고 생각했는데 자신의 차까지 알고 있다니, 이제는 저 여자가 사람이라고 해도 무서울 지경이었다.

그때 율리가 어서 빠져나가기를 기다리고 있던 뒤차가 클랙슨을 울렸다. 그제야 정신을 차린 율리는 얼른 도로로 진입해서 그 여자의 시선으로부터 도망쳤다.

어떻게 운전을 했는지도 모르게 정신없이 달려 도착한 곳은 진하의 오피스텔 앞이었다. 방문객용 자리에 차를 세우고 율리는 걸음을 재촉했다. 비밀번호를 눌러야 들어갈 수 있는 현관 앞에서 잔뜩 지친 그녀는 벽에 기대고 진하에게 전화를 걸었다.

신호음이 채 두 번이 가기 전에 그가 전화를 받았다. 그가 뭐라 하기도 전, 그녀가 다급히 물었다.

"저 도착했는데 어디예요?"

"네 옆."

"으악!"

옆에서 들리는 목소리에 율리가 꽥 비명을 질렀다. 간이 콩알만 하게 졸아들어 있는데 거기에 진하가 기척도 없이 나타나 심장이 바닥으로 수직 낙하하는 줄 알았다. 그가 선글라스를 벗으며 눈살을 찌푸렸다.

"왜 소리를 질러?"

"가, 갑, 갑자기 나타나서 놀랐잖아요……."

평소와 다름없어 보이는 진하와 달리 율리는 파랗게 질린 얼굴로 그를 올려다보았다. 정말 딱 울고 싶은 심정이었다. 울상을 한 율리를 본 진하의 눈빛이 가라앉았다.

"무슨 일 있어?"

그녀는 대답 대신 주변을 먼저 둘러보았다. 그는 의심 가득한 그녀의 행동에서 불안을 읽었다. 주변에 사람이 없는 것을 확인하고 나서 그녀는 안도의 한숨을 내쉬었다. 하긴, 자신은 차를 운전하고 있었고 그 여자는 밖에 맨몸으로 서 있었다. 여기까지 쫓아올 수 있을 리가 없었다.

"아니에요. 그냥 놀라서."

"들어가."

의심스러운 시선을 보이기는 했어도 그는 의외로 순순히 그녀의 변명을 받아들였다.

치킨 배달을 한 적이 있는 곳에 다시 걸음 할 줄은 몰랐다. 율리는 쭈뼛쭈뼛 집주인을 따라 집 안으로 들어갔다.

"편한 대로 앉아."

진하는 한마디만 남기고 주방으로 향했다. 전에 앉았던 소파에 앉은 율리는 그제야 점점 현실이 실감되었다. 사실 지금까지는 어느 정도 꿈같다는 생각도 없지는 않았다. 비현실적인 일이 계속 겹치다 보니, 일종의 현실도피 비슷한 것이었다.

지쳐서 멍하니 앉아 있는 그녀에게 그가 대뜸 컵을 내밀었다.

"물."

"아…… 고맙습니다."

진하는 허겁지겁 물을 마시는 율리를 빤히 쳐다보았다. 심지어 이토록 불안해하는 모습은 화재 장소에서도 보지 못했다. 뭔가에 쫓기듯 불안해 보이는 그녀의 기색에서 그는 좋지만은 않은 예감이 들었다.

"무슨 일 있는 거 아니야?"

목이 마른 것도 느끼지 못할 만큼 겁에 질려 있던 율리는 물한 컵을 전부 비웠다. 테이블 위에 소리 없이 컵을 올려 둔 그녀는 그의 질문에 쉽게 답하지 못했다.

자신을 불러 세웠다가 연기처럼 사라지더니 멀리서 지켜보고 있었다? 그것도 처음 보는 여자가? 자신의 머릿속에서마저 정리가 되지 않아, 율리는 그 여자에 대해서 설명하기를 포기했다. 진하에게 말해 봤자 도움이 될 것도 같지 않고.

"……별거 아니에요. 할 이야기가 있다면서요?"

율리는 그 일을 덮기로 마음먹었다. 자신이 과민했을 뿐이라고 여기고 외면하면 없던 일이 될 것만 같았다. 진하는 그녀를 복잡한 눈으로 응시하다가 입을 열었다.

"차율리."

"네?"

"가게 어떡할 거야?"

"아…….."

출근 전, 아침을 먹을 때 아빠는 이참에 가게를 정리하자는 말을 했었다. 엄마는 아쉬워 보였지만 하나뿐인 딸이 죽을 뻔한 충격에 비하면 가게를 접는 것이 낫다고 여기는 모양이었다. 어차피 매출도 좋지 않아 엄마의 소일거리나 마찬가지였고, 엄마의 컨디션에 따라 가게 유지에는 율리의 도움도 필요했다.

"아빠는 이제 그만 접기를 바라세요. 엄마만 결정하면…….."

엄마의 결정이 떨어지면 아마 가게를 접게 될 것이다. 진하는 율리를 살펴보았다. 양손을 맞잡고 손가락을 꼼지락거리는 게 편치는 않아 보았다. 내내 서 있던 그가 그녀와 조금 떨어진 자리에 앉으며 말했다.

"그럼 난 어떡해?"

"네? 뭘요?"

"선불로 5백 결제해 놨는데 그럼 이제 못 봐?"

예상치 못한 소리라 율리의 말문이 순간 턱 막혔다. 뭐라고 대답해야 하나?

"지, 지금 그게 중요해요?"

"그럼. 내 취미 생활인데."

하긴, 그의 입장에서 궁금할 만도 한 사안이었다. 하지만 이건 자신보다는 가게 주인인 엄마랑 합의를 봐야 하는 주제였다. 그의 입장을 이해하려 노력하면서 그녀가 억지로 미소를 짓고 되물었다.

"저기, 설마 이거 이야기하자고 저 부른 건 아니죠?"

"맞는데?"

그의 목소리에서 진심을 읽은 그녀는 벌어진 입을 닫지 못했다. 이럴 때는 무슨 표정을 지어야 할지 모르겠다. 황당한 눈빛만 내비치며 그녀는 튀어나오려는 헛숨을 겨우 내리눌렀다.

"아니, 저, 적어도 그날 어떻게 된 건지는 설명해 줘야 하는 거 아니에요?"

"뭐가?"

뻔뻔하게 되묻는 남자를 그녀가 매섭게 몰아붙였다.

"비!"

"비?"

"그쪽이 비 내렸잖아요!"

율리가 꽥 소리를 치기 무섭게 실내에는 정적만 감돌았다. 진하는 잘생긴 눈가를 일그러뜨렸다. 그는 마치 미친 사람이 난동 피우는 모습을 본 양, 그녀에게 안쓰럽다는 시선을 보내며 전부 이해한다는 듯 고개를 끄덕였다.

"너…… 충격이 많이 크구나?"

"제가 바본 줄 알아요?"

차율리는 지지 않았다.

할 말이 없어져서인지 진하는 입을 일자로 다물고 율리를 빤히 쳐다보았다. 손만 뻗어도 닿을 가까운 거리에서 둘은 눈싸움을 하듯 눈빛만 주고받았다.

없었던 일로 만들고 싶었는데.

"그러니까 내가 비를 내리게 만들었다?"

긍정의 침묵이 그녀의 대답을 대신했다. 그는 기가 막힌다는 투로 웃음을 터뜨렸다. 한참 킥킥거리던 그가 웃음을 싹 멈추고 진지한 얼굴로 그녀에게 동정의 눈길을 보냈다.

"제정신으로 하는 소리야?"

"그럼 어떻게 가게 안에 비가 내려요?"

"그걸 내가 어떻게 알아?"

일단 발을 빼는 것이 먼저였다. 진하는 모르쇠로 일관하기로 했다. 자신이 비를 뿌렸다는 증거는 어디에도 없었다. 사람이 비구름을 만들었다는 건 상식적으로 불가능한 소리였다. 율리가 주장을 강하게 할수록 그녀는 상식과의 괴리에 힘들어할 것이다.

"다 봤거든요?"

"뭘? 내가 짜잔! 하고 비를 내린 거?"

그가 양팔을 하늘로 쭉 뻗으며 과장된 동작을 보였으나 그녀는 눈만 가늘게 뜰 뿐이었다. 그날, 아무리 경황이 없었다고 한들 두 눈으로 똑똑히 보았다. 그가 비를 어떻게 만들었는지는 모르겠지만 적어도 그는…….

"빗속에서 그쪽은 하나도 안 젖은 거요."

그가 두 팔을 든 채로 멈칫했다. 그녀가 한탄하듯이 중얼거렸다.

"분명 그 속에 같이 있었는데 나만 머리부터 발끝까지 다 젖었어. 분명 그쪽이 내 팔을 잡고 있었는데…….'

자신의 팔을 붙잡고 있던 손, 물 한 방울도 묻지 않은 옷. 차가운 빗속에서 그는 혼자 유리된 사람이었다. 그녀가 낮아진 목소리로 차분하게 물었다.

"경찰에다가는 불이 다 꺼진 다음에 왔다고 진술했다면서요?"

"그럼 어떡해? 헛소문 터진 게 며칠 전인데."

팔을 내린 진하가 짜증스럽게 대꾸했다. 자신의 옷이 젖었느니 마니는 신경도 쓰지 못했다. 그때는 차율리를 살려야 한다는 생각만 들어 비를 불렀을 뿐이었다.

꽤 오래 알고 지낸 율리에게도 이런 취급을 받고 있는데, 뒤늦게 온 소방관들에게 상황 설명을 할 수 있을 리가 없었다. 거기에 얼마 전에는 어이없는 스캔들에 휘말려서 머리가 아팠던 터라 그는 그녀가 갇혀 있어서 화분으로 문을 부순 것만 인정했고 화재와는 상관이 없다는 입장을 취했다.

모르쇠로 일관하는 것이 무리가 된 이상 그는 세게 나가기로 결정했다.

"좋아, 그래. 네 말이 맞다 치자. 내가 가게 안에 비를 뿌렸다고 쳐. 그럼 어쩔 건데?"

진하가 갑자기 강하게 나오자 당황한 율리가 어물거렸다.

"아니, 뭐 어쩌라는 게 아니라……."

"살았으면 된 거 아니야? 그렇게 따지면 내가 널 살려 준 건데 고마워하지는 않을망정 왜 시비야?"

"누가 안 고마워한대요? 난…… 난 그냥 그런 일이 일어났는데……."

구석으로 몰린 율리가 바닥으로 고개를 숙이고 중얼거렸다. 불에 타 죽을 뻔했다는 것만으로도 충격이 큰데 거기에 믿을 수 없는 일까지 일어나서 얼마나 혼란스러운지 모른다. 그녀는 힘없이 말을 이었다.

"아무도 믿지 못할 일이라 누구한테 말할 수도 없고……."

심지어 이 기가 막힌 일을 어디에 말하지도 못했다. 세상에서 제일 가까운 가족에게도 어떻게 불길이 잡혔는지 말할 수 없었고, 자신의 마음을 이해해 주는 친구에게도 털어놓을 수 없었다. 넓은 세상에 꼭 혼자가 된 고독이 끝없이 밀려왔다. 당사자인 진하마저도 대놓고 비웃는데, 전혀 상관없는 사람들이 들으면 얼마나 우스워할지 상상도 되지 않았다. 그뿐이 아니다.

"나도 못 믿겠고……."

세간의 상식으로는 도무지 이해할 수 없는 일이 일어났다. 곱씹으면 곱씹을수록 정신적으로 피로해져서 이성적으로 있을 수가 없었다. 그 때문에 임진하에 대한 판단을 전부 그만두고 오로지 그를 자신을 구해 준 사람으로만 인식하고 있는 걸지도 모르겠다. 그래야 그나마 정신적으로 편안해지니까.

그런데 오늘, 또다시 이상한 일이 일어났다. 아니, 다른 사람에게는 사소한 일일 수도 있겠지만 예민해진 차율리에게는 더할 나위 없이 무서운 일이었다. 그녀의 눈가가 파르르 떨렸다.

"이상한 여자나 보고……."

"이상한 여자?"

잠자코 듣고 있던 진하가 되묻자 울상이 된 율리가 고개를 들었다. 살짝만 건드려도 눈물이 줄줄 흐를 것 같은 그녀의 눈동자를 보며 그가 저도 모르게 미간을 좁혔다. 자신의 생각보다 더 그녀가 힘들어하고 있다는 걸 깨달아서였다.

"그쪽이 전화 주기 전에 회사 앞에서 처음 보는 여자가 말을 걸었거든요."

"그런데?"

"저도 뭐가 뭔지는 모르겠지만…… 잠깐 돌아섰다가 보니까 사라져 있더라고요."

그 순간을 다시 떠올리자 그녀의 몸에 소름이 돋았다. 의외로 그는 그녀의 말을 진지하게 들어 주고 있었다. 과대망상에 빠진 환자를 지켜보는 정신과 의사처럼 말이다. 아무도 이해해 주지 않는 고독과 불안함에 울컥한 그녀가 목소리를 높였다.

"알아요. 저도 제가 미친 소리 하는 거! 처음에는 그냥 무시하려고 했는데, 운전하고 나오다가 그 여자를 또 봤어요. 이 차를 보고 있었어. 분명 처음 보는 여잔데, 그 여자는 내 차를 알고 있었던 듯⋯⋯."

말이 빨라짐과 동시에 그녀의 몸이 덜덜 떨려 왔다. 어쩔 줄 몰라 그녀는 얼굴을 양손에 묻었고 그는 그녀의 어깨를 꽉 잡아 주었다. 그녀가 떨지 않도록.

"진정해."

정적 사이로 그녀의 숨소리만 흩어져 나왔다. 그녀는 얼굴에서 손을 떼고 소파 위로 힘없이 툭 떨어뜨렸다. 젖은 눈망울과 반대로 입술은 바짝 말라 있었다. 그녀는 여전히 바닥을 내려다본 채로 가슴속에 쌓아 두었던 의문을 털어놓았다.

"내가 제정신이 아닌 건가, 나 혼자 너무 예민한 건가⋯⋯ 예전부터 이런 생각이 들었어요. 그쪽을 처음 본 날도 그렇게 비가 많이 왔는데 바닥에 물기 하나 없었고, 얼마 전에도 비가 오다가 멈춘 것뿐인데 누가 비를 멈추게 한 것만 같았어. 꼭 가위로 자른 것처럼⋯⋯."

"차율리."

진하는 율리의 말을 도중에 잘라 버렸다. 바닥으로 떨구었던 그녀의 시선이 그에게 서서히 올라와 바늘처럼 꽂혔다.

인간이 되고 싶었던 적은 없다. 인간들은 자기중심적이고 시야가 좁아서 인간이 아닌 것들이 모두 인간이 되고 싶다고 소망하는 줄 착각하고 있지만, 그는 인간이 되고 싶다는 생각을 해본 적이 없었다. 오히려 인간이 싫었다. 지능을 갖게 되고, 지식이 쌓여 점차 진화하면서 추악한 모습만 내비치던 그들에게 호감이 간다는 게 이상한 일이라고 생각했다.

하지만 지금만큼은 자신이 인간이 아니라는 증거를 그녀의 입으로 더 이상 듣고 싶지 않았다.

"제가 이상한 거예요?"

눈치 빠른 인간은 이래서 피곤하다. 진하는 율리의 어깨에 놓인 손을 쳐다보았다. 이 손으로 여자를 처리하고 싶지는 않은데 귀찮은 일이 일어나기 전에 어쩌면 처리해 버려야 할지도 모르겠다.

그는 그녀의 얼굴을 말없이 바라보았다. 신기하게도 불안에 떠는 순진한 눈동자가 그의 살심을 억눌렀다.

"진정하고……."

잔뜩 잠긴 목소리가 묵직하게 나왔다.

"네가 말한 걸 다시 한 번 생각해 봐."

정 그렇다면 죽이지 않더라도 미치게 만들어서 가둬 버리면 그만이다.

"그게 말이 되는 소린지."

그녀의 눈에 서려 있던 얄팍한 기대가 깨져 버렸다. 이 사람만큼은 자신을 이해해 줄 수 있을 거라는 기대는 속절없이 무너졌다.

두 사람은 한참 서로를 쳐다보았다. 율리는 계속해서 진하에게 거짓말하지 말라고 눈으로 묻고 있었다. 진실을 알려 달라는 절박한 눈빛이 그에게 아프게 박혔지만 그는 끝까지 말해 주지 않았다.

"선불은……."

그녀는 쓸쓸하게 눈을 감았다. 자신이 꼭 정신병자가 된 기분이 들었다. 이 모든 것이 꿈이었으면 좋겠다고 생각하며 그녀는 어깨에서 그의 손을 밀어냈다.

"……엄마하고 상의하세요."

자리에서 일어난 율리가 진하를 원망스럽게 보다가 등을 돌렸다. 손바닥에 가득했던 식은땀이 어느새 다 말라 있었다. 현실이 성큼 다가오자 찬물을 맞은 양 머리가 서늘해졌다. 서운하고 서러워서 그가 미웠다.

"살려 줘서 감사합니다."

차율리의 것이라고는 믿어지지 않는 차갑고 무감정한 목소리가 들리기 무섭게 현관문이 열리자마자 닫혔다.

진하는 율리가 나간 곳을 바라보지도 못했다. 이상한 죄책감과 함께 가슴 한구석이 서늘해졌다. 그녀의 말이 무엇에 대한 감사 인사인가 잠시 헷갈렸다. 화재에서 구해 준 것을 고마워하는

건지, 아니면 지금 그녀를 죽이지 않은 것에 대한 감사 인사인
지.

이성적으로 생각해 보면 물론 그녀는 일요일, 그 불길을 잡아
준 것을 고마워하는 것이리라. 입 밖으로 그녀의 죽음에 대해 말
하지도 않았고 그런 기색도 보이지 않았으니까 그녀가 그의 생
각을 읽지 않은 이상 후자에 대한 감사 인사라고 볼 수는 없었
다.

"……알 리가 없지."

아무에게도 닿지 못할 말을 중얼거린 진하는 문득 율리의 어
깨를 잡았던 손을 들어 자신의 목을 감쌌다.

당연히 아무 느낌도 없었다.

*　　*　　*

율리는 엄마를 도와서 가게를 정리했다. 며칠을 환기시켰는
데 아직도 매캐한 냄새가 채 가시지 않았다. 사고 현장에 돌아오
자 자신이 죽을 뻔한 장소라는 생각에 처음에는 꺼림칙했지만
이내 마음이 안정되었다.

어쨌거나 자신은 살아 있었으니까.

"이제 이쪽 책꽂이 두 개만 정리하면 되겠다."

그나마 화재 현장에서 멀리, 바깥쪽에 있는 책꽂이는 덜 젖은
듯했다. 이보다 더 안쪽에 있던 책들은 습기를 잔뜩 머금어 쭈글

쭈글했지만, 바깥쪽에 있던 남은 책들은 책등 정도만 젖어 있었다. 직접 꺼내 보자 책등 주변만 울어 있을 뿐, 내용을 읽는 데는 지장이 없을 것 같았다.

"이런 건 못 팔아?"

"몰라. 팔아도 폐지 값이겠지."

엄마의 목소리가 쓸쓸하게 울렸다.

화재 보험은 들어 두었지만 소방서에서 판정한 손해액이 작아 보험금도 크지는 않았다. 겨우 가게를 정리할 액수는 되어서 다행이었다.

"엄마, 가게 다시 열 거야?"

"이제 됐어."

딸을 잃을 뻔했던 가게에 진저리가 나는지 엄마는 손을 내저었다. 가게가 호황이면 모를까 어차피 손님도 없어서 일이 보람차지도 않았다. 아무 생각 없이 책을 꺼내던 율리는 자신에 손에 들린 '드래곤 공작'이라는 소설책을 보고 진하를 떠올렸다. 시간만 나면 책방을 드나들던 그의 모습이 아른거렸다.

"선불 회원들한테 환불해 줘야 하지 않아?"

"불났다고 소문 돌자마자 다 환불해 갔어."

그러고 보니 엄마는 금전 관계에서는 칼 같은 사람이었다. 단골 중에서는 몇 푼 남지 않은 선불금을 굳이 받지 않겠다고 한 사람도 있었으나 엄마는 100원 단위까지 정산해 주었다고 했다. 율리는 고개를 끄덕이다가 조심스럽게 물었다.

"그…… 임진하도?"

"아니, 아직. 많이 바쁜 모양이더라고. 계좌라도 알려 달라고 문자 넣기는 했는데……."

가장 큰 액수가 아직 정리되지 않아 엄마는 꽤 찝찝해 보였다. 율리는 아홉 권짜리 '드래곤 공작'을 따로 분리해 두고 그동안 숨겨 왔던 이직에 대해 자백하기로 마음먹었다.

"내가 말해 볼까?"

"뭘?"

"나 이직했거든."

순간 엄마의 손놀림이 뚝 멎었다. 율리는 엄마의 눈치를 살금살금 살피면서 '드래곤 공작' 옆에 있던 '드래곤과 나'를 꺼냈다.

"이직? 무슨 소리야? 언제? 어디로?"

"나 전에 며칠 쉬었잖아, 작은할아버지 상 치를 때. 그때 이직했어. 대학원 선배가 법무팀장으로 있는 회산데……."

율리의 말이 채 끝나기도 전에 엄마의 질문이 파도처럼 쏟아졌다.

"로스쿨 선배? 뭐야? 그럼 나이도 어릴 텐데 젊은 사람이 법무팀장이면 대체 얼마나 작은 회사야? 엄마가 일은 큰 데서 시작해야 한다고 했잖아? 이상한 회사 아니야? 월급은 제대로 나오는데야?"

무남독녀, 하나뿐인 외동딸이 그럭저럭 공부는 잘하는데 세상 물정에 어리바리한 면이 없지는 않아 항상 걱정이었다. 율리가 어디 가서 사기는 당하지 않을지, 피해는 보지 않을지 노심초사하던 엄마는 항상 딸이 영악해지기를 바랐다. 그런데 겨우 괜찮은 로펌에 들어갔다 했더니만 상의도 없이 이직이라니!

힘없이 가게를 정리하던 엄마가 갑자기 투지 넘치는 사람으로 변해서 율리는 크게 당황했다. 그녀는 '드래곤과 나'를 '드래곤 공작' 옆에 내려놓고 급히 해명했다.

"어, 엄마가 생각하는 그런 회사 아냐."

"뭐? 그럼 무슨 회산데?"

"임진하 있잖아, 임진하 소속사. 연예 기획사 법무팀."

사실을 말했는데도 엄마는 여전히 미덥잖다는 시선을 내비치고 있었다. 율리가 한숨을 푹 내쉬었다.

"재직 증명서라도 끊어 올까?"

"넌 그런 걸 어떻게 숨기니?"

"죄송해요."

기가 막힌다는 엄마의 질책에 율리는 풀이 죽어서 사과했다. 하지만 이미 일어난 일, 돌이킬 수도 없는 법이었다.

"회사는 어때?"

"좋아. 전에 다니던 데보다 훨씬 좋아. 연봉도 더 세고."

"그래?"

반신반의하던 엄마는 조건이 좋다는 말에 겨우 마음을 가라앉힌 모양이었다. 율리는 여전히 엄마의 눈치를 보면서 조심스레 다시 물었다.

"내가 환불받아 가라고 말할까?"

"넌 법무팀이잖아? 그 사람은 연예인이고. 회사 밖에서 있었던 일로 회사 안에서 아는 척해도 되는 거야?"

"아……."

엄마의 질문에는 뼈가 있었다. 율리는 전에 경진이 준 조언이 떠올랐다. 진하와 너무 가까이 지내지 말라는 조언은 잊을 만하면 이렇게 다시 떠올리게 되었다. 율리가 아무 말도 하지 못하자 엄마는 다시 책을 정리하면서 가볍게 말했다.

"내가 하던 가게야. 내가 알아서 할게."

"네……."

씁쓸한 마지막이지만 그래도 가게 마무리는 엄마 스스로 하고 싶은 것이 틀림없었다. 율리는 제목에 '드래곤'이 들어간 책들을 물끄러미 쳐다보았다.

평소와 다름없는 일상이었다. 율리는 이제 영문 계약서를 수월하게 읽을 수 있었고, 한강의 감기는 점점 나아지고 있었다. 서류에 밑줄 긋는 소리나 키보드 소리만 간간히 들릴 뿐, 법무팀 변호사실은 조용했다.

그때 팀장급 회의를 다녀온 경진이 복잡한 얼굴로 들어왔다.

"차변, 잠깐 나 좀 봐요."

들어오자마자 율리를 지목한 경진은 회의 자료를 들고 먼저 팀장실로 들어갔다. 율리는 자신이 무슨 잘못을 했는지 머릿속으로 끊임없이 기억을 되새기면서 얼떨떨하게 일어났다. 두 선배의 시선에서도 의문만 담겨 있었다.

"무슨 일이세요?"

율리가 들어오기 좋게 문을 살짝 열어 둔 경진은 그녀가 들어오자 팀장실 문을 닫으라는 손짓을 주었다. 그녀는 소리가 나지 않도록 신경 써서 문을 닫고 경진을 돌아보았다.

"오늘부터 계약서 검토랑 작성은 안 해도 되고, 대신 이 일을 전임해서 해."

"네?"

겨우 익숙해졌다 싶었더니 새로운 과제가 할당되었다. 경진은 율리에게 회의 자료로 보이는 파일을 건네주었다. 파일을 열어 보니 인터넷 웹 페이지를 출력한 프린트들이 한 무더기였다. 무슨 내용인가 싶어서 그녀는 내용을 살짝 훑었다.

여자들은 임진하 새끼가 뭐가 좋다고 지랄이지? 에미애비 다 뒈진 놈이⋯⋯

첫 줄을 읽자마자 새파랗게 질린 율리가 파일을 바로 닫아 버렸다.

"이, 이게 뭐예요?"

"이번에 악플러 싹 고소하자는 이야기가 나왔어. 일단 진하 형이 파급력 가장 클 테니까, 형부터."

경진은 아무 말도 못하는 율리를 안쓰럽게 응시했다. 사실 팀 장급 회의에서 악플 문제가 심하다는 이야기는 저번 스캔들 때 여담처럼 나왔을 뿐이었다. 문제는 그걸 진하가 이번에 하나의 업무로 만들어 버린 데 있었다.

물론 오늘도 대대적인 회의를 통해서가 아니라 대표이사가 경진을 따로 불러서 파일을 전해 준 것이었다. 율리에게 이 일을 맡기라는 말과 함께. 대표이사를 통해서 주어진 일이지만 느낌상 이는 흑룡의 지시가 분명했다.

"자료는 아마 사무직원들이 모아서 줄 거야. 네가 보고 어떻게 고소해야 할지 정리해 봐."

"저…… 혼자요?"

경진이 대답 대신 고개를 끄덕였다. 율리는 손에 든 파일이 점점 무겁게 느껴졌다. 부담감 탓이었다.

"아마 가끔은…… 둘이 독대하는 시간도 있을 거야."

"네? 왜, 왜요?"

"뭐…… 어느 게 얼마나 정신적으로 충격을 주었는지, 그런 것도 네가 직접 보고 판단해야 하는 문제니까."

율리가 경진을 망연히 바라보았다. 이런 일은 자신보다는 경험이 있는 선배들이 더욱 도움이 될 텐데, 보조 정도면 모를까 전임으로는 무리일 것 같았다. 바로 수긍하지 못하고 머뭇거리는 율리의 마음을 경진도 어느 정도는 이해하지만 어쩔 수 없었다. 진하의 명령이었으니까.

"오늘은 그 파일 좀 보고 적당히 걸러 내 봐. 힘들면 내가 도와줄 테니까 너무 걱정하지는 말고."

"……네."

그나마 경진이 도와준다는 소리에 율리는 긍정의 대답을 할 수 있었다. 핏기가 싹 가신 얼굴로 비틀비틀 나가는 후배를 그는 안쓰럽게 지켜보았다.

'도대체 왜 이런 일을……'

홀로 남은 경진은 진하의 목적을 도통 이해할 수 없었다. 연예인이 된 후 인기에 비례해서 비난도 늘어갔지만 흑룡은 인간의 악의를 비웃곤 했다. 악플도, 비난도, 인신공격도 모두 그에게는 우스갯소리였다. 인간이 개미를 무시하듯, 그 역시 인간들의 감정을 대단찮게 여겼다.

그런 흑룡이 갑자기 태도를 바꾸었다. 아니, 정확히 말하자면 그는 여전히 인간의 악의를 무시하고 있었다. 단, 그 악의를 이용하는 것뿐이었다. 문제는 직접적으로 차율리를 지목하고, 그녀에게 익명의 악의를 보여 주면서 무엇을 얻으려는 건지 감도 잡히지 않는다는 데 있었다.

'정말 모르겠다.'

경진은 고개를 흔들었다. 차율리에게 호감을 가지고 있다면 오히려 이런 일을 지시하지 말아야 하는 것 아닌가? 아니면 그녀가 상처 받는 것을 보고 싶은 걸까? 그렇다면 흑룡은 대단한 사디스트였다.

자리로 돌아온 율리는 파일을 책상 위에 내려놓고 한참 열지를 못했다. 진하에 대한 악플을 읽을 엄두가 나지 않았다.

"팀장님이 뭐래? 혼났어?"

"아……."

가까이 다가온 아영이 율리의 안색을 보고 걱정스레 물었다. 율리는 한숨을 겨우 참고 파일을 열면서 애써 침착하게 답했다.

"아뇨, 악플러 고소를…… 맡아서 하래요."

"헐…… 율리 씨 혼자? 그거 진짜 멘탈 깨지는데."

경험한 적이 있는지 아영이 율리에게 동정의 시선을 보냈다. 이내 한강도 율리에게 우려의 눈빛을 보내고 있었다.

"누군데?"

"임진하요."

"음, 그래도 남자라 다행인데…… 어쨌든 처음부터 보스급이네. 힘내. 더 이상 뭐라 할 말이 없다."

인기가 많은 사람일수록 비난의 수위도 센 법이었다. 아무도 모르는 사람이라면 관심도 갖지 않지만 현재 가장 인기 많은 남자 중 한 사람이라면…….

아영은 파일 내용을 힐끗 보고는 고개를 절레절레 흔들었다. 이런 힘든 일을 신입한테 맡기다니, 팀장도 참 너무했다 싶었다.

점심시간이지만 율리는 밥 먹고 싶은 생각이 전혀 들지 않았다. 오전 시간 내내 타인의 악의를 정면으로 마주하고 있다 보니 입맛이 뚝 떨어졌다.

"뭐 먹으러 갈까? 율리 씨 힘내라고 맛있는 것 좀 먹자."

"전…… 괜찮아요."

율리가 힘없이 대꾸했다. 진하를 향한 쌍욕과 인신공격, 성희롱 등에서 그녀는 아직도 벗어나지 못했다. 아영이 경험자로서 율리를 다독였다.

"그거 좀 보다 보면 금방 익숙해질 거야. 괜히 기운 빼지 말고 고기라도 먹자. 샤브샤브 어때?"

"점심부터 고기……."

육식을 즐기지 않는 한강은 썩 내키지 않는 모양새였지만 굳이 반대를 하지는 않았다. 율리는 선배인 아영이 이토록 권하고 있으니 못 이기는 척 일어나야 하는 걸 머리로는 알았지만 정말 속이 뒤집힐 지경이었다.

"죄송해요."

시무룩하게 거절하는 율리를 이해하지 못하는 것은 아니었다. 아영은 억지로라도 웃어 주면서 커피를 사 오겠다고 율리를 달래 주었다.

모두가 나가고 나서 텅 빈 사무실 안은 종이 넘어가는 소리만 들렸다. 율리는 백 장이 넘는 출력물을 혐오하는 표정을 숨기지 못한 채 읽었다. 그녀는 이런 걸 보는 진하의 기분이 어떨까 상상해 보았다.

'내색은 안 해도 힘들겠지.'

자신에게 향하는 악의도 아니었으나 보는 것만으로도 기운이 쑥쑥 빠졌다. 율리는 출력물 옆, 비어 있는 공간에 '명예훼손 의심'이라고 적고 다음 문장을 읽었다.

재 나오는 드라마 보는 년들 대가리에 총 맞은 듯ㅋ 임진
하 뒈져서 드라마 못 찍는 게 최고의 엔딩임ㅋㅋ 자살 기원~!

"……진짜 돌았나?"

어이가 없어서 그녀는 저도 모르게 혼잣말을 내뱉었다. 이와 같은 황당한 악의가 한 트럭이었다. 숨겨 둔 애가 있다느니, 어느 유명 연예인과 부부 사이라느니 출처도 없는 헛소문을 퍼뜨리는 사람들에 게이 클럽을 제집처럼 드나든다는 음해와 얌전하게 생겨서 사실은 여자 다섯을 가지고 노는 바람둥이라는 말까지, 기가 막힐 따름이었다.

'차라리 용 오타쿠라고 해라.'

진심으로 그게 낫겠다.

그중 가장 눈에 띄는 건 일찍 부모를 여읜 진하에게 부모 욕을 하는 것이었다. 그는 부모님을 어렸을 적 해외에서 비행기 사고로 잃었다고 설명했었다. 신인상을 받을 때 그는 부모님이 이 자리에 있는 자신을 보았다면 자랑스러워했을 거라고 슬픈 기색을 드러내기도 했었다. 그런데…….

부모가 쌍방으로 바람나서 칼부림 나서 죽은 거임ㅋ 자식
새끼 얼굴 반반한 거 보면 모르겠음?

　　ㄴㄴ 애비가 사기 쳐서 빵 들어가고 에미가 바람난 건데
소식 듣고 빡쳐서 마누라 죽이고 자살함ㅋㅋ 같은 동네 살
아서 유명함ㅋ

　"미친, 외국 살다 온 사람인데 무슨 같은 동네?"
　머리가 지끈거려서 율리는 두 악플 옆에 '허위 사실 유포'를 적
고 파일을 닫았다. 이런 악의 하나하나가 모여서 헛소문을 만들
어 내고 당사자의 정신을 갉아먹는다. 원색적인 욕만큼이나 질
이 나빴다.
　저질의 비난이 가득한 두툼한 파일은 벽돌처럼 율리의 마음
에 무겁게 남았다. 부모도, 형제도 없는 진하는 어디에도 이런
악의에 대해 말할 수 없을 것이다. 문득 그녀는 그가 얼마나 외
로울지 조금이나마 이해할 수 있을 것 같았다.
　어디에도 말할 수 없는 말을 가슴속에 담아만 둬야 하는 고독
은 그녀도 잘 알고 있었다. 세상에 홀로 된 기분과 그 답답한 마
음을 알기에 그녀는 그가 더욱 안타까웠다.

　"별일을 다 하시는군요."
　대표이사는 소파에 늘어져 있는 진하를 이상하다는 듯 바라

보았다. 회사에 잘 들르지 않던 그가 스케줄만 비면 회사로 걸음 하는 것도 이상하고, 뜬금없이 악플러 색출을 지시한 것도 이상했다. 어느 것 하나 이상하지 않은 게 없는 느낌이었다.

"악플러 잡기가 요즘 대세잖아?"

"어차피 관심도 없으시면서."

경진만큼이나 적룡도 흑룡의 의도를 이해할 수가 없었다. 흑룡이 인간의 말 한 마디에 상처를 받는 일은 결코 없었다. 인간들이 아무리 익명의 힘에 취해 악의를 내뿜어도 그는 그저 역시 인간은 악하다고 여길 뿐 관심을 기울이지는 않았다.

대표이사가 궁금한 것은 그뿐만이 아니었다.

"법무팀 전체도 아니고 왜 차율리 개인에게만 전부 부담시킨 거지요?"

"나한테 목숨 빚을 졌잖아. 뭐라도 보답해야지."

진하의 느긋한 소리에 대표이사는 말문이 막혔다. 그가 낯빛 하나 변하지 않고 답하는 것을 보면 진심이기는 한 모양이었다.

"그날 일에 대해서는 아무 말 없던가요?"

"무슨 말?"

"정체를 의심한다거나……."

조화를 깨는 걸 두려워하는 적룡은 여전히 율리의 행보에 날을 세우고 있었다. 그러나 진하는 여유로웠다.

"신경 쓰지 마. 정신병자 취급해 줬으니까."

자신이 동의해 줄 거라고 믿었던 걸까? 진하는 기대가 무너져서 상처 받은 율리의 눈빛이 잊히지 않았다. 살짝만 건드려도 눈물이 떨어질 것 같은 눈망울에 살심이 약해진 순간이 마음에 걸렸다.

"차율리 말이야."

"예?"

"네가 보기엔 어때?"

"무엇이요?"

인간 앞에서 마음이 약해진 적이 있었던가? 오랜 기억 속, 그런 적이 없지는 않았다. 진하는 까마득한 전생을 생각했다. 율리의 눈은 맑고 따뜻한 심성을 가졌던 친우의 눈과 닮아 있었다. 인간과는 벗이 될 수 있으리라 믿지 않았던 그의 마음을 흔들었던 그 친우.

"마음에 드나?"

진하의 질문이 가진 저의를 파악하지 못해 대표이사는 잠시 머뭇거렸다. 율리는 첫인상이 꽤 좋은 편이었다. 계산을 모르는 순진한 얼굴이 떠올랐지만 그녀는 일부러 말을 아꼈다.

"한 번밖에 본 적이 없어서 어떤 인간인지는 모르겠군요."

"그런가?"

"그래도 경진이도 아끼는 듯하고……."

진하는 율리를 싸고돌던 경진의 태도를 떠올렸다. 후배 이상의 감정을 가지고 있는 듯 경계하던 백룡의 행동이 꺼림칙했다.

"제가 보기엔 나쁜 사람 같지는 않아 보입니다만, 어떻게 생각하시나요?"

나쁜 사람은 아니다. 적룡은 이도저도 아닌 모호한 평가를 내리며 대답을 회피하고 오히려 질문을 돌려주었다. 그가 그녀를 빤히 쳐다보다가 피식 웃었다.

"재미있어. 재미있는 애야."

"불쌍하다고 하지 않으셨나요?"

"그래, 불쌍하기도 하고."

오랜만에 느끼는 즐거움. 차율리와 함께 있는 시간은 대체로 유쾌하고 재미있었다. 그다지 재미있는 여자는 아닌 것 같은데, 그녀의 존재 자체가 그를 기쁘게 만들었다. 그래서 계속 옆에 두고 싶은 걸지도 모른다.

진하가 자리에서 일어났다. 어디를 가느냐는 무언의 질문이 등 뒤에서 느껴졌지만 그는 말없이 대표이사실을 나왔다.

이러한 즐거움 뒤에는 그늘이 있다는 것 역시 그는 잘 알고 있었다.

벗을 반역자로 몰아서 참수시키고 그 가문을 쑥대밭으로 만들었던 옛 기억이 오랜만에 수면 위로 떠올라 진하의 심기가 불편해졌다. 그는 점심시간이라 텅 비어 있는 복도를 지나 계단을 내려갔다. 무표정하게 걷는 그의 목적지는 법무팀 사무실 앞이었다.

진하가 문 앞에 서기 무섭게 출입문이 열렸다. 나온 사람은 우연하게도 차율리였다. 자신의 코앞에 서 있는 진하를 보고 율리는 깜짝 놀랐다.

피곤해진 머릿속을 정리나 할 겸 밖으로 나온 건데, 이렇게 마주치게 될 줄은 몰랐다.

"일은 잘하고 있나?"

"아……."

평범한 일도 아니고 임진하에 관한 일이었다. 그녀가 머뭇거렸다. 그쪽에 대한 수많은 악플을 잘 보고 있다고 해야 하나 싶어서였다. 그녀의 어두운 표정을 보자 어째서인지 그의 마음에도 그늘이 졌다.

"점심은?"

"안 먹으려고요."

기운 없는 대답이 그녀의 지친 마음을 대변해 주었다. 그는 끼니를 거르지 말라는 잔소리를 하려다가 입을 다물었다. 인간에게 마음이 쓰인다는 것을 인지하자 진하는 그녀가 무척 거슬렸다. 예감이 좋지 않았다.

한편, 진하의 마음속에 폭풍이 부는 것도 모르고 율리는 순진하게 대화를 이어 나갔다.

"맞다. 선불금 있잖아요. 환불하게 계좌 좀 알려 주세요."

"가게 정말 접어?"

"네."

엄마가 알아서 하겠다 했으나, 율리는 진하를 만난 김에 미리 언질을 주었다. 그는 예상치 못했다는 듯 눈가를 찡그리고 투덜거렸다.

"야, 그거 내 유일한 취미 생활인데."

"이제 사서 보세요."

"너무 냉정한 거 아니야? 몇 년 단골한테?"

진심인지 농담인지 모를 애매한 투로 그가 불평했다. 그녀는 그를 힐끔 쳐다보았다. 잘생긴 얼굴을 찌푸리고 있는 그가 왠지 모르게 안쓰러워 보였다. 아마 오전 내내 그를 향한 악의를 가감 없이 받았기 때문일 것이다.

"뭘 그렇게 봐?"

"네? 아……."

어색하게 미소를 지은 그녀가 할 말을 찾다가 따로 정리해 둔 책을 기억해 냈다.

"가게 정리하다 보니까 읽을 수는 있을 것 같은 책이 조금 남기는 했는데…… 드릴까요?"

혹시나 싶어서 율리는 '드래곤'이 나오는 구간을 엄마에게 처분하지 말고 보관하라고 부탁했었다. 어차피 고물상에 헐값으로 팔아넘길 책이라면 좋아하는 사람에게 주고 싶어서였다.

"무슨 책?"

"'드래곤과 나' 하고, 또 뭐가 있더라……."

'드래곤 공작'하고 '드래곤과 나', '드래곤 라이더' 등 신기하게도 드래곤으로 시작하는 제목의 책들은 책등 정도만 젖어서 따로 정리해 두었다.

"아무튼 꽤 많이 남았어요. 가나다순으로 꽂아 놨는데 다행히 '드래곤' 쪽은 많이 살아남았거든요."

"그래? 그러면……."

그가 언제 얼굴을 구기고 있었냐는 듯 밝게 웃었다. 역시 드래곤 마니아다운 급격한 기분 변화였다.

"아니, 아니다. 그럼 선불금 환불해 주지 않아도 좋으니까 드래곤 나오는 책, 네가 가지고 와."

"네?"

"설마 나보고 거기 가서 책 한 권씩 주섬주섬 주워 오라는 건 아니겠지?"

배우 아니랄까 봐 진하는 불량하게 끼고 있던 팔짱을 풀고 책을 줍는 시늉을 했다. 율리가 그를 흘겨보며 말했다.

"택배로 부치면 되죠. 용달차도 있고요."

"차율리. 네가 나를 툭하면 만나서 실감이 잘 안 나 본데, 내가 좀 많이 유명하거든?"

"그게 무슨 상관……."

"집에 아무나 안 들여."

진하가 단호하게 율리의 말을 자르자 그녀가 멈칫하고 그를 올려다보았다. 그는 오만하게 턱을 추켜세우고 눈을 내리깔았다. 그의 집에 감히 걸음 한 '인간'은 손에 꼽았다. 입이 무거운 단골 치킨집 사장, 매니저, 그리고 차율리. 하지만 그 사실을 모르는 그녀는 전혀 이해가 되지 않는 듯했다.

"아니, 뭐 택배쯤은……."

"안 들인다고."

그가 한 치도 물러나지 않아 살얼음 같은 침묵이 일었다. 그녀는 그를 물끄러미 보다가 미간을 찌푸렸다. 아무래도 이 남자는 누가 칼자루를 쥐고 있는지 모르는 모양이었다.

"그럼 버리죠, 뭐."

"뭐? 버려?"

"어차피 버리려고 했던 거라 혹시나 해서 물어본 거거든요. 그럼 엄마한테 그것도 버리라고 할게요. 계좌 번호나 알려 주세요."

"잠깐만."

당장에라도 내다 버릴 것처럼 미련 따위 보이지 않는 율리의 태도에 진하가 대뜸 그녀의 손목을 붙잡았다. 화들짝 놀란 그녀가 어깨를 들썩였다.

그때였다.

"율리 씨, 밖에 나와 있네? 샌드위치 사 왔……."

신이 난 아영의 목소리는 끝까지 이어지지 못했다. 율리는 진하에게 팔이 붙잡힌 것도 잊고 고개를 돌렸다. 샌드위치 가게 봉투를 든 아영이 율리와 진하를 번갈아 보다가 진하가 잡고 있는 율리의 손목으로 시선을 옮겼다.

"어……."

보아서는 안 될 것을 본 사람처럼 아영이 슬그머니 눈길을 돌리더니 스스슥 뒷걸음질 쳐서 코너로 몸을 숨겼다. 율리는 아영이 오해했음을 재빨리 알아차리고 아영을 애타게 불렀다.

"자, 잠시만요! 선배님!"

그러나 코너로 사라진 아영의 대답은 들리지 않았다. 당황한 율리가 진하의 팔을 뿌리치려 애를 썼다. 팔을 휘두르고, 있는 힘껏 털어 보았으나 남자의 손힘을 이기기란 역부족이었다.

"놔요!"

"왜?"

"오해받게 생겼잖아요!"

"회사 사람은 오해하든지 말든지 상관없어. 책 버리지 말고 집까지 갖다 달라니까?"

궁지에 몰린 율리와 달리 진하는 느긋하고 여유로웠다. 그는 자신에게 유리하게 돌아가는 이 상황을 놓치지 않았다. 어느새 칼자루는 율리가 아니라 진하에게 넘어가고 말았다. 울상이 된 율리는 진하를 원망스럽게 보다가 이를 갈았다.

"갖다 드릴 테니까 놓으라고요!"

"그래?"

이것 봐, 재미있잖아.

그가 눈부시게 환한 미소와 함께 손에서 힘을 풀자, 그녀의 팔이 허무할 정도로 간단히 놓였다.

"집에 가면 목록부터 보내 줘."

얄밉게 손을 흔드는 진하를 뒤로하고 율리는 코너로 후다닥 뛰어갔다. 모퉁이를 돌자마자 저 멀리 복도 끝 구석에서 안절부절못하는 아영이 보였다. 율리는 믿지도 않는 신을 속으로 부르면서 아영에게 다가갔다.

"저, 저기 선배님⋯⋯."

"으, 응?"

어색하면서도 민망한 분위기가 두 사람 주변에 감돌았다. 율리는 정말 주저앉아 울고 싶었다.

"혹시 오해하신 건 아니죠?"

"응? 오해라니? 아냐. 나, 난 아무것도 못 봤어."

억지로 웃는 아영을 보자 율리는 눈앞이 캄캄해졌다. 이미 단단히 오해한 선배에게 어디서부터 어떻게 설명해야 할지 난감해서 미칠 노릇이었다.

"저기, 저랑 임진하 씨랑은 아무 사이도 아니에요. 그냥 그쪽이 뭘 부탁하다가 그만⋯⋯."

"으응? 그, 그래?"

"네! 진짜예요. 믿어 주세요!"

"괜찮아, 괜찮아. 다 이해해."

뭘 다 이해한단 말인가! 율리는 하나도 이해하지 못하는 선배에게 절규라도 하고 싶은 마음이었다. 하지만 아영은 자비로운 미소를 지으면서 율리의 어깨를 두드려 주고는 그녀의 손에 샌드위치가 든 봉투를 쥐어 주었다.

"마음이 많이 안 좋지?"

"……네?"

"아무 상관없는 사람들 악플만 봐도 힘든데 하필 율리 씨는……."

측은한 눈빛을 내비치며 아영은 말끝을 흐렸다. 율리는 다리에 힘이 풀려서 비틀거렸다. 아영이 생략한 말의 의미를 알 것도 같았다. 율리는 이제 와서 자신이 부정해 봤자 아영에게 씨알도 먹히지 않는다는 것을 깨달았다.

"먹고 힘내."

손에 든 샌드위치 봉투가 어째 납덩이처럼 무거워졌다.

창백한 안색으로 오후 업무를 시작한 율리는 자신의 등 뒤로 힐끔힐끔 꽂히는 아영의 시선에 죽을 맛이었다. 임진하의 예상은 또 틀렸다. 껴안고 있어도 스캔들이 나지 않을 거라고? 천만에, 손목 좀 잡고 있었다고 비밀 연인 취급을 받고 말았다.

'미치겠네.'

부담스러운 아영의 눈빛 때문에 율리는 힘이 쭉 빠졌다. 아영은 마치 오늘의 오해를 '여자들만의 비밀'로 여기고 있었다.

율리가 고통스러워하고 있을 무렵, 경진이 팀장실에서 나와 그녀를 불렀다.

"차변!"

"네?"

"아까 준 파일 다 정리했어요?"

벌떡 일어난 율리가 출력물을 쓱 넘겼다. 점심때까지는 가슴이 먹먹해서 힘들었는데 진하에게 이를 갈아서일까? 갑자기 속도가 빨라져서 서너 장 정도 남아 있었다.

"조금 남았어요."

율리가 대답하기 무섭게 경진은 손목시계를 보고 고개를 끄덕였다. 방금 대표이사로부터 내선으로 연락이 들어왔었다. 진하의 스케줄이 지금부터 한 시간 정도 비어서 그 시간에 담당 변호사와 대면을 원한다는 연락이었다. 경진은 꺼림칙했으나 자신에게는 거절할 자격도, 명분도 없었다.

"음, 많이 남은 거 아니면 그거 들고 대표이사실 옆에 회의실 있거든요? 거기 가서 임진하 씨랑 대면하고 와요."

"……네?"

순간 율리의 등 뒤로 강렬한 시선이 느껴졌다. 아영의 눈이 이글이글 타오르고 있는 게 분명했다. 망연하게 서 있던 율리가 서류 파일을 주섬주섬 챙기고는 슬쩍 아영을 곁눈질했다. 빙그레 웃으면서 한 손으로 주먹을 쥔 아영이 입 모양으로 '파이팅!' 하고 소리 없이 외쳤다.

아영은 제대로 착각하고 있었고 율리는 암담해졌다.

'내가 진짜…… 이 인간을 진짜!'

바득바득 이를 갈면서 율리는 회의실 문을 벌컥 열었다. 널찍한 회의실 안에는 길쭉한 직사각형 형태의 테이블이 정중앙에 놓여 있었고, 진하는 테이블 위에 다리를 올려놓은 채로 거만하게 앉아 있었다.

"왔어? 여기 앉아."

턱으로 맞은편을 가리킨 그가 다리를 내리고 자세를 바로 했다. 그녀가 눈을 가늘게 뜨고 그를 한심하게 쳐다보다가 자리에 앉았다.

"어쩔 거예요?"

"뭘 어째?"

그녀는 모르는 척하는 그를 매섭게 쏘아보며 아까 있었던 일을 상기시켰다.

"법무팀 선배가 단단히 오해했단 말이에요. 그쪽이 제 손잡고 있어서."

"신기한 사람이네. 그걸 가지고 무슨 오해를 해?"

"우리 둘이 안고 있어도 스캔들 없을 거라면서요?"

"그러니까 말이야."

코웃음을 친 그가 기가 막힌다는 투로 대꾸했다. 목구멍까지 험한 말이 울컥 치밀었지만 그녀는 꾹 참고 자신을 다스렸다. 지금은 업무 시간이고 자신은 일을 해야 했다. 더 이상 말해 봤자 저 뻔뻔한 남자에게 통하지 않을 것임을 알기에, 그녀는 테이블 위에 파일을 놓고 펼쳤다.

"대면하라고 해서 오긴 했는데 뭐부터 해야 하죠?"

"글쎄?"

자신의 일임에도 진하는 전혀 관심이 없어 보였다. 율리는 어이가 없었다.

"여기 왜 부른 거예요?"

"고소장 쓰라고?"

"고소장 쓸 마음이 진짜 있긴 해요?"

날이 선 목소리가 회의실 안을 쩌렁쩌렁 울렸으나 그는 턱을 괴고 그녀를 지그시 응시했다. 흥분해서 목소리가 커진 자신과 달리 그가 말없이 바라보자, 단정하니 잘생긴 얼굴과 온전히 자신에게만 향하는 눈빛이 부끄러워 그녀는 냉큼 고개를 숙여 버렸다. 괜스레 얼굴이 붉어지는 느낌이 들 찰나였다.

"그거 다 읽어 봤어?"

"네? 네, 거의……."

"그래? 그럼 내 마음이 어떨 것 같아?"

율리가 고개를 번쩍 들었다. 제 일인데도 마치 제 일이 아닌 양, 진하는 아무렇지 않은 표정이었다.

그 심정을 타인이 어떻게 알까?

그녀는 쉽게 대답하지 못했다. 익명의 뒤에 있는 불특정 다수에게 험한 소리를 듣는 기분은 상상도 할 수 없었다. 이직하기 전 회사에서 사수에게 면대 면으로 쓴소리를 들었을 때도 하루 종일 기분이 나쁘고 기운이 없었는데, 상관도 없는 사람들이 이유도 없이 손가락질을 한다면 얼마나 힘이 빠질까.

자신에게 주어진 일이 얼마나 중요한 일인지 깨닫자 그녀의 어깨가 무거워졌다.

"차율리, 대답 안 해?"

"……잘 모르겠어요."

가늠도 되지 않아서 율리는 대답할 수가 없었다. 그녀가 무슨 대답을 할지 내심 기대했던 진하는 김이 새서 한쪽 눈가를 찡그렸다. 웬일로 재미가 없다 싶을 때였다.

"그냥…… 그쪽이 이런 거 안 봤으면 좋겠어요."

율리의 목소리가 한숨과 섞여 나왔다.

"아닌 척해도 분명 상처 받으니까."

지루한 눈동자로 그녀를 바라보던 진하가 자세를 고쳤다. 그는 턱을 괴고 있던 손을 얼굴에서 떼고 등받이에 길게 기대고 있던 허리를 똑바로 세웠다. 그녀는 그의 눈치를 힐끔 보고는 파일을 닫아 버렸다. 혹여 그의 눈에 칼날 같은 말이 들어올까 봐.

두 사람 사이에 미묘한 침묵이 흘렀다. 그는 그녀를 똑바로 응시했다. 자신을 향한 걱정스러운 눈빛과 표정은 전에도 몇 번 본 적이 있었다.

아주 먼 옛날에.

"너 그거 알아?"

"뭘요?"

"너, 옛날에 죽은 내 친구하고 닮았어."

"하필 죽은 사람이 뭐예요?"

뜬금없이 나오는 친구 이야기에 바로 인상을 찌그러뜨린 율리가 입을 삐죽거렸다. 그러거나 말거나 진하는 여유롭게 말을 이었다.

"정말 괜찮은 친구라고 생각했는데, 마지막에 내 뒤통수를 치더니 죽더라."

그가 웃음을 흘리자 왠지 모르게 그녀의 등골이 서늘해졌다. 그는 여전히 미소를 띠고 있었는데, 어째서 그 미소가 무섭게 느껴지는지 모를 일이었다. 그녀가 말라 가는 입술을 떼고 애써 태연하게 대꾸했다.

"갑자기 친구 얘기는 왜……."

"오랜만에 날 걱정해 주는 사람이다 싶어서."

많은 인간이 그의 곁을 스쳐 지나갔다. 남녀가 유별한 시대라 대부분은 남자였다. 수많은 인간들 중 유난히 눈에 띄었던 자들이 있었다. 개중에서도 영혼의 파장이 잘 맞는 단 한 사람을 만났고, 그 친우에게라면 자신의 정체를 들켜도 괜찮을 거라는 생각이 들 정도로 신뢰했었다.

"넌 통수 치지 마라."

"와! 나, 어이가 없어서 진짜…… 그동안 당해 온 쪽이 누군데? 그쪽이 한 짓들이나 생각해 보시죠. 통수는 내가 맞았지……."

율리가 눈살을 찌푸리며 중얼거렸다. 오늘만 해도 이 남자 때문에 아영에게 해괴망측한 오해를 받았다. 법무팀을 나오기 전 기대 가득한 아영의 얼굴을 떠올리자 율리의 머리가 지끈거렸다. 오해를 어떻게 풀어야 할지 영 답이 나오지 않았다.

진하는 끙끙 앓고 있는 율리를 무감정하게 보다가 손목시계로 시선을 돌렸다. 비어 있는 시간은 한 시간. 이동하는 시간을 빼면 30분 정도였다. 이토록 짧게 시간이 남을 경우에는 대개 미리 이동하던 진하가 오늘따라 갑자기 변덕을 부리는 바람에 매니저는 심장을 부여잡고 있을 것이다. 그러니 이제 슬슬 일어나야 했다.

"아무튼 네 말대로 난 마음의 상처를 받은 걸로 해 두자."

"받은 걸로 해 두자는 건 또 뭐예요?"

진하가 일어나자마자 율리도 그를 따라 벌떡 일어났다. 그는 자신보다 머리 하나는 작은 여자를 내려다보았다. 그녀는 아주 오래전, 자신의 곁을 스쳐 지나갔던 친우와 닮아 있었다. 얼굴이 닮은 게 아니라 맑디맑은 그 영혼이.

그 벗은 용살자의 혈통을 타고났었다. 신뢰할 수 있다고 여겼던 단 하나뿐인 인간이 자신을 향해 죽음의 손길을 보낼 때의 그 절망을 그는 아직도 똑똑히 기억했다.

"퇴근하자마자 리스트 보내."

"리스트요? 무슨 리스트?"

눈을 동그랗게 뜨고 있는 그녀를 보자 그의 의심이 한결 옅어졌다. 오랜만에 감상에 젖어 착각을 한 것뿐이리라. 그는 애써 자신의 감정을 외면했다.

"책 리스트."

하지만 분명한 것은 자신이 차율리에게 분명히 호감을 가지고 있다는 것. 처음 보았을 때부터 자신은 그녀에게 이끌렸다.

대여점에 계속 걸음 한 이유 중 반 정도는 아마 그녀와의 인연을 계속 이어 가고 싶어서일 것이다.

"그럼 간다."

그가 인사 대신 한 손을 들어 올리고 회의실을 훌쩍 나갔다. 그녀는 굳게 닫힌 문을 기막히게 쳐다보다가 성질을 부렸다.

"진짜 미치겠네!"

그깟 책이 뭐라고! 호의를 베풀려다가 아영에게 오해나 사고, 되는 일이 하나도 없었다. 율리는 혼자 남은 회의실에서 꽥꽥거렸다. 머리를 부여잡은 그녀가 가슴속 깊이 눌러둔 한숨을 길게 뱉고 도로 의자에 털썩 앉아 책상 위에 놓인 파일을 열고 소리쳤다.

"악플은 내가 달아야 해. 너희가 아니라 내가!"

4장

퇴근 시간. 엘리베이터에서 내려 주차장으로 가던 율리는 자신을 향한 시선을 느끼고 슬쩍 뒤를 돌아보았다. 그러나 어슴푸레한 주차장 불빛 아래로는 그저 자기 차에 오르기 바쁜 직장인들뿐, 자신을 바라보는 사람은 보이지 않았다.

'뭐지?'

가뜩이나 예민해진 터라 찜찜한 그녀는 운전석 문을 열고 들어가기 전, 다시 슬그머니 주변을 살폈다. 멀리 기둥 뒤에 누군가가 고개를 내밀었다가 쓱 사라졌다.

'뭐, 뭐야?

온몸의 털이 곤두서는 오싹한 기분에 그녀가 얼굴을 일그러뜨리고 후딱 차에 올라 문을 닫았다. 시동을 걸지도 않고 그녀는 일단 차 문을 잠갔다. 두려운 눈빛으로 그녀가 룸 미러를 힐끔거렸다.

"저게 뭐야······."

숨어 있던 존재는 율리가 차에 오르자 그제야 기둥 뒤에서 스윽 나왔다. 회사 앞에서 보았던 여자였다. 갑자기 나타났다가 연기처럼 사라졌던 그 여자. 율리의 얼굴이 하얗게 질렸다.

어느새 그 여자는 기둥 옆에 똑바로 서서 율리의 차를 지켜보고 있었다. 무엇보다 다른 사람들은 그 여자가 보이지 않는지 아무렇지 않게 자기 갈 길만 간다는 것이 끔찍하게 느껴져서 율리는 덜덜 떨리는 손으로 휴대폰을 들었다.

누구에게 전화를 걸어야 하지? 혼자 있기에는 너무 무서운 상황인데 막상 이 상황에 부를 사람이 떠오르지 않았다. 그때 여자가 고개를 갸웃거리다가 움직이기 시작했다. 여자는 마치 뱀이 미끄러지듯 율리의 차를 향해 스스슥 다가오고 있었다.

"미친······ 안 돼. 오지 마."

율리는 혼잣말을 중얼거리다가 시동을 걸었다. 도망치는 게 최선이었다. 사람보다는 차가 훨씬 빠를 테니 붙잡히지는 않을 것이다. 그녀는 마른침을 삼키고 휴대폰을 조수석에 던진 뒤 핸들을 붙잡았다. 그때, 갑자기 그녀의 휴대폰이 울렸다.

"깜짝이야!"

얼마나 놀랐는지 비명이 다 튀어나왔다. 휴대폰 액정에는 아영의 이름이 떠 있었다.

"여, 여보세요?"

―아, 율리 씨. 전에 맡긴 송유주 영문 계약서 말이야, 그건 아직 안 줬어?

"네? 아뇨, 그거 일 정리하면서 다른 거 드릴 때 함께 드렸는데……."

여자가 다가오는 것을 경계하며 율리가 긴장한 채 답했다. 휴대폰 너머에서 부스럭거리는 소리가 들리더니 아영의 의아한 목소리가 이어졌다.

―엥? 정말 줬어? 없는데? 그거 중국 쪽에서 자기네 퇴근 시간 전까지 팩스로 보내 달라는데, 어떡하지?

같은 시간을 공유하는 일본과 달리 중국과는 시차가 조금 있어서 바쁘거나 급할 경우 퇴근 이후에도 가끔 이렇게 일하는 경우가 있었다.

―조금 급한데…… 율리 씨 지금 운전 중이야?

율리는 룸 미러를 통해 여자의 움직임을 살폈다. 이제는 여자의 얼굴이 선명하게 보였다. 작고 마른 체구와 어울리지 않게 여자의 눈빛은 형형했다. 꼭 눈동자가 노랗게 빛나는 듯한 착각이 들 정도였다. 그럼에도 율리는 쓴물을 뱉듯 대답해야만 했다.

"아뇨…… 그럼 저 주차장이니까 제가…… 올라갈게요."

왜냐하면 신입에 막내니까.

―응, 그래 줄래? 미안해.

"아니에요. 대신…… 거기 팀장님 계시죠?"

자신이 퇴근하러 나올 적 경진은 팀장실에 남아 있었다. 팀장실 문을 열고 들어가서 인사를 한 기억이 있는 율리는 제발 경진이 아직 근무 중이기를 빌면서 아영의 말을 기다렸다.

—으응, 지금 퇴근하실 거라는데?

"주차장으로 좀 와 주셨음 한다고 전해 주세요."

—어? 그, 그렇게. 끊어.

율리의 간절하고 다급한 목소리 덕분인지 아영은 이유를 묻지 않았다. 전화를 끊은 율리는 휴대폰을 양손으로 꽉 붙잡고 시시각각 가까워지는 여자를 보았다. 율리는 적어도 그날, 저 여자를 함께 본 경진이라면 자신을 도와줄 수 있을 거라는 생각으로 그를 부른 것이었다.

율리는 눈대중으로 여자가 얼마나 가까워졌는지를 보고 절망에 빠졌다. 이제 여자와의 거리는 차 한 대 정도의 거리쯤이었다. 시동을 끈 율리는 목을 움츠리고 휴대폰만 꽉 쥐었다. 그녀의 몸이 부들부들 떨리고 식은땀이 손바닥에 솟을 무렵 휴대폰이 다시 울렸다.

경진의 전화였다.

"선, 선배…… 오고 계세요?"

—그래, 무슨 일이야? 지금 내려가고 있어.

"선배 빨리 와 주세요."

율리의 울음 섞인 목소리에 놀랐는지 경진의 음성이 조금 더 날카로워졌다.

—왜 그래? 주차장에 혼자 있어?

"네, 저 차 안인데……."

그새 여자는 율리의 차 트렁크에 손가락을 사뿐히 올리고 미끄러지듯 운전석으로 다가오고 있었다. 그리고 운전석에 앉아 있는 율리를 발견하자 야무지게 닫혀 있던 여자의 입이 미소를 짓듯 서서히 벌어지더니 귀 밑까지 찢어지는 것이었다. 끔찍한 광경에 율리는 아무 말도 할 수 없었다.

'차라리 도망갈 걸…….'

눈앞이 아득해졌다. 역시나 여자는 사람이 아니었다. 눈이 노랗게 빛난다 했더니, 정말 렌즈라도 낀 듯 여자의 눈은 황금빛이었다. 율리는 일부러 시선을 피하려고 고개를 돌렸고, 여자는 운전석 창문에 양손을 대고는 얼굴을 들이밀었다. 유리에 붙은 여자의 얼굴이 뭉개졌다.

—율리야! 차율리! 내 말 듣고 있어?

여자는 뱀처럼 갈라진 혀끝으로 창문을 날름 핥았다. 율리는 경진과 전화 중인 것도 잊고 벌벌 떨었다. 여자가 사람이 아닌 이상 경진이 온다 해도 도움은 되지 않을 듯했다. 경진의 다급한 목소리에 정신을 차린 율리가 시동을 걸었다.

"아니에요. 오지 마세요. 선배, 내려오지 마세요."

—무슨 일이야?

"주차장 근처로 오지 마세요. 저, 저는…… 으악!"

도망갈 생각으로 율리가 경진을 만류할 무렵, 운전석 손잡이가 덜컥거려서 그녀는 저도 모르게 비명을 질렀다. 여자가 문을 열고 들어오려는 모양이었다. 문을 잠가 두길 잘했다. 다행히 문은 열리지 않았고, 여자는 제 맘대로 되지 않는 일에 성질이 나는지 손잡이를 계속 흔들었다.

─조금만 기다려. 엘리베이터에서 내렸으니까.

"오면 안 돼요!"

율리가 꽥 소리를 질렀다. 화가 난 여자는 손잡이를 부술 듯 계속 덜컥거리다가 갑자기 행동을 뚝 멈추었다. 율리는 두려운 눈빛으로 여자를 쳐다보았다. 끔찍하게 찢어져 있던 입이 스르륵 닫히더니 여자가 뒤로 확 돌아섰다.

'설마……'

설마 경진이 오는 것을 느낀 걸까?

그날, 경진도 여자를 보았다고 했으니 어쩌면 여자가 경진에게 해를 끼칠지도 모른다. 율리의 등골이 오싹해졌다. 등 뒤로 식은땀이 주륵 흘러내렸다. 괜히 경진을 불러서 이게 무슨 일인가. 죄책감이 물밀 듯이 밀려들었다.

차마 바깥을 볼 엄두가 나지 않아 율리는 양손으로 머리를 감싸고 고개를 푹 수그렸다. 그렇게 얼마간 고개를 숙인 채 숨만 쉬고 있는데 아무 소리도 들리지 않았다. 오로지 그녀의 귓가에 울리는 것은 자신의 심장 소리와 숨소리뿐. 그 사이를 비집고 노크 소리가 들렸다.

똑똑.

차창을 두드리는 소리에 율리의 어깨가 움찔했다. 뭘까? 얼마나 끔찍한 광경이 눈앞에 보일까? 두려운데도 율리는 고개를 들고 뻣뻣한 목을 돌려 운전석 창문을 바라보았다.

"어?"

거기에는 경진이 아무렇지 않게 서 있었다.

율리는 눈을 비비고 다시 차창 너머를 보았으나 거기에는 여전히 경진이 서 있을 뿐이었다. 그가 휴대폰을 가리키자 그녀는 손바닥에 흥건한 식은땀을 옷에 문질러 닦고 휴대폰을 다시 귓가에 가져다 대었다.

—창문 좀 열어 볼래?

그 순간 율리는 잠깐 의심이 들었다. 방금 전까지 이곳에 있던 여자는 어느새 온데간데없이 사라지고 그 자리에 경진이 있다는 것이 의심스러웠다. 하지만 분명 경진은 휴대폰을 들고 있었고, 휴대폰에서도 경진의 목소리가 들렸다. 그녀는 혼란스러운 표정으로 중얼거렸다.

"선배…… 맞아요?"

경진의 대답은 이어지지 않았다. 율리는 창문 밖을 경계하다가 까맣게 꺼진 휴대폰 액정을 다시 켰다.

전화는 끊어져 있었다. 언제 끊어졌는지 모르겠지만, 휴대폰에서 경진의 목소리가 들릴 리가 없었다. 바깥에 있는 경진의 얼굴이 구겨지더니 그의 손이 유리창을 부술 듯 두들겼다. 율리는 양손으로 귀를 막고 눈을 감았다.

뭐가 뭔지 하나도 모르겠다. 그 여자는 어느새 경진의 모습으로 변해서 문을 열라고 난동을 피우고 있었다. 만약 아무 의심 없이 문을 열었다면 어떻게 되었을까?

그러나 곧 창문을 깨뜨릴 듯 두드리던 소리가 사라졌다. 주변이 고요해지자 율리가 눈을 번쩍 뜨고 바깥을 살폈다. 경진으로 둔갑했던 여자는 본래의 모습으로 돌아와 있었다. 그리고 그 여자의 뒤로 경진의 옷자락이 보였다. 회색 정장 재킷을 본 율리는 아랫입술을 꽉 깨물었다.

'어떡해……'

경진을 돌아본 여자는 주춤거리다가 뒷걸음질을 쳤다. 덜컹, 하고 여자의 등과 율리의 차가 부딪쳤다. 작은 체구와 부딪쳤는데 차가 다 흔들렸다.

"히익!"

지진이 난 듯 흔들리는 차체에 율리가 몸을 웅크렸다. 콧잔등과 이마에 솟은 식은땀을 닦지도 못하고 그녀는 운전석 창문을 통해 바깥을 곁눈질했다. 곧 경진이 손을 들더니 여자의 얼굴을 붙잡아 바닥으로 내던지듯 밀었다. 여자는 종잇장처럼 바닥에 나뒹굴었다.

툭.

율리의 휴대폰이 무릎 위로 떨어졌다. 그것도 모르고 율리는 양손으로 입가를 가린 채 바깥을 홀린 듯이 바라보았다. 바닥에 쓰러진 여자는 보이지 않았지만 경진의 모습은 생생하게 보였다.

무표정하게 바닥을 내려다보던 경진이 한숨을 푹 내쉬더니 허리를 굽혀 무언가를 줍고는 운전석 차창을 똑똑 두드렸다.

방금 전과 똑같은 상황인데 신기하게도 이번에는 의심이 일지 않았다. 율리는 침을 꼴깍 삼키고 창문을 살짝 열었다. 서늘한 기운이 스미듯 창문 사이로 들어왔다.

"괜찮아?"

걱정 가득한 경진의 목소리가 들리자 긴장으로 바짝 올라가 있던 율리의 어깨가 축 처졌다. 그는 그녀를 안쓰럽게 응시하고 있었다.

그녀가 잔뜩 지친 얼굴로 힘없이 중얼거렸다.

"……제가 미쳤나 봐요."

"무슨 소리야? 아니야."

고맙게도 경진은 율리의 자책을 부정해 주었다.

시동을 끈 율리는 문을 열고 나왔다. 서늘하다 못해 차가운 공기가 느껴지자 그녀는 그제야 자신의 온몸이 식은땀으로 젖어 있는 걸 알아챘다. 한숨을 길게 뱉은 그녀는 경진의 손에 들린 것을 보고 깜짝 놀라 뒤로 한 걸음 물러섰다.

"……뱀?"

경진은 축 늘어진 뱀을 아무렇지 않게 들고 있었다. 뱀이라니! 도시에서, 그것도 오피스 밀집 지역에서는 보기 어려운 동물이었다. 율리가 경악하고 있는 것을 보며 그는 태연하게 거짓말을 늘어놓았다.

"아, 이거 때문에 전화한 거 아니었어?"

"네?"

"차 문에 딱 달라붙어 있었잖아. 문에서 떨어지라고 쳤는데 죽었나 봐."

"주…… 죽었어요?"

경진이 힘없이 고개를 끄덕였다. 요망한 뱀은 용의 기운에 그대로 숨이 끊어졌다. 그는 손에 들린 뱀의 사체를 혐오스럽게 응시했다. 며칠 전부터 율리를 노리고 있던 뱀이었다. 살기 팍팍한 도시에서 오랫동안 살아남을 정도로 집착이 강한 뱀이었는데 어디서 잔재주만 배워서는 그녀를 해치려고 들었다.

조금 전까지 자신을 위협하던 여자는 어디로 사라졌는지 모르겠어서 율리는 이 상황이 통 이해가 가지 않았지만 어쨌거나 눈에 보이는 대로 받아들이려고 노력했다. 이상한 여자는 없어지고 경진은 뱀의 사체를 들고 있다는 상황을.

"주, 죽은 걸 드, 들고 있으면 어, 어떡해요?"

"치워야지."

덤덤하게 대꾸하는 경진을 율리가 질린 눈으로 쳐다보다가 문득 그가 진하의 사촌이라는 것을 떠올렸다. 왜일까? 그 순간 이모든 상황이 물 흐르듯 이해가 가기 시작했다. 차가운 빗방울의 감촉이 몸에서 느껴지는 것만 같아 그녀는 본능적으로 경진과 거리를 두었다.

경진은 율리의 떨떠름한 태도를 그저 죽은 뱀에 대한 공포로 여겼다. 그는 한시라도 빨리 그녀를 자신이 힘을 쓴 이곳에서 벗어나게 만들고 싶었다.

"최변이 찾던데, 얼른 올라가 봐."

"아……."

경진의 말에 율리는 현실로 돌아올 수 있었다. 그녀는 그의 눈치를 살피다가 죽은 뱀을 보고 눈살을 찌푸렸다. 더 이상은 비현실에 남아 있고 싶지 않았다.

"저…… 그럼, 올라가 볼게요. 고맙습니다."

"이런 걸로 뭘. 잘 가."

고개를 꾸벅 숙이고 건물 안으로 걸음을 재촉하던 율리는 엘리베이터 앞에 서자마자 주차장 쪽을 돌아보았다. 느릿느릿 닫히는 무거운 출입문 사이로 멀리 경진의 모습이 보였다. 태연하게 죽은 뱀을 들고 있던 그가 너무나도 낯설었다.

'그 여자는 뭐였을까?'

패닉에 빠져 있었지만 분명 자신은 여자를 보았었다. 멀리 기둥 뒤에 숨어서 자신을 지켜보다가 점점 다가오던 그녀는 뱀처럼 걷기는 했어도 사람의 형상을 하고 있었다. 자신이 미치지 않은 이상 뱀을 여자로 착각할 리가 없었다.

두 눈을 뜨고 꿈이라도 꿨던 걸까?

'하지만…….'

여자는 눈을 노랗게 빛냈었고, 두 갈래로 찢어진 혓바닥을 날름거렸었다. 꼭 뱀처럼 말이다.

그뿐이 아니다. 손발이 없는 뱀이 어떻게 문을 열려고 손잡이를 잡았을까? 손잡이를 몇 번이나 덜컥거리던 여자는 경진의 모습을 흉내 내어 전화 연결이 되지 않은 휴대폰을 통해 말까지 전했었다.

이게 꿈이 아니고 현실이라면…….

"끔찍해."

율리가 저도 모르게 혼잣말을 했다. 옆에서 엘리베이터를 기다리던 사람이 그녀를 흘깃거렸지만, 그녀는 바로 옆에 있는 사람의 눈총도 알아채지 못했다.

도착한 엘리베이터 안으로 들어가며 그녀는 마지막으로 본 여자의 모습을 생각했다. 그러고 보면 경진이 여자의 머리를 향해 손을 내리치고 나서 여자는 사라졌다. 바닥으로 쓰러졌다고 생각한 여자는 사라지고 거기에는 죽은 뱀이 있었다. 경진은 여자의 존재에 대해서는 한 마디도 하지 않았고 뱀에 대해서만 말을 했다.

그렇다면 정말 뱀을 그 여자로 착각한 걸까? 아니, 어떻게 그럴 수가 있단 말인가?

'내가 정말 미친 걸까?'

언제부터 일상이 무너지기 시작했을까 곱씹어 보니, 작은할아버지의 기록을 읽은 뒤부터 평범한 현실이 엉망진창이 된 느낌이었다. 그걸 읽어 보지 말았어야 했다. 그때부터 자신의 정신이 이상해진 거라면, 아마 화재가 일어난 일요일에 진하가 비를 내렸다는 것도 그저 자신의 과대망상에 불과할 것이다.

자기부정은 정신적으로 무척 고통스러운 일이었다. 율리는 머리가 깨질 것처럼 아파서 이를 악물었다.

엘리베이터에서 내린 율리는 넋이 반쯤 나간 채로 사무실에 들어갔다. 초조한 기색으로 서서 이리저리 왔다 갔다 하던 아영이 율리를 보고 반가운 표정을 지었다.

"율리 씨! 미안해. 한 번 확인 좀 해 줄래?"

"아, 네."

정리해 둔 서류철을 뒤적이던 율리가 난색을 표했다. 분명 진하의 사건을 맡게 되면서 건넸다고 생각한 서류가 대뜸 생각지도 못했던 파일 안에 끼워져 있었다. 전에 다닌 회사에서처럼 실수했다고 엄청 혼나겠지 싶어서 그녀는 마음을 단단히 먹고 아영에게 계약서를 건넸다.

"죄송해요. 제가 분명 드렸다고 생각을 했는데……."

"어머! 있어? 어휴, 다행이다!"

그러나 상상도 못 한 반응이 이어졌다. 초조한 기색은 어디로 치워 버리고 아영은 환하게 웃으면서 율리에게서 계약서를 받아 들었다.

"거기 있어서 다행이다. 진짜, 팩스 못 보내는 줄 알았다니까?"

"죄송합니다. 정말 죄송합니다."

몸을 반으로 접을 기세로 율리가 허리까지 굽혀 사과하자 아영이 당황한 듯 양손을 내젓고 율리의 어깨를 붙잡아 세웠다.

"실수할 수도 있는걸. 난 입사하자마자 계약서 하나를 잃어버린 적도 있는데, 뭘. 그때 팀장님이 엄청 고생하셨지…….”

아련한 눈으로 과거를 회상하는 아영을 율리가 멍하니 쳐다보았다. 아영은 콧노래까지 부르면서 팩스 번호를 확인하고 팩스를 보냈다.

“이제 가도 괜찮아. 나야말로 미안. 이런 걸로 괜히 불러내서.”

“아니에요! 제가 칠칠치 못한 건데요.”

“원래 오늘 보내야 할 것도 아니었잖아. 조금만 여유가 있었어도 내일 물어보는 건데.”

율리는 할 말이 없었다. 사소한 실수에도 눈물이 쏙 빠지게 혼이 났던 저번 회사와 정반대라서 더욱 얼떨떨했다. 실수했다고 이튿날 거침없이 잘리기까지 했는데 말이다.

“율리 씨 안색이 많이 안 좋네. 정말 괜찮은데. 너무 걱정하지 말고 마음 쓰지 마. 사람이 실수도 하고 그래야 사람이지.”

아영이 생긋 웃으면서 오히려 실수한 율리를 다독여 주었다. 이상하게 아영의 말을 듣자 율리는 눈물이 날 것 같았다. 실수 때문만은 아니었다. 자꾸 자신에게 일어나는 비현실적인 상황에 지쳐서 타인의 따뜻한 말 한마디가 진한 위로가 되었다.

“내 전화에 많이 놀랐겠다. 얼른 들어가서 쉬어.”

“……네, 먼저 가 볼게요.”

코끝이 찡해져서 율리의 목소리가 떨려 나왔다.

아영에게 서류를 찾아 전달한 다음 주차장으로 가는 길이 무서워서 율리는 한참이나 건물 안에서 주차장 안을 두리번거리다가 차로 슬금슬금 다가갔다. 퇴근 시간이 지나서인지 주차장은 텅텅 비어 있었고 인기척이라고는 하나도 없었다.

다행히 어디에서도 시선은 느껴지지 않았다. 차에 오르기 위해 운전석 문을 연 율리는 뒷좌석 쪽 문이 둔탁한 것으로 맞은 듯 푹 들어가 있는 것을 알아채고 미간을 확 찌푸렸다.

"이게 뭐야?"

비싼 차는 아직 할부도 한참이나 남아 있었다. 어느 멍청이가 뒷문을 박고 간 건가, 블랙박스라도 돌려 봐야 하나 화를 내며 씩씩거리던 그녀는 뭔가에 홀린 듯이 떨리는 손으로 그 자국을 쓸어 보다가 호흡마저 멈춰 버렸다.

"이거⋯⋯."

자신의 어깨 넓이보다 살짝 좁은 자국은 꼭 그 여자의 몸통 크기와 같았다. 아까 경진을 보고 뒷걸음질 치던 여자가 차에 부딪쳤던 그 자리가 틀림없었다. 율리의 다리가 힘없이 꺾였다.

지금 보는 것이 현실이라면⋯⋯.

"내가 미친 게 아니야."

똑똑히 남아 있는 물증을 하염없이 바라보면서 율리가 고장난 테이프처럼 중얼중얼 그 말을 반복했다. 운전석 문을 잡고 주저앉은 그녀는 구역질이 날 것 같아서 고개를 푹 수그렸다. 블랙박스를 돌려볼 자신이 눈 녹듯 사라졌다.

이튿날, 출근하자마자 율리는 팀장실로 직행했다. 도저히 잠을 잘 수가 없어서 밤을 꼴딱 새운 바람에 머리가 아프고 눈 밑이 어두침침했다. 어제 있었던 일과 지난 화재의 비현실적인 상황이 자신의 착각이 아니라는 것을 깨닫자 가슴이 터질 것만 같아 잠을 이룰 수가 없었다.

"선배, 사실대로 말해 주세요."

인사도 없이 다짜고짜 용건을 꺼내는 율리를 경진이 의아하게 쳐다보았다. 설명을 요구하는 그의 눈빛에 그녀가 어금니를 꽉 깨물었다가 토해 내듯 말을 이었다.

"선배도 봤죠? 어제 그거, 뱀이 아니라 여자였어요."

"무슨…… 말을 하는 거야?"

"증거도 있어요. 제 차가 그 여자 모양으로 찌그러져 있다고요."

경진은 할 말을 잃어버렸다. 뱀을 죽이고 율리와 헤어지면서 모든 일이 끝났다고 생각했는데, 그녀가 꼬투리를 잡을 줄 몰랐다. 경진이 아무 말도 않자 율리가 필사적으로 그를 몰아붙였다.

"선배도 봤잖아요. 그건 분명 여자였어요. 왜 뱀으로 바뀌었는지는 모르겠지만, 분명 저를 위협할 땐 여자의 모습이었단 말이에요!"

"……율리야."

무슨 대답을 해야 할지 몰라 당황한 경진은 애써 침착을 유지하며 일단 율리를 진정시키려 노력했다. 그러나 그녀는 핏발 선 눈으로 그를 바라보며 서늘하게 대꾸했다.

"선배도 절 정신병자 취급하실 건가요?"

"누가 널 정신병자 취급했어?"

"선배 사촌 형이요."

"……진하 형?"

경진이 눈을 동그랗게 뜨고 자리에서 일어났다.

사촌이라는 것들이 어쩜 이리 똑같을 수가 있을까?

화재 이후, 처음으로 진하를 만났을 때 율리는 설명을 들을 수 있을 거라 믿었었다. 자신의 주변에서 일어나는 혼란스러운 일을 그가 잠재워 주길 바랐을지도 모르겠다. 아니, 못해도 납득이 가게끔 이야기를 해 줄 줄 알았는데, 정작 임진하는 차율리를 미친 사람 취급했다. 말이 되는 소리를 하라고, 그녀를 비웃는 그의 모습에 마음이 상해 도망치듯 그의 집을 빠져나왔다.

적어도 경진만큼은 그러지 않기를 바라며 율리가 사정했다.

"솔직히 말해 주세요. 선배는 알죠?"

"뭘?"

"비를 내렸어요, 실내에."

경진이 진하의 사촌이라면 분명 알 것이다. 진하의 특이한 능력을. 비를 부를 수 있고 날씨를 조절할 수 있는 능력을 말이다. 어쩌면 경진 또한 그러한 능력을 가지고 있을지도 모른다. 전에 경진은 꼭 비가 올 것을 알았던 사람처럼 우산을 건네주지 않았던가.

맞아떨어지는 일들이 너무 많았다. 작은할아버지의 기록 역시 허무맹랑한 소설이 아니라 진실일 수도 있었다. 작은할아버지의 기록에 나온 '날씨를 조절하는 존재'가 타이밍 좋게 진하를 가리키고 있지 않나.

어제 그 여자의 흔적을 본 이후, 율리는 자신이 의심해 온 것들을 전부 믿기로 마음먹었다. 자기부정은 이제 그만하고 싶었다.

하지만 경진은 율리의 간절한 시선을 피했다.

"무슨 소린지…… 난 잘 모르겠어. 네가 무슨 말을 하고 싶은 건지……."

"가게에 불이 났다고 했잖아요. 그 사람이 가게 안에 비를 내려서 불을 껐어요."

경진은 떼를 쓰는 어린아이를 달래듯 부드러운 목소리로 율리를 달랬다.

"스프링클러였을 거야."

아쉽게도 오래된 상가에 소화기는 있어도 스프링클러는 없었다. 율리가 가만히 있자 경진이 어색하게 웃으면서 이어 말했다.

"사람이 비를 내린다는 게 말이 되니?"

"그럼, 사람이 뱀으로 변하는 건 말이 돼요?"

율리는 경진을 똑바로 쳐다보며 차갑게 되물었다. 그녀의 태도가 평소와 너무나 달라서 그는 아무 대답도 못 하고 멈칫했다. 경진의 난처한 기색을 읽자마자 율리가 무섭게 쏘아붙였다.

"선배도 분명히 봤잖아요. 전에 그 여자, 분명히 봤다고 했잖아요. 저한테 모르는 사람이랑 이야기하지 말라고 했잖아요. 차에 붙어 있던 게 그 여자였어요."

"율리야, 우리 이런 이야기하지 말자."

'난 널 죽일 수가 없어.'

차마 할 수 없는 말을 꾹 눌러 담으며 경진이 눈가를 찡그렸다. 적룡은 율리에게 이상한 점이 보인다면 그녀를 처리하라고 지시했었다. 용살자의 혈통을 타고난 그녀를 제거할 수 있을 리도 없거니와, 그녀가 용살자임이 들통나는 즉시 흑룡은 그녀의 목숨을 노릴 것이다. 이도저도 못하는 상황에 놓여 경진은 무척 난감했다.

한편, 불편한 이야기를 도중에 자르려는 그의 태도가 마음에 들지 않아 율리는 아랫입술을 꾹 깨물었다. 입술색이 하얗게 변할 정도로 꽉 눌렸을 즈음, 그녀가 간절한 목소리로 중얼거렸다.

"제발 봤다고 해 주세요. 제가 미친 게 아니라고요."

"그래, 네가 미친 게 아니야."

경진의 음성이 다정하게 울려 퍼졌다. 그런 말이라면 얼마든지 해 줄 수 있었다. 그런 말 정도는 백 번이든 천 번이든 원하는 만큼 해 줄 수 있었다.

"여자가 뱀이 되고, 가게 안에 비가 내렸어요."

율리가 지친 듯 고개를 숙였다.

"제가 미친 걸까요? 아니면 세상이…… 이상해진 걸까요?"

"둘 다 아니야."

그가 부정하자마자 그녀가 고개를 번쩍 들었다. 그러나 설명을 바라는 그녀의 눈빛을 그는 무시해야만 했다.

"……조금 있으면 업무 시간이니까 이제 그만하자."

경진이 단호하게 선을 그었다. 원하던 설명은 듣지 못한 채 율리는 힘없이 팀장실 밖으로 나와야만 했다.

내선 전화를 얌전히 받고 있던 아영이 수화기를 내려놓기 무섭게 의자에서 몸을 일으키고 방방 뜬 목소리로 말했다.

"대박! 이번 주부터 연말까지 쭉 콘도 예약 없다는데, 아예 이번 주말에 후딱 가는 거 어때? 김변 이제 다 나았지?"

"다시 병 걸릴 것 같다."

건강하기로는 둘째가라면 서러울 대한민국 30대 남성, 한강이 머리를 부여잡았다. 아영이 코끝을 찡그리면서 한강의 어깨를 철썩 쳤다.

"왜 이래? 주말에 가자. 율리 씨도 주말에 시간 비울 수 있지?"

"아…… 네."

시원스레 묻는 아영에게 율리가 긍정의 대답을 주었다. 어제 아영의 따스한 말 덕분일까? 율리는 아영이 하고 싶어 하는 일을 무조건 지지해 주고 싶었다. 고마워서 자신이 할 수 있는 일이라면 무엇으로든 보답하고 싶었다.

"팀장님 안에 계셔?"

"네."

"그럼 팀장님 허락받고 계속 얘기합시다."

활짝 핀 꽃처럼 웃으면서 아영이 팀장실로 들어가자 한강이 못마땅한 한숨을 푹 내쉬며 율리를 불렀다.

"차변."

"네?"

"가기 싫으면 가기 싫다고 말해요. 너무 기죽어 있지 말고."

경진과의 답답한 대화로 인해 아침부터 지친 것뿐인데 한강은 율리가 환영회를 달갑게 여기지 않는다고 생각한 모양이었다. 율리는 고개를 젓고 또박또박 말했다.

"아니에요. 정말 괜찮아요."

"뭐? 차변만큼은 내 편이라고 생각했는데……."

한강이 턱을 괴고 귀찮은 기색을 비칠 즈음, 아영은 금세 신이 난 얼굴로 팀장실에서 나왔다. 경진의 긍정적인 허락이 떨어진 게 분명했다. 긍정적인 에너지를 뿜으면서 아영이 힘차게 물었다.

"금요일 저녁부터 토요일 저녁까지 어때?"

"마음대로 해."

한강은 더 이상의 저항을 포기한 듯했다. 그는 오랜만에 워크숍을 가는 것도 나쁘지는 않다고 애써 자신을 위로했다. 아영이 율리 쪽을 돌아보았다.

"율리 씨는?"

"네? 아, 저도 뭐……."

가게도 닫은 이상 주말에 할 일은 없었다. 친구들이야 사회생활을 하느라 바빴고, 연인도 없는 차율리는 회사와 집 이외엔 갈 곳이 없었다.

"좋아! 효린 대리한테 말해야겠다."

신이 난 아영은 어깨를 들썩이면서 사무직원들이 있는 바깥으

로 나갔다. 아영 덕분일까? 답답했던 율리의 마음이 조금은 풀어
진 것도 같았다.

＊　　＊　　＊

　퇴근하고 나서 샤워를 마치고 침대 위에서 뒹굴뒹굴하던 율리
는 전화벨 소리에 몸을 일으켰다. 휴대폰 액정에 뜬 이름은 의외
로 임진하였다.

“엥?”

그가 자신에게 전화를 걸 이유가 뭔지 통 모르겠어서 그녀가
고개를 갸웃거리다가 벨 소리를 이기지 못하고 전화를 받았다.

“여보세…….”

─너 왜 리스트 안 보내?

그녀의 말이 채 끝나기도 전에 그가 급히 물었다. 전화하자마
자 뜬금없이 리스트를 찾는 그를 이해할 수가 없어서 그녀가 멍
하니 되물었다.

“무슨 리스트요?”

─드래곤 나오는 책 리스트!

“앗차!”

그제야 리스트가 뭔지 깨달은 율리는 상체를 벌떡 일으켰다. 맞
다! 그러고 보니 그에게 남은 책을 주기로 했었다. 괜히 호의를 베
풀려다가 아영에게 오해를 사게 된 원인을 까맣게 잊고 있었다니!

"죄송해요. 깜빡해서요. 요즘 좀 정신이 없어서……."

율리가 우울하게 중얼거렸다. 요 며칠 정말 정신이 없긴 했다. 갑작스레 임진하 악플 담당 변호사가 되질 않나, 이상한 뱀 여자한테 시달리지를 않나. 그녀는 마른세수를 하고 한숨을 내쉬었다.

─너 지금 집이지? 리스트 작성하고 한 세트씩 갖고 와. 아니다, 오늘은 두 세트.

바로 떠오르는 '드래곤 공작'만 해도 한 질이 아홉 권이나 되는 장편인데, 두 질을 가져가려면 기본 열 권이 넘는 책을 들고 가야 했다. 그 많은 책을 낑낑거리면서 들고 그의 집까지 가져다 바치는 일이 그녀는 썩 내키지 않았다. 잠시 입을 다물고 고민하던 그녀가 조심스럽게 의견을 냈다.

"그러면 매니저 편으로 보내 드리는 건 어때요? 박스에 넣어서."

택배도, 용달도 거부한다면 그의 매니저를 통해 차에 싣고 가는 방법도 있었다. 적어도 매니저는 그의 집을 드나들 수 있는 사람일 테니 말이다. 하지만 그는 의외로 공사 구분이 확실했다.

─매니저는 내 일을 돕는 사람이지 네 책 갖다 주는 사람이 아니거든?

맞다. 매니저는 업무상 파트너지 그의 몸종이 아니었다. 그녀는 친분도 별로 없는 그의 매니저에게 괜스레 미안해졌다.

"아…… 네, 그렇죠."

율리가 시무룩한 목소리로 긍정하기 무섭게 진하의 말이 이어졌다.

―차율리, 어디 아파?

"네? 아뇨, 왜요?"

―왜 그렇게 목소리에 기운이 없어?

"……그래요?"

기운이 없었나? 율리는 방금 전에 나온 자신의 목소리가 어땠는지 기억이 나지 않았다. 떨떠름하게 대꾸한 뒤, 그녀는 아무 말 없이 침묵만 지켰다. 가게 화재 이후로 꿈속에서 사는 것처럼 현실감이 통 들지 않아서 머리가 이상해진 것도 같았다.

―나 조금 있으면 집에 가니까 리스트 보내고 오늘 한 세트만 가지고 와.

힘없는 태도 덕분인지 진하의 말투가 조금 누그러졌다. 율리는 알았다고 대답하고 전화를 끊었다. 시계를 보니 벌써 아홉 시에 가까워져 있었다. 시간은 참 빨리 간다고 생각하면서 그녀가 방 밖으로 나왔다.

엄마와 아빠는 소파에 나란히 앉아 TV 드라마를 시청 중이었다. 율리는 엄마에게 조용히 다가가 물었다.

"엄마, 내가 따로 책 빼놓으라고 한 거 어디다 뒀어?"

"마당 구석에. 왜?"

"아니에요, 알았어요."

부모님의 드라마 시청을 방해하지 않도록 율리는 더 이상 말하지 않고 현관을 나섰다. 사방을 두리번거리던 그녀는 책 더미를 발견하고 걸음을 옮겼다. 얼마 되지 않을 거라 생각했는데 의외로 책의 양이 꽤 많았다.

"'드래곤 공작'하고…….."

마당 구석에 털썩 앉아 휴대폰 불빛에 의지해 책 제목을 적던 율리는 문득 여기서 아빠가 그날 작은할아버지의 모든 기록을 태웠던 것을 떠올리고 움직임을 멈추었다.

그 기록.

용인지 뱀인지 모를 희한한 짐승을 칼로 찔러 죽이던 소녀의 그림은 아직 그녀의 머릿속에서 떠나지 않았다. 그리고 얼마 전에는 사람으로 둔갑한 뱀을 보았었다.

솔직히 미신 같은 걸 믿어 본 적은 없었다. 연초에 친구 화정과 타로 점을 보러 간 적이 있긴 했으나, 재미로 보았을 뿐 믿지는 않았었다. 엄마가 동네 부녀회원들과 신점이니, 사주니 보러 다닌다고 했을 때도 너무 빠지지나 말라고 했을 뿐이었다. 귀신을 본 적이 없었고, 가위 한 번 눌려 보지 않은 차율리에게 눈에 보이지 않는 존재는 없는 것이나 마찬가지였다. 그런데 자신에게 남겨졌던 작은할아버지의 기록을 본 뒤로 이상한 일이 일어나기 시작했다.

율리는 모든 일의 원흉을 그 기록으로 돌리고 있었다. 분명 그 이전에 임진하나 백경진에게 수상한 점을 보았었음에도 그녀는 무의식적으로 그걸 무시하고, 세상이 뒤틀리기 시작한 때가 그 기록을 읽고 화재를 겪은 날부터라고 여겼다.

'이제는 용이 사람으로 둔갑했다고 해도 믿겠어.'

뱀도 인간으로 둔갑하는데 용이라고 없을쏘냐. 인간의 모습으로 유희를 나온 드래곤이 주인공인 '드래곤 공작' 책을 보며 율리는 한숨을 내쉬었다.

'그 기록을 태워서 저주받은 거 아냐?'

……라고 말도 안 되는 생각까지 하며, 그녀는 다시금 주섬주섬 책 제목을 휴대폰에 입력했다.

리스트를 보내기 무섭게 진하는 자신이 언제쯤 집에 도착할 거라고 시간을 알려 주었다. 그러니까 그 시간에 맞춰서 책을 들고 오라는 뜻이었다. 율리는 '드래곤 공작' 아홉 권을 비닐 봉투에 넣고 털레털레 그의 집까지 걸어갔다.

현관 앞에 선 그녀는 굳게 닫혀 있는 문을 보고 그에게 전화를 걸었다. 마음 같아서는 이 앞에 책을 두고 가 버리고 싶었지만 그녀는 심호흡을 하며 인내했다.

─왔어?

"네, 저 오피스텔 현관에서 기다리고 있어요."

─아, 그래. 보인다.

그의 말이 끝나기 무섭게 자동차 헤드라이트 불빛이 그녀에게 쏟아졌다. 그녀는 눈을 가늘게 뜨고 차 쪽을 바라보았다. 운전석에 그가 앉아 있는 것을 보아하니, 매니저 없이 그가 운전해서 돌아온 모양이었다.

주차장에 차를 세우고 돌아온 진하는 기분이 좋은 듯했다. 그가 현관 비밀번호를 무심히 누르다가 율리를 돌아보았다.

"비밀번호 알려 줄까? 매번 나 기다리는 것도 귀찮지 않아?"

"귀찮네요, 엄청."

그녀가 덤덤하게 대꾸하자 그는 언제 기분이 좋았냐는 듯 미간을 찌푸렸다.

"안 알려 줘."

'변덕하고는!'

하여튼 성격 참 이상한 남자다. 그녀는 그의 등 뒤에서 혀를 날름거렸다. 곧 문이 열렸다.

현관문이 열리기를 기다리던 율리가 바닥에 내려놓았던 봉투를 들어서 진하에게 내밀었다.

"여기요. '드래곤 공작'이에요."

"아, 이거 재미있었지."

드래곤이 나오는 소설 중에서도 인간으로 둔갑해서 유희를 떠나는 내용을 가장 좋아하던 진하는 '드래곤 공작' 역시 흡족하게 읽었었다. 묵직한 봉투를 가뿐하게 든 그가 봉투 안을 들여다보고는 흐뭇하게 웃었다. 그래도 고물상이 아니라 책을 좋아하는 사람 손에 들어가서 그녀는 다행이다 싶었다.

"저 그럼 가 볼게요."

오늘의 배달은 끝이었다. 율리는 나름대로 뿌듯한 마음을 가지고 돌아가기 위해 몸을 돌리려고 했다. 그때였다. 회사에서 그랬던 것처럼 진하가 그녀의 팔목을 덥석 잡더니 믿기지 않는다는 표정으로 이렇게 묻는 것이었다.

"뭐? 그냥 가? 왜? 올라가서 물이라도 마시고 가."

붙잡힌 손목을 멍하니 내려다보던 율리는 이 상황을 이해할 수 없었다. 그녀가 고개를 들어 그에게 의아한 눈빛을 보냈다.

"……왜요?"

"왜긴? 안 힘들어? 이거 아홉 권이나 되는데."

그가 봉투를 흔들어 보였다. 들고 오는데 무겁기는 했어도 그렇게까지 힘든 일은 아니었다.

"별로 안 힘든데……."

하지만 그는 그녀의 말을 듣지 못한 척했다.

그녀는 며칠 전 그가 했던 말을 떠올렸다. 자신이 유명인이기 때문에 택배나 용달 등을 부를 수 없다는 말이었다.

"집 안에 아무나 안 들인다면서요."

"네가 아무나야?"

집에 들어갈 수 있는 사람의 기준이 뭔지 헷갈리는 소리였다. 율리가 진하를 미심쩍게 올려다보았다.

"너…… 넌 저번에도 왔었으니까 괜찮아. 상관없어."

임진하만의 기준이 있는 거겠지, 하고 그녀는 대충 납득하기로 했다. 무엇보다 이건 기회일 수도 있었다. 오늘 오전에 경진은 자신의 질문에 대답해 주지 않았다. 물론 전에 진하 역시 이상한 소리를 하는 그녀를 미친 사람 취급하기는 했지만, 이미 미친 사람 취급을 받아 본 이상 두려울 것도 없었다.

"……물 한 잔 주세요."

여자로 둔갑한 뱀에 대해 운이라도 떼어 볼 생각으로 율리는 진하의 뒤를 따랐다. 왠지 그러면 그 뱀의 정체를 알고 있지 않을까 싶었다.

"편한 대로 앉아."

진하가 테이블 옆에 봉투를 내려놓고 재킷을 벗으면서 주방으로 들어갔다. 율리는 그의 뒷모습을 빤히 쳐다보다가 소파에 앉았다.

이 집에 다시 들어올 생각은 없었다. 다시 올 일도 없다고 생각했지만, 그에게 바보 취급을 당한 뒤로 기분이 나쁘다 못해 비참해서 이곳에 오고 싶지 않았다.

'근데 오고 말았네.'

갈대 같은 마음에 그녀가 자조했다.

"마셔."

유리잔이 원목 테이블 위에 놓이는 소리가 경쾌했다. 율리는 바로 컵을 집고 냉수를 한 모금 마셨다. 별로 목이 마르지 않아서 그녀는 입을 축이는 정도로만 물을 마시고 컵을 내려놓았다.

"리스트에 있는 거 다 좋은데, 우리 둘이 시간 맞으면 한 시리즈씩 갖다 주는 걸로 해. 어때?"

"네. 그러죠, 뭐."

율리가 시원스럽게 긍정하자 진하는 만족스레 미소를 지었다. 회사에서도 시간이 생기면 독대, 집에서도 시간이 맞으면 독대.

그녀가 가게에 있을 때보다 함께하는 시간이 늘어난 것이 그는 마음에 들었다.

옆에서 그가 '드래곤 공작'을 한 권씩 꺼내는 것을 말없이 지켜보던 그녀가 다시 물을 한 모금 마시고 나서 한숨을 내쉬고는 조심스럽게 입을 열었다.

"저기, 있잖아요."

"왜?"

"뱀이……."

한 가닥 남은 그녀의 이성이 제발 허무맹랑한 소리는 그만하라고 절규했으나 이내 이성줄은 뚝 끊어졌다. 그녀는 목소리를 가다듬고 말을 이었다.

"뱀이 사람이 되는 이야기…… 아세요?"

"뭐? 천 년 묵은 구렁이가 사람이 되거나 승천한다는 이야기?"

정말 뜬금없는 말이라 진하가 이해할 수 없다는 투로 되물었다. 율리는 고개를 흔들었다.

"아뇨, 그런 거 말고……."

끝이 두 갈래로 갈라진 혀를 날름거리던 여자의 모습이 떠올라 그녀는 저도 모르게 몸서리를 쳤다. 그는 여전히 그녀를 이해할 수 없다는 눈빛으로 바라보고 있었다. 그녀가 마른침을 삼켰다.

"왜 있잖아요, 사람으로 둔갑한다거나……."

분명 그 여자는 뱀이었다. 노란 눈도, 사람의 것과는 생김새가 달랐던 혓바닥도. 실제로 경진이 죽인 것도 뱀이었다. 등골이 오싹했지만 율리는 내색하지 않으려 애를 썼다. 진하는 별거 아니라는 듯 답했다.

"아, 그거?"

"아세요?"

율리가 눈을 크게 떴다. 기대 가득한 눈빛을 아는지 모르는지 그는 지루하다는 듯이 말했다.

"구미호 같은 거 아니야? 사람으로 둔갑해서 생간을 먹는다는 이야기도 있잖아."

"뱀도 사람으로 둔갑한대요."

"그런 걸 믿어? 은근 순진하네."

그가 실소를 터뜨렸다. 그의 웃음은 평범한 사람들의 반응과 다를 바 없었다. 하긴, 요즘은 초등학생도 이런 소리를 들으면 비웃을 것이다.

하지만 정말이었다. 사정상 차 수리를 맡기지 못했기에, 그 여자의 흔적은 아직도 선명히 뒷문에 남아 있다. 가느다란 뱀의 몸통이 아니라 사람만 한 흔적 말이다. 증거도 있는데 약해질 필요는 없었다.

"그럼요, 믿죠. 두 눈으로 똑똑히 봤는데!"

"뭐?"

"저 말고 경진 선배도 봤거든요."

율리는 경진을 끌어들여서 신뢰도를 대폭 상승시켰다. 경진의 이름이 나오자마자 진하가 오만상을 찌푸렸다.

"백경진이?"

그의 이런 반응을 원했다. 무슨 일이 일어나든 여유 만만한 태도가 아니라 깜짝 놀라서 여유를 잃어버리는 반응 말이다.

'사촌 동생이 관련되었다니까 바로 표정 바뀌는 것 봐.'

사촌이랍시고 타인보다는 걱정스러운 모양이었다. 가족이 중요하다는 걸 머리로는 아는데 그래도 서운한 감정이 드는 것은 어쩔 수 없었다.

물론 완전히 착각이었다. 진하는 율리의 입에서 경진의 이름이 나오는 것을 전부터 불쾌하게 여겼다. 백룡이 어째서 차율리를 싸고도는지 모르겠지만 차율리에게 경진이 관심을 가지고 있다는 것부터가 마음에 들지 않았다.

"선배 아니었으면 진짜 큰일 날 뻔했다니까요."

"무슨 일이었는데?"

태연하게 '드래곤 공작'만 정리하던 그가 손에서 책을 내려놓고 드디어 관심을 보이기 시작했다. 그녀가 떨리는 마음으로 대답했다.

"며칠 전부터 어떤 여자가 스토커처럼 주변에 얼쩡거렸거든요. 왜 저번에 처음 본 여자 이야기를 했잖아요."

진하의 눈매가 가늘어졌다. 그날, 구석에 내몰린 사람처럼 힘들어하던 율리의 모습이 떠오르자 그의 기분이 착 가라앉았다. 어떻게든 그녀의 관심을 돌리려고 했었는데…….

'도대체 무슨 소릴 하려고.'

그때처럼 그녀는 그를 간절하게 바라보고 있었다. 율리의 말에 따라 그는 그녀에게 들러붙은 수상한 여자를 처리해야 할지 말아야할지 고민해야 했다. 자신뿐만이 아니라 경진까지 걸려 있다면 문제는 두 배로 심각해진 것이나 다름없었다.

"근데 그 여자가…… 알고 보니까 뱀이었던 거 있죠?"

그녀의 진지한 얼굴을 그가 안타깝게 응시했다.

"……너 제정신이야?"

율리의 말을 끝까지 들어 준 진하가 결국 걱정스러운 시선을 내비쳤다. 역시 그는 그녀에게 쉬이 넘어가 주지 않았다.

그렇지만 이는 사실이었다. 자신의 두 눈으로 똑똑히 보았고, 경진까지 엮인 일이었는데 진하가 전혀 믿어 주지 않자 율리는 울컥했다.

"경진 선배한테 물어보든가요!"

"그래, 그래. 여기 오기 전에 꿈이라도 꿨나 보지. 꿈에 경진이가 나오던?"

한쪽 입꼬리를 올리고 우습지도 않다는 투로 그가 비아냥거렸다. 이번에도 역시 정신병자 취급이 틀림없었다. 그녀가 입술을 삐죽였다. 뱀 여자를 보았을 때 느꼈던 극한의 공포를 그는 이해하지 못했다.

"아, 진짜 죽을 뻔한 사람한테!"

"그래, 살아서 다행이구나."

계속 미친 사람 취급을 당하다 보니 기운이 쭉 빠졌다. 그녀는 속이 타들어 가는 것만 같아 물을 벌컥벌컥 마셨다. 텅 빈 컵을 쾅 내려놓은 그녀가 그를 흘겨보았다.

이런 화제를 썩 좋아하지 않는 그가 말꼬리를 돌렸다.

"악플러 고소는 잘 되고 있나?"

"네, 아주 열심히 하고 있습니다."

율리의 판단으로 고소장 접수가 시작되었다. 고소장을 날리기 시작하면서 홍보팀에서 기사를 냈고, 임진하를 필두로 다른 배우들도 하나씩 악플에 대응하려는 반응을 보였다. 직원들이 모아온 출력물을 보다 보면 대체로 화가 머리끝까지 나는 일이 다반사였으나, 열심히 고소장을 쓰면서도 가끔은 자신도 악플을 달고 싶다는 충동이 들 때가 있었다.

지금 같은 때 말이다.

그때 주머니 속에 있던 율리의 휴대폰이 시끄럽게 울렸다. 깜짝 놀란 율리가 냉큼 전화를 받았다.

"여보세요?"

―이 밤중에 어딜 갔어?

얼마나 놀랐는지 발신자가 누군지도 확인하지 않았는데 엄마의 전화였다. 율리가 한숨을 쉬고 대강 둘러댔다.

"아, 잠깐 누구 좀 만나려고."

―누굴 만나? 얼른 들어와! 내일 출근해야지!

"알았어, 지금 갈게. 10분이면 도착해요."

엄마의 불호령에 쪼그라든 율리가 사근사근 답하고 전화를 끊었다. 어린아이도 아닌데 엄마한테 혼나는 민망한 꼴을 보인 터라 그녀는 얼굴을 붉히고 시선을 떨군 채 소곤거렸다.

"저 가 봐야 할 것 같은데요."

율리가 어색하게 자리에서 일어났다. 진하는 그녀를 올려다보다가 몸을 일으켰다.

"차율리, 다음에는 '드래곤과 나' 가지고 와."

"네……."

힘없이 대꾸하고 현관 쪽으로 향하던 그녀가 좋은 생각이 났다는 양 박수를 치고는 그를 돌아보았다.

"그냥 제 차로 한 번에 박스째 갖다 드릴까요?"

"그 무거운 걸 누구보고 나르라고? 됐어. 시간 날 때마다 찔끔찔끔 가지고 와."

그녀는 못마땅하게 고개를 끄덕이고 그의 집을 나왔다. 정말, 가끔은 악플을 달고 싶어질 때가 있었다.

율리가 나가고 나서 진하는 경진에게 바로 전화를 걸었다. 흑룡의 전화번호가 찍혀서일까? 백룡은 신호음이 몇 번 가기도 전에 전화를 받았다.

"꼬마."

―무슨 일이십니까?

"뱀, 어떻게 된 일이야?"

진하는 다짜고짜 뱀을 들먹였다. 경진이 바로 이해할 수 있을 리가 없었다.

—뱀이요?

한 번에 알아듣지 못하는 경진을 위해 진하가 기꺼이 말을 풀어 주었다.

"차율리한테 뱀이 붙었어?"

그 순간, 갑자기 정적이 일었다. 경진이 바짝 긴장한 것이었다. 사실이었군. 진하는 복잡한 표정을 감추지 않았다.

—……예. 아무래도 흑룡의 기운에 이끌린 듯 보였습니다.

그날, 불길을 잡기 위해 율리 주변에 직접 힘을 쓴 것이 문제가 된 듯했다. 기운은 시간이 지나면 흩어지기 마련이라 크게 걱정하지 않았는데, 산천도 아니고 대도시에 하등한 것들이 존재할 줄은 몰랐다. 진하가 불편한 기색을 가감 없이 내보였다.

"제대로 처리 못 했나? 왜 차율리가 나한테 와서 뱀이니 뭐니 떠보고 있어?"

눈치를 살살 보면서 슬금슬금 운을 떼던 율리의 모습이 떠올라 진하가 버럭 성질을 냈다. 안타깝게도 경진은 진하의 앞에서는 한없이 작은 존재였다.

—의심…… 하고 있는 것 같습니다.

무엇을 의심하느냐 물으려던 진하가 입을 다물었다. 자신과 백룡의 정체를 의심하고 있는 것이겠지. 오늘도 은근슬쩍 뱀에 대해 이야기를 꺼내며 자신의 눈치를 보지 않았던가.

"알았다."

경진의 대답을 기다릴 것도 없이 진하는 전화를 끊었다.

역시 눈치 하나는 빠른 차율리였다. 처음 본 날, 비에 젖지 않은 그의 신발을 보고 신경을 쓰질 않나, 화재 때 그의 옷이 비에 젖지 않았다는 것을 알아채질 않나.

"이대로라면……."

이대로라면 정말 차율리를 처리해야 할지도 모른다. 정신병자 취급만으로 넘어갈 일이 아닐 수도 있으니 말이다.

그는 얼굴을 양손에 묻어 버렸다. 가슴 깊숙한 곳에서 한숨이 절로 흘러나왔다.

＊　　　＊　　　＊

금요일 퇴근 시간, 워크숍에 참여하기로 한 법무팀 직원들은 각자 차에 한 그룹씩 나누어 타고 가평으로 향했다. 율리는 변호사 선배들과 팀장인 경진이 탄 차에 올랐다. 운전은 의외로 한강이 맡았다. 운전을 했다는 이유로 피곤하다고 술자리에서 스리슬쩍 빠지려는 수를 쓰는 것이었다.

조수석에는 경진이 앉아 있었고 뒷좌석에 율리와 아영이 나란히 자리했다. 창문을 연 아영은 신이 나서 목소리를 높였다.

"물도 좋고, 공기도 좋고!"

"최변! 문 닫아!"

물은커녕 고속도로에서는 매캐한 공기만 흘러들어 올 뿐이었다. 한강이 꽥 소리를 치자 아영이 투덜거리면서 창문을 닫았다.

경진은 룸 미러를 흘끔거리면서 율리의 눈치를 살폈다. 저번에 흑룡에게서 걸려 온 전화에 얼마나 놀랐는지 모른다. 그녀가 나서면 나설수록 위험해지는 것을 알기에 그는 항상 걱정이 앞서 있었다. 그래서 일부러 그녀에게 진하와 가까이 지내지 말라고 조언하기도 했는데, 듣지 않는 건지, 잊은 건지, 그녀는 또 흑룡과 쓸데없이 대화를 나눈 모양이었다. 흑룡이 결국 차율리를 처리하기 위해 나섰다가 그녀가 용살자인 것을 알아챘다면…….

'끔찍하다.'

경진은 눈을 감아 버렸다. 아무리 그녀가 용살자의 혈통을 타고났다 한들, 그녀 본인이 용을 살해할 의지가 없는데 단지 위협이 된다는 이유로 후배를 그냥 죽게 놔둘 수는 없었다.

저녁 시간이 훌쩍 지나서야 가평 워크숍용 콘도에 도착한 직원들은 각각 짐을 풀고 1층으로 모였다. 변호사 넷과 사무직원 여덟, 총 열두 명이었다. 배고프다, 피곤하다 불평하는 소리가 간간이 들려왔다.

아영이 직원들에게 워크숍 일정표를 나눠 주었다. 워크숍 일정은 아영이 나서서 짰는데, 계획표를 본 한강이 오만상을 찌푸렸다.

"차변 소개 이후엔 뭐가 있는데? 파티 타임?"

"어차피 1박 2일인데 먹고 마셔야지 뭘 하려고?"

명분만 워크숍이지 사실은 야외에서 맛있는 음식을 먹고 술도 한잔하며 즐거운 시간을 보내기 위한 계획이었다. 계획표를 본 경진이 쓴웃음을 지었다.

심지어 차율리 소개의 시간도 쏜살같이 지나갔다. 아영은 율리와 자신을 제외한 열 명을 모아 두고 신입 변호사를 소개한 다음 박수를 치라고 하더니 소개를 끝내 버렸다. 그럴 만도 한 것이, 이미 같이 일을 하고 있다 보니 특별히 시간을 내어 소개하기도 면구스러운 일이었기 때문이다.

"배고프니까 고기 구웁시다!"

이미 저녁 식사 시간이 지나 있어서 모두가 허기로 잃고 있었다. 워크숍 참여가 처음인 율리는 허둥지둥 아영을 쫓아다니기 바빴다. 경진은 한강과 함께 미리 불을 피워 놓은 숯 위에 바비큐용 그릴을 올렸다.

"고기 좀 구워 줘."

아영이 고기가 든 봉투를 한강에게 건넸다. 그때 쌈 채소를 씻어서 가지고 나온 사무직원 효린이 팔을 긁으며 투덜거렸다.

"와! 산 모기 엄청 독해요. 조심하세요."

"효린 대리, 모기 물렸어?"

효린이 모기 물린 자국을 아영에게 내보였다. 아영은 낭패를 본 사람처럼 미간을 좁혔다.

"모기향 안 챙겼는데……."

"콘도 안에 찾아볼게요."

율리가 실내로 들어가려고 걸음을 떼자 효린이 손을 내저었다.

"모기향 없을걸요? 아까 찾아봤는데 없더라고요. 물파스도 없는데."

"에이, 그럼 사 와야겠다. 밖에서 고기 구울 건데 모기 물리면 어떡해?"

아영은 근처에 있는 직원들에게 고기 봉투와 집게를 들려 주고는 주변을 두리번거렸다. 한강에게 가게에 다녀오라고 말할 생각이었는데, 멀찍이 서서 아영 자신에게 경계의 눈초리를 보내고 있는 한강을 보자 아무래도 그를 더 이상 괴롭혀서는 안 될 것 같았다.

"김변…… 은 귀찮은 것 같으니 그냥 제가 다녀오겠습니다. 저 밑에 마트 하나 있었지?"

"저도 같이 갈게요."

혼자 갈 생각에 조금 시무룩했던 아영은 기꺼이 나서 주는 율리를 보고 고마운 마음에 그녀를 덥석 끌어안았다.

"우리 율리 씨, 완전 천사라니까?"

"아하하……."

율리는 어색하게 웃고 말았다. 아영이 경진에게 가서 현재 상황에 대해 알리고 법인 카드를 받아 오는 동안 율리가 다른 사람들에게 물었다.

"뭐 더 필요한 거 없을까요?"

"콜라 좀 사다 주세요!"

"콜라 없어?"

그새 돌아온 아영이 눈을 휘둥그레 떴다. 막내 사무직원이 입술을 뾰족하게 내밀었다.

"맥주만 사 오셨잖아요. 술 못 마시는 사람도 있는데."

"미안…… 콜라 많이 사 오겠습니다."

자기 위주로 쇼핑을 한 불찰을 깨닫고 아영이 고개를 푹 숙여 과장되게 사과했다. 어린 직원들이 까르르 웃음을 터뜨렸다.

배도 고프고 산 모기도 위협적이라 빠릿빠릿하게 움직여야 했다. 아영이 운전석에 앉자 율리는 조수석에 올랐다. 시동을 걸면서 아영이 흐뭇하게 말했다.

"율리 씨, 예전에 다니던 회사에서도 예쁨 많이 받았겠다."

"네? 아니에요. 매일 혼만 났는걸요."

"엥? 그래? 왜?"

"글쎄요…… 제가 일을 너무 못했나 봐요."

율리의 풀 죽은 목소리가 작게 흘러나왔다. 후진을 해서 차를 뺀 아영이 도로로 시원스럽게 진입하고는 황당하다는 식으로 대꾸했다.

"이상한 회사네. 그래서 그때 그렇게 사과한 거였구나."

계약서를 한 장 빼먹은 날, 사과 받는 자신이 당황스러울 정도로 율리는 지나치게 머리를 조아렸었다. 왜 그런가 했더니 첫발을 내디딘 회사에서 그렇게 길이 들은 것이었다. 아영이 쯧쯧, 혀를 찼다.

"네, 엄청 혼날 줄 알았는데 이해해 주서서 정말 감사했어요."

"사람이 실수도 하고 그러니까 사람인 거잖아. 완벽한 사람이 어디 있겠어? 뭐 우리 팀장님 정도면 좀 완벽한 것 같긴 하지만 말이야."

실수와 거리가 먼 경진을 떠올리자 율리는 대답 대신 웃기만 했다.

곱게 닦이지 않은 울퉁불퉁한 길에 차가 상하좌우로 흔들거렸다. 길이 썩 마음에 들지 않아 얼굴을 구긴 아영이 말을 계속했다.

"물론 실수를 하면 안 되는 거고, 실수하지 않으려고 노력도 해야 하지만 율리 씨, 자기는 신입이잖아. 그러니까 실수를 해도 수습할 수 있는 범위 내에서 일을 주고 있어. 너무 그렇게까지 겁먹지 않아도 괜찮아."

"……네."

예전 회사에서는 직속 사수는 물론, 선배 누구도 해 주지 않았던 격려에 율리의 가슴이 따뜻해졌다.

차는 시골길을 한참 달려 이내 이 동네에 하나뿐인 가게 앞에 도착했다. 아영이 안전벨트를 풀고 운전석 문을 열었다.

"내리자. 콜라랑 모기향만 사면 되나?"

"네, 그럴 걸요?"

아영을 따라 내린 율리는 작지만 알찬 가게 안으로 들어갔다. 큰 페트병에 담긴 콜라 세 병을 바구니에 넣고 주변을 둘러보던 아영은 모기향이 어디에 있는지 모르겠어서 결국 계산대로 향했다.

"전자 모기향 말고 그…… 뱅글뱅글 도는 모기향으로 주세요."

손가락을 빙빙 돌리며 아영이 모기향을 설명하자 주인은 그녀의 묘사가 재미있는지 낄낄 웃으면서 가게 구석에서 모기향을 찾아 주었다. 모기향 한 박스와 콜라 세 병을 계산대에 올려 둔 아영이 늠름하게 법인 카드를 꺼낼 찰나였다. 온장고 안에 있는 핫바가 아영의 눈에 띄었다.

"핫바다! 우리 핫바 먹고 가자."

"네? 그, 그래도 돼요?"

"그래도 돼. 핫바도 두 개 주세요."

너무나도 태연하게 핫바 두 개를 추가한 아영 덕분에 율리도 얼떨결에 핫바를 하나 손에 쥐게 되었다. 아영은 터프하게 핫바 포장을 뜯으며 말했다.

"다 먹고 증거를 인멸한 다음에 가야 돼. 괜히 차에 냄새 배면 안 되니까 밖에서 먹고 가자. 김변이 멀쩡하게 생겼는데 코는 또 개코거든."

꼭 어른들 몰래 비행을 저지르는 아이같이 아영이 키득거리면서 핫바를 입에 물고 콜라 두 병이 든 봉투를 집었다. 율리도 나머지 물건이 든 봉투를 집어 들고 핫바를 한 입 베어 물었다. 쫀득쫀득한 식감에 향긋한 냄새, 입에 착착 달라붙는 맛까지 천국이 따로 없었다.

"맛있다! 아, 나도 얼른 가서 바비큐 먹고 싶다."

핫바를 먹으면서 아영이 한탄했다. 그때 홀쩍 키가 큰 남자가 그녀들에게 다가왔다.

"들어갈게요."

"아, 네……."

그러고 보니 가게 입구를 막고 있었다. 얼른 길을 비켜 준 율리는 아영의 핫바 포장지까지 쓰레기통에 버리고 얼른 핫바를 먹어 치웠다. 아영은 키가 큰 남자를 유리문 너머로 힐끔거렸다.

"여기 콘도에 우리말고 또 사람이 있나?"

"다른 콘도 아닐까요? 펜션이나……."

"아, 그런가?"

콘도나 펜션, 민박집 등 숙소가 많은 가평이니 다른 숙소에 놀러 온 사람일 것이라고 여긴 율리는 남자에게 그다지 관심을 두지 않았다.

"다 먹었어?"

"네."

"가자. 핫바는 비밀이야."

아영이 검지를 입술에 가져다 대었다. 비밀을 공유하는 소녀처럼 율리는 새어 나오는 웃음을 참으며 고개를 끄덕이며 모기향과 콜라가 든 봉투를 품에 안고 차에 올랐다. 얼른 콘도로 돌아가서 잘 익은 고기를 맛보고 싶었다. 아영이 고른 고기니 아마 끝내주게 맛있을 것이다.

차를 타고 돌아가는 길에 아영이 조심스럽게 말을 붙였다.

"근데 율리 씨, 임진하랑 언제부터 그렇게 된 거야?"

"네에?"

아무렇지 않은 척 운전을 하고 있었으나 아영은 율리와 진하가 특별한 사이라고 오해한 뒤로 두 사람의 사정이 무척 궁금했다. 입은 근질근질한데 율리는 진하의 악플 때문에 스트레스를 받고 있었고, 그렇다고 경진이나 한강에게 알릴 수도 없어서 며칠 동안 내내 속이 터지는 줄 알았다.

율리는 눈앞이 아찔해졌다. 자신이 운전하는 것이 아니라 정말 다행이었다.

"저기…… 그게 사실은요."

"응?"

"저희 아무 사이도 아니거든요."

그 순간 끼익, 하고 아영이 급브레이크를 밟았다. 안전벨트를 매지 않았더라면 율리는 앞 유리에 머리를 세게 박았을 것이다.

"어…… 잠, 잠깐만…… 미안."

아영의 당황한 태도에 율리는 자신이 무슨 말을 잘못했나 걱정하면서 아영의 눈치를 살폈다. 그러나 아영은 고개를 쭉 빼고 앞 유리 너머를 살펴보다가 한숨을 내쉬었다.

"어휴, 로드킬 하는 줄 알았네! 뭐야? 비닐 봉투잖아?"

갑자기 왜 급정거를 하나 했더니, 동물을 치는 줄 알고 브레이크를 밟은 모양이었다. 아무쪼록 아영이 자신의 말에 실망한 것이 아님을 깨닫자 율리의 마음이 한결 가벼워졌다. 다시 액셀을 밟으며 아영이 대화를 이어 나갔다.

"아, 뭐라고 했지?"

"저, 저랑 임진하는 아무 사이도 아니라고요."

아영이 과연 이 말을 납득할까 싶어서 율리의 입술이 긴장으로 말라붙었다. 아영은 율리 쪽을 슬쩍 쳐다보더니 웃음을 터뜨렸다.

"에이, 괜찮아! 나 입단속 엄청 잘해. 어디 가서 소문 안 낼게. 김변이랑 팀장님한테도 한 마디 안 했다, 나?"

하지만 아영은 이미 단단히 오해를 하고 있었다. 아무리 진실을 알려 줘도 아영에게는 통하지 않는 듯했다. 안색이 창백해진 율리가 더듬거렸다.

"저, 정말인데……."

자세히 말하자면, 비밀 연인 사이가 아니라 그저 자신이 진하에게 계속 골탕 먹고 있는 사이였다.

"아무 사이 아니에요. 믿어 주세요."

"에이, 아무 사이도 아닌 남녀가 텅 빈 복도에서 막 손 만지고, 그래도 되는 거야?"

아영이 장난스럽게 느물거리는 것과 반대로 율리는 암담해졌다. 하필이면 그때 아영에게 들킬 것이 뭐람? 손을 잡은 것도 드래곤 나오는 소설책 때문이었는데.

이렇게 된 이상 진하를 데리고 가서 해명한다 해도 아영은 믿지 않을 것 같았다. 연애도 숨어서 해야 하는 처지의 인기 연예인이니 어떻게든 비밀로 삼으려는 수작으로 보일 게 뻔했다.

'망했다.'

율리는 아무 말도 할 수 없었다. 무슨 말을 하든 간에 아영의 오해만 깊어질 테니 말이다.

"아! 그럼 전에 책 갖다 줄 때 말이야, 그때도 임진하가 일부러 율리 씨 보러 온 거 아니야?"

"아닐걸요……."

책 반납이 귀찮으니 대여점 딸내미 편으로 보낸 것뿐이었다. 게다가 마침 연체료도 많았기에 일자리 소개에 대한 보답으로 그 연체료를 율리 자신이 처리해 주기로 했었다. 그러나 아영은 별것 아닌 진하의 태도 하나하나에 의미를 부여하는 수준까지 가버리고 말았다.

"지금 거의 톱 배우 수준이잖아. 그런 남자는 연애 어떻게 해? 나 너무너무 궁금해."

"……그, 글쎄요."

그런 톱 배우와 진짜로 연애를 하는 것도 아니니 진하의 연애 방식을 자신이 알 리가 없었다. 아영은 율리가 부끄러워서 대답을 얼버무린다고 착각하고 혼자 히죽거렸다.

"창피해서 그래? 그럼 안 물어볼게."

뭐라고 대답해야 할지 율리는 감도 잡히지 않았다.

'이 길, 끝은 나는 걸까?'

율리는 멍하니 어두컴컴한 바깥을 망연자실하게 응시했다. 깜깜한 바깥처럼 자신의 미래도 어째 보이지가 않았다.

한편, 가게에 들어갔던 남자는 아무것도 사지 않고 도로 나왔다. 여자들이 자리를 뜨기를 기다리며 그는 물건을 고르는 척 가게 안에서 시간을 보냈을 뿐이었다. 그가 멀리 사라져 가는 차의 불빛을 물끄러미 쳐다보며 눈썹을 들썩였다.

"오호? 신기하구만……."

지긋지긋한 시간을 잠으로써 흘려보내던 도중 남자는 강하게 진동하는 공기를 느끼고 의식을 되찾았다. 공기가 파르르 떤다는 것은 분명 거대한 존재가 다가온다는 뜻이었다. 그 존재가 다가올수록 온몸에 찌릿찌릿 전율이 일었다. 용의 기운이었다. 아직 채 여물지는 않은 어린 용의 기운이어서 그는 코웃음을 쳤으나 사실 이는 허세에 불과했다. 어리기는 했어도 용과 그의 능력 차이는 상당했다. 그는 인정하지 않았지만 말이다.

"어차피 어린놈은 아직 여의주를 품지 못했겠지."

그가 중얼거렸다. 그렇다면 굳이 어린 용에게 싸움을 걸어서 힘을 뺄 필요는 없다. 게다가 용의 기운은 하나가 아니었다. 어린 용은 관심이 없었으나 다른 기운에는 꽤 구미가 당겼다. 옅게 감돌기는 했어도 매우 강한 느낌이기 때문이었다. 다만, 이상한 것은 그 용의 기운이 인간에게서 풍긴다는 점이었다.

"그런데 인간에게서 왜…… 용의 냄새가 나지?"

그가 코를 킁킁거렸다. 아직도 그 인간이 가지고 온 용의 냄새가 사방에 진동했다. 신기한 일이 아닐 수 없었다. 용과 마주하는 기회도 얻기 어려운데 용의 기운을 뒤집어쓴 인간이라니.

차가 사라진 길을 빤히 바라보던 남자는 입가에 비릿한 미소를 지었다. 아까 그 고깃덩이를 입에 물고 오물거리던 여자는 멀리 가지 않았다.

"……따라가 봐야겠다."

지루하기 그지없던 시간을 보내고 있었는데 오랜만에 재미있는 상황을 마주하게 되었구나 싶어서 그는 입이 찢어지도록 웃으며 걸음을 옮겼다.

한 걸음.

두 걸음.

세 걸음.

인간처럼 두 다리로 걷던 남자의 그림자가 인간으로는 보이지 않게 주욱 늘어났다. 달빛 아래, 길고 긴 흔적이 땅 위를 스쳐 지나갔다.

5장

율리는 오랜만에 친구인 화정과 휴일 스케줄이 맞았다. 지난 주 토요일까지 이어진 환영회를 제외하면 율리는 주말에 항상 쉬는 편이었다. 반면, 율리가 퇴사하면서 배로 바빠진 화정은 주말에도 정신없이 일을 했으니 오랜만에 주말 휴가를 받은 셈이었다.

'벌써 일주일이나 지났는데 아직도 숙취…….'

친구를 기다리는 동안, 율리는 머리를 부여잡고 있었다. 일주일 전 환영회 때 선배인 아영이 주는 잔을 덥석덥석 받아먹은 탓이 컸다. 나이를 먹을수록 건강에 집착하는 이유를 알 것도 같았다.

그때 밝고 명랑한 목소리가 들려왔다.

"차율! 보고 싶었어."

화정이었다.

하루에 몇 차례씩 메시지를 주고받았음에도 마치 이산가족 상봉을 하듯 화정은 율리를 덥석 껴안았다. 언제나 직접적으로 자신의 감정을 표현하는 친구다웠다.

"커피 한잔 마시자."

미미하지만 두통도 오겠다, 커피가 당겼다. 화정과 함께 있으면 항상 침착해지는 율리가 자연스럽게 친구를 이끌었다.

자주 가곤 했던 아늑한 카페에서 주말 오후에 친구와 평화로운 시간을 보낼 수 있어서 율리는 새삼 감격했다. 그동안 자신의 주변에 일어났던 일들이 정말 비현실적이어서 때때로 자신이 21세기 대한민국에 살고 있는 것이 맞나 고민하며 자기부정까지 했기 때문이었다.

"회사 어때? 경진 오빠가 잘해 줘?"

역시나 화정의 최대 관심사 중 하나, 백경진이 언급되었다. 율리의 머릿속에 지난 일들이 파노라마처럼 스쳐 지나갔다.

뱀…… 이라거나.

노랗게 빛나는 눈을 번뜩이던 여자가 떠올라 율리는 등골이 오싹했다. 환한 대낮에 유동 인구도 많은 번화가임에도 누군가가 그림자 진 곳에서 자신을 지켜보고 있을 것 같은 끔찍한 상상도 괜스레 들어 그녀는 주변을 힐끔거렸다.

율리가 질문에 대답을 하지 않자, 화정이 눈을 가늘게 뜨고 친구를 걱정스레 보며 조심스레 물었다.

"왜? 설마 경진 오빠가 갈구니? 경진 오빠 그럴 사람 아니라고 생각했는데!"

"어? 아, 아냐. 잘해 줘. 회사야 그냥 별다를 거 없지, 회산데……."

더 이상 미친 사람 취급은 사양인지라 솔직히 말할 수도 없어서 율리가 대충 얼버무렸다. 친구의 복잡한 속을 알 리 없는 화정은 히죽 웃으며 크림이 듬뿍 올라간 음료를 한 모금 마셨다.

"그으래? 잘해 준다고?"

"네가 생각하는 그런 건 아니겠지만."

곧장 대꾸한 율리는 의뭉스레 웃는 친구를 흘겨보았다. 대학원 시절부터 화정은 은근히 율리와 경진을 엮으려 했었다. 정말 변함이 없다 싶을 때였다.

"참! 나 얘기 좀 해 줘."

"무슨 얘기?"

주변을 두리번거리던 화정이 목소리를 낮추었다.

"임진하 얘기."

"아."

율리는 그 이야기가 왜 나오지 않나 했다. 진하를 떠올린 율리는 화정이 원하는 이야기를 해 줄 수 없겠다는 생각만 들었다. 화정이 상상하는 진하의 이미지는 실체와 백만 광년쯤 떨어져 있으니 말이다. 무엇을 말해야 하나 율리가 고민할 무렵, 화정이 먼저 말을 이었다.

"악플 고소 맡았다며?"

"으응."

"그러면 둘이 막 같이 대화도 하고 그래?"

안타깝게도 사실인지라 율리가 힘없이 답했다.

"그거야, 뭐 당연히……."

"대박!"

눈을 동그랗게 뜬 채 갑자기 큰소리를 낸 화정에게 사람들의
시선이 몰렸다. 번화가에 있는 프랜차이즈 카페답게 시끌시끌
하기는 했으나, 비명에 가까운 소리는 주목받기 마땅했다. 뜨끔
한 화정이 목소리를 가다듬고 상기된 얼굴로 소곤거렸다.

"와! 대박이다, 진짜. 어떡해…… 차율, 법무팀에 자리 안 나?
나도 들어가고 싶어."

"자리…… 글쎄? 선배한테 물어봐 줄까?"

"농담이야."

의외로 화정은 공과 사가 뚜렷했다.

"임진하 진짜 젠틀하지?"

"젠틀……."

할 말을 잃은 율리는 앵무새처럼 화정의 말만 반복했다. 자신
이 알기로 젠틀하다는 단어는 임진하와 전혀 어울리지 않는 단
어였다. 물론, 그런 율리의 마음을 알 리 없는 화정은 신이 나서
계속 말을 늘어놓았다.

"왠지 다정하고 되게 사근사근할 것 같아. 맞아?"

"……글쎄."

인정할 수 없는 수식어구에 율리가 떨떠름하게 대꾸하자 화정이 고개를 갸웃거렸다.

"어? 아니야? 그러면 인기 많아서 좀 까칠한 스타일인가?"

"까칠하다기보다는 그냥…… 평범한 사람이지, 뭐."

차마 임진하가 드래곤 마니아라고 밝힐 수도 없어서 율리는 대강 둘러대고 말았다. 아마 화정은 진하를 '젠틀한 왕자님' 정도로 여기고 있을 것이다. 임금님 귀가 당나귀 귀라고 대나무 숲에서 외친 설화 주인공의 심정이 이런 걸까? 율리는 말을 할 수 없는 답답함을 몸소 체험하고 있었다.

"나 사인 좀 받아 줄 수 있어? 딱 한 장이면 되는데."

한 장. 오른쪽 검지를 세워 보이며 화정이 조심스럽게 말을 꺼냈다. 웬일로 그녀가 하는 부탁이어서 율리는 신기하기만 했다. 자신이 원하는 것은 항상 스스로의 힘으로 얻으려 노력하던 화정이기에, 율리는 이 친구에게 대학원 시절부터 사소한 부탁도 받아 본 적이 없었다.

"화정아, 너 임진하 많이 좋아해?"

"응, 인기 많잖아. 잘생겼고, 이미지도 좋고. 안 그래?"

율리는 고개를 끄덕였다. 화정의 말마따나 임진하는 잘생겼고, 좋은 이미지를 가지고 있었으나 실상은…….

목구멍까지 부정의 대답이 튀어 올라왔으나 그녀는 꾹꾹 섭어 삼켰다. 진하를 위해서가 아니라 친구의 환상을 부수는 잔인한 짓은 하고 싶지 않았기 때문이다.

아무 말 없이 고개만 끄덕이는 친구가 혹여 오해라도 할까 봐 화정이 빠르게 덧붙였다.

"앗! 근데 이성적으로 좋아한다거나 뭘 어떻게 해 보겠다는 건 아니야! 그냥 팬심이니까 오해는 하지 말고."

"그래."

"내가 어디서 사인 받아 보겠니? 아, 혹시 사인 같은 거 못 받아? 하면 안 되는 거야?"

사인 정도야 언제든 받아 줄 수는 있었다. 문제는 사인을 받을 때 진하가 얼마나 거드름을 피울지 모른다는 거였다.

자신이 잘났다는 사실을 아는 남자에게 아쉬운 소리를 하는 것은 꺼려졌으나 친구의 드문 부탁이었다. 들어주고 싶었다.

"아니야, 그런 건. 부탁은 해 볼게."

"역시 내 친구! 고마워!"

화정이 환하게 웃었다. 만일 두 사람 사이에 테이블이 있지 않았으면 화정은 벌써 율리를 끌어안고 야단법석을 떨었을 것이 틀림없었다.

"임진하랑 같이 일하면 되게 떨리겠다. 안 그래?"

"떨리기는. 그냥 그렇지, 뭐."

분노로 떨릴 때가 없지는 않았지만 아마 화정은 다른 의미로 물은 것이리라. 가끔 그 남자에게 율리 역시 악플을 달아 주고

싫을 때가 있었으니 말이다.

그때 율리의 휴대폰으로 전화가 걸려 왔다. 임진하였다.

'양반은 못 되는구만.'

주말 오후에 무슨 이유로 전화를 한 것인지 감도 잡히지 않았으나 율리는 휴대폰을 들고 몸을 일으켰다. 화정의 앞에서 진하와 통화를 할 수는 없었다.

"나 전화 좀 받고 올게."

"응? 그래."

율리는 화정을 뒤로하고 카페 화장실 쪽 인적이 뜸한 곳으로 걸음을 재촉했다. 실내에 흘러나오는 음악이 작게 들린다 싶을 즈음 그녀가 전화를 받았다.

"여······."

─뭐 해? 전화 오면 빨리빨리 받아.

그녀가 말을 마치기도 전에 진하의 심통 난 목소리가 터져 나왔다. 이 전화를 화정이 받았어야 했다. 그러면 팬심이고 뭐고 싹 식었을 텐데! 율리는 속으로 이를 갈면서 화를 내지 않고자 노력했다.

"갑자기 무슨 일인데요?"

─왜 그렇게 시끄러워? 밖이야?

그래도 조용하다 싶은 곳에서 전화를 받았는데, 소음은 채 지울 수 없나 보다. 머쓱하게 주변을 보면서 율리가 긍정했다.

"네."

―주말에 무슨 할 일이 있다고 밖이야?

아니, 이 사람이.

"저도 스케줄 있거든요?"

―스케줄? 네가?

연예인이라 그런가, 스케줄이라는 단어에 그가 민감하게 반응했다.

"어, 뭐…… 그냥 누구 좀 만나고 있어요."

―누굴 만나?

비웃음을 담아 되묻는 진하의 음성에 율리가 발끈했다. 업무 시간도 아닌 주말 오후에 대뜸 전화를 걸어서는 사람을 업신여기다니?

"그걸 왜 묻는데요?"

―뭐야? 설마 남자 만나?

어째서 생각이 이렇게 튀는지 모르겠으나 율리는 순순히 사실대로 털어놓기 싫었다. 따지고 보면, 차율리가 임진하에게 사생활을 솔직히 알려 줄 의무는 없었다.

그녀는 일부러 그를 자극했다.

"남자를 만나든 말든 그쪽이 무슨 상관인데요?"

―너 진짜 남자 만나?

그런데 그의 목소리가 한층 심각해지자 발끈했던 그녀의 마음이 폭 가라앉아 버렸다. 언제 그녀를 비웃고 있었냐는 듯 그의 목소리가 진지해서 그녀는 저도 모르게 사실대로 대답했다.

"아, 아뇨……."

─괜히 남자 같은 거 만나고 돌아다니지 마. 요즘 세상이 얼마나 흉흉한데? 저번에 뉴스에도 나왔잖아. 헤어지자고 했다가 살해당한 여자.

진하가 한동안 시끄러웠던 살인 사건을 상기시켰다. 이별을 받아들일 수 없다는 이유로 애인을 살해한 끔찍한 사건이었다. 하지만 차율리에게 연인은 없었다. 지금 남자를 만나고 있는 것도 아니고.

"남자 안 만난다니까요!"

─안 만나면 말고.

마음을 다스리자. 율리는 심호흡을 했다. 바깥에서 전화기를 붙들고 악을 쓰는 추한 모습을 남들에게 보일 수는 없었다. 그녀는 악플을 달고 싶은 마음을 꾹꾹 내리누르고 차분하게 목적을 물었다.

"왜 전화했어요?"

─아, 맞다. 너 밖이면 어떡해? 다음 시리즈 가져와야 하잖아!

처음에 율리는 진하의 말이 무슨 뜻인지 제대로 이해하지 못했다. 찰나의 시간, 그녀의 두뇌가 재빠르게 돌아가고 나서야 그녀는 그가 맡겨 놓은 투로 말하는 '다음 시리즈'가 무엇인지 뒤늦게 깨달을 수 있었다.

가게를 정리하고 남은 '드래곤' 나오는 책이었다.

'그냥 버려 버릴걸!'

율리는 자신의 같잖은 배려심을 후회하면서 한숨을 푹 내쉬었다.

"지금 그거 때문에⋯⋯."

─언제 집에 가?

무척이나 자기중심적이고 이기적인 남자는 무례하게 그녀의 말허리를 잘랐다. 겨우 심호흡을 해서 가라앉힌 '악플 달고 싶은 마음'이 뭉게뭉게 솟아나 그녀가 쏘아붙였다.

"술 마시고 늦게 들어갈 거거든요?"

─술 먹고 밤에 돌아다니겠다고?

"네! 밤이 아니라 새벽까지 쭈욱 마실 건데요? 아주 많이!"

물론 그럴 계획은 없었다. 환영회 때문에 일주일 동안 숙취와 싸운 자신이 화정과 저녁을 먹으며 한잔 곁들일지는 몰라도 밤새 술을 마시는 것은 체력상 무리였다. 대학을 졸업한 뒤로 점점 체력은 하강 곡선을 탔으니 말이다.

그러나 그녀의 허세는 의외로 효과가 있었다. 그것도 세상에 무서울 것 하나 없어 보이는 임진하가 숙이고 들어오는 효과.

─⋯⋯야, 차율리. 왜 그래? 무슨 일 있어?

"아뇨, 별로 아무 일도 없는데."

─근데 왜 술을 먹어?

"술을 안 좋은 일 있을 때만 마시나."

율리가 비아냥거렸다. 진하와의 대화에서 주도권을 잡는 일은 흔치 않았다. 그는 툭하면 그녀를 놀리기 바빴고, 자신은 언

제나 그에게 말려들어 가서 분통을 터뜨렸다. 이번에 제대로 주
도권을 잡았다 싶어 금세 기분이 좋아진 그녀가 그의 대답이 어
떻게 나올지 기다리던 참이었다.

─술 취해서 돌아다니고 그러지 마.

귓가에 나직하게 울리는 진하의 음성. 특별한 말도 아닌데 묘
하게 가슴이 설레 울리는 순간 혼란스러워졌다. 걱정이 가득 담
긴 다정한 목소리이기 때문일까, 연인 사이에서나 속삭이는 밀
어처럼 느껴지는 것은 그저 자신의 착각일까.

'내가 무슨 생각을…….'

연인의 밀어라니!

율리의 얼굴이 확 달아올랐다. 진하의 목소리에 여성 팬들이
열광하는 것을 머리로는 잘 알고 있었다. 그런데 막상 직접적으
로 들으니 그 영향력이 상당하다는 것을 그녀는 몸소 실감할 수
있었다. 정신을 차린 그녀가 동요하지 않은 척 태연하게 대꾸했
다.

"왜요?"

─그러다 괜히 통수라도 맞고 펙치기 당한다, 너? 지갑 털리
고, 폰도 털리고, 가난한데 가엾기까지 한 개천 미꾸라지…….

혀 차는 소리로 그의 말이 끝나기 무섭게 그녀는 뒷목이 당겨
와 눈을 질끈 감았다 떴다. 맞다. 임진하는 이런 남자였다. 이런
남자한테 잠시나마 설레다니. 이대로 이 남자와 통화를 계속했
다가는 고혈압으로 사망할지도 모르겠다.

그녀가 씹어 뱉듯 말했다.

"차라리 저주를 하지 그래요?"

―일찍 들어가. 술 먹지 말고.

하지만 진하는 일관적이었다. 딱히 술을 마실 계획도 없었고 늦게 귀가할 생각도 없었지만 마지막 자존심으로 율리는 대답하지 않았다.

―아, 그리고 집에 들어가서 연락해.

"네?"

― '드래곤 라이더' 갖고 와야지.

임진하는 집요했다.

"아, 진짜! 오늘은 포기하시죠?"

―나 정말 오랜만에 풀로 쉰단 말이야.

그가 하루 종일 쉬든 말든 그녀와는 상관없는 일이었다. 그가 쉬듯, 오늘은 그녀 또한 쉬는 날이기 때문이었다. 그녀가 대꾸하지 않자 그가 조급한 투로 재촉했다.

―응? 좀 도와주면 안 돼? 우리 사이에?

'우리가 무슨 사인데?'

율리의 눈이 가늘어졌다. 만약 자신의 앞에 진하가 서 있었다면 아마 피식하고 헛웃음을 날려 줬을 것이다. 왜냐면…….

"왜요? 저 그쪽하고 아무 사이도 아닌데?"

과거 엄마가 대여점을 할 적에는 단골손님이라는 연결 고리라도 있었겠지만, 지금은 사적으로 특별한 사이도 아니었다. 그러나 그는 인정할 수 없는지 곧바로 받아쳤다.

—뭐가 아무 사이도 아니야? 넌 내 변호사잖아?

"네? 저는 회사 변호산데."

말 잘하던 남자가 자신의 말에 할 말을 잃고 침묵만 지켰다. 아무래도 오늘 1승을 거둔 쪽은 차율리인 모양이었다. 마음이 무른 율리는 왠지 그가 불쌍하게 느껴져서 한 걸음 물러나 주기로 했다.

"알았어요. 이따가 전화 드릴게요."

—빨리 전화 줘.

그녀의 마음이 약해진 것을 알아챈 진하가 일부러 시무룩한 척 기운 없이 말했으나 율리는 쉬이 넘어가지 않았다.

"상황 봐서요. 그럼, 이만."

—차율리!

물론 그녀는 그의 부름을 듣지 못한 척 전화를 홱 끊어 버렸다. 그녀는 휴대폰을 오른손에 꼭 쥔 채로 잠시 호흡을 골랐다. 아직 양 뺨이 불그스름했다. 열이 올라 그녀는 손으로 부채질을 하면서 다리를 움직였다.

율리가 자리로 돌아왔는데도 화정은 멍하니 허공만 쳐다보고 있었다. 맞은편에 앉으며 율리가 친구에게 의아한 눈빛을 보냈다. 아직도 화정이 인기척을 눈치채지 못하는 듯하여 결국 율리가 말을 걸었다.

"왜 그래?"

"어? 어, 왔어?"

깜짝 놀란 화정이 토끼 눈을 뜨고 율리를 바라보았다. 화정은 정신이 저 멀리 안드로메다에 가 있는 듯했다.

"미안, 전화가 좀 길어졌지?"

"아냐."

율리는 혹여 화정이 전화 상대에 대해 캐물을까 봐 긴장했으나 화정은 이미 율리의 통화 따위는 안중에도 없는 모양이었다. 화정은 율리의 휴대폰에는 눈길도 주지 않고 화제를 돌렸다.

"근데, 차율."

"응?"

"나 아직 안 죽었나 봐."

뭐, 이렇게 눈앞에 있으니 죽은 것은 아니긴 한데⋯⋯ 화정의 말뜻을 알아듣지 못한 율리가 물었다.

"무슨 소리야?"

"나 방금 헌팅 당했다!"

"헐, 진짜?"

뜻밖의 헌팅! 학부 재학 때나 간간이 들었던 헌팅이라는 단어를 이 나이에 다시 듣게 될 줄은 몰랐다. 율리가 입을 쩍 벌리고 묻자 화정이 고개를 끄덕이고는 신이 나서 말을 이었다.

"어! 그리고 키도 크고 훈남이었어."

그 남자를 떠올리는지, 화정이 무언가에 홀린 표정을 지었다. 요즘 들어서 이만큼 놀라운 일도 없었다. 율리가 화정에게 더 가까이 몸을 기울였다.

"정말? 전화번호 따 간 거야?"

"완전 내 스타일이라서 그냥 번호 줘 버렸지."

아무것도 모르던 순진한 시절과 달리 지금은 남자를 재고 따질 수 있는 나이가 되었다. 심지어 로스쿨 재학 당시에 화정에게 관심을 보이던 남 학우들도 더러 있었지만 학업이 중요했던 때라 화정은 연애를 선택하지 않았었다.

진하와 통화를 하느라 어떤 남자인지 보지는 못했으나, 그런 화정이 의심 없이 휴대폰 번호를 알려 주었다면 분명 남자의 첫인상이 이상하지는 않았을 것이다.

"괜찮은 사람이면 좋겠다."

"그러니까! 아, 나 어떡해? 막 떨려!"

예상치 못한 고백을 받은 중학생처럼 화정이 호들갑을 떨었다. 근처에 남자가 있을까 싶어 율리가 주변을 둘러보며 소곤거렸다.

"그 사람 어디 있어? 나갔어?"

"응, 카페 나가는 길에 나한테 말 건 것 같던데."

"그렇구나."

김이 샌 율리가 머리만 힘없이 주억거릴 때였다. 화정의 휴대폰이 진동하더니 화면이 반짝 켜졌다.

"어? 문자 왔어!"

"그 남자야?"

화정이 대답 대신 고개를 빠르게 끄덕였다. 화정에게 몸을 기울이고 있던 율리는 결국 의자를 바짝 당겨 앉았다.

"봐 봐. 뭐래?"

흔치 않은 흥미로운 상황에 화정은 물론 율리까지 들떴다. 화정이 액정을 두드려 문자메시지 창을 띄웠다. 요즘은 보기 드물게 예의 바르고 깔끔한 메시지가 와 있었다.

[아까 번호 물어본 이지석입니다. 실례가 아니었으면 좋겠네요. 성함이 어떻게 되시나요?]

"매너 있다."

율리가 혼잣말처럼 중얼거렸다. 이토록 예의를 차리는 메시지라니! 방금 통화하고 온 누구와는 180도 다른 말투였다. 거기다 화정의 말에 따르면 외모도 준수한 남자였다.

"진짜 이렇게도 인연이 생기는구나."

휴대폰 화면을 뚫어져라 쳐다보면서 진심으로 감탄하는 율리에게 화정이 슬쩍 말을 건넸다.

"어때? 괜찮은 사람 같지 않아?"

"응, 되게 괜찮아 보여. 얼른 답장해 봐."

화정이 메시지를 보내는 동안 율리는 다 식은 커피를 마셨다. 진하는 '드래곤 라이더'를 일찍 가져다 달라고 부탁했지만 헌팅이라는 안줏거리가 생긴 이상, 안타깝게도 집에 일찍 들어가기는 어려울 듯했다.

'말이나 예쁘게 하면 몰라.'

율리가 속으로 혀를 끌끌 찰 무렵, 휴대폰에 시선을 고정하고 있던 화정이 고개를 번쩍 들었다.

"왔어, 왔어! 답장 왔어! 되게 빠르다."

"폰만 붙잡고 있나 봐."

그 남자도 화정과 마찬가지로 휴대폰을 손에서 놓지 못하는 모양이었다. 율리가 히죽거리자 화정도 덩달아 키득거렸다.

"뭐래?"

"나랑 언제 한 번 만나 보고 싶다고. 오늘 저녁에 약속 있냐는데?"

"오늘 저녁? 너무 빠르지 않아?"

"뭐라고 대답하지?"

동감하는지 화정도 난처한 기색을 표했다. 그때 화정의 휴대폰이 다시 부르르 진동했다. 메시지가 이어서 온 것이었다.

"자기도 조금 빠르다고 생각은 하는데 경기도에서 펜션 운영을 해서 시간 내기가 좀 힘들대."

펜션 운영이라, 꽤 낭만적인 일이다 싶었다. 회사 콘도 근처도 좋지 않았던가. 서울에서 조금만 벗어났을 뿐인데 공기도 좋고 밤에 별이 보이던 마음 편한 곳이었다. 그런 곳에서 사는 사람이면 건강한 사람이리라.

율리는 화정의 얼굴을 힐끔 곁눈질했다. 양쪽 뺨이 붉어진 채로 친구는 휴대폰에서 눈을 떼질 못했다. 남자에게 흔들리는 화정의 이런 모습은 또 처음이었다. 하긴, 대학원 시절부터 지금까지 연애를 멀리하고 지냈으니 설레는 것도 당연했다. 오늘 처음 본 남자와 저녁 식사를 같이 하는 것이 이르지 않을까 싶었는데 어째 이 상황에서는 자신이 방해하는 것만 같아 율리는 친구를 놓아주기로 마음먹었다.

"그럼, 오늘 한 번 만나 봐. 술만 좀 자제하면 큰일은 안 나겠지."

율리가 시원스럽게 등을 밀어주자 화정의 눈동자가 반짝거렸다. 내심 그 남자와 만나 보고 싶었던 것이 틀림없었다. 율리는 자신의 감정에 충실한 화정이 쩔쩔매는 이유를 알 듯했다. 오랜만에 만났는데 회포를 풀기도 전에 자리에서 일어나기가 미안했던 것이다. 지금도 화정은 슬그머니 율리의 눈치를 보고 있었다.

"그, 그래도 될까? 근데 그러면 우리……."

"우린 나중에 다시 만나면 되잖아. 오늘 딱 이 남자 만나 보고, 아니다 싶으면 빨리 정리하는 게 나을 거 같은데?"

"미안해, 차율……."

고맙고 미안한 마음에 화정이 입술을 삐죽였다. 화정에게 기울이고 있던 몸을 펴서 의자 등받이에 기댄 율리가 손을 내저으며 가볍게 말했다.

"괜찮아. 대신 잘되면 네가 밥 사는 거다?"

"당연하지! 술도 살게."

한술 더 뜨는 친구를 보고 율리가 씩 웃었다. 이내 화정은 문자메시지로 오늘 처음 본 남자와 약속을 잡았다.

오랜만에 본 친구와 저녁은 같이 못 먹게 되었지만, 그래도 커피와 간식 정도를 함께할 시간은 아직 남아 있었다.

이른 시간에 집에 돌아온 율리는 연락해 달라던 진하의 말을 떠올리고 옷을 갈아입기 전에 진하에게 전화를 걸었다. 신호음이 몇 번 가기도 전에 그가 기다렸다는 듯 전화를 받았다.

―왜?

"저 집인데요."

―술 먹는다며?

생각보다 빠른 연락에 진하가 의외라는 투로 대꾸했다. 언제는 술 마시지 말라며. 어느 장단에 춤을 추라는 건지 알 수가 없어 율리는 홍, 콧방귀만 뀌었다.

"안 마셨어요."

―그래?

기분이 좋은지 그의 목소리가 살짝 올라갔다. 물론 그녀는 알아채지 못했다.

"'드래곤 라이더'만 가져가면 돼요? 한 시리즈 더 갖고 갈까요?"

―많이 가져오면 좋지.

이미 몇 번씩 읽은 책일 텐데 여전히 환영하다니, 그는 정말로 심심한 것이 틀림없었다.

"그럼 두 시리즈 가지고 갈게요."

―그래.

마음 같아서는 두 시리즈가 아니라 창고에 있는 책을 전부 갖다 주고 다시는 책 배달을 하고 싶지 않았으나, 진하가 거부하고 있으니 율리로서는 어쩔 수 없었다. 그녀가 끊을 생각으로 막 입을 열 찰나였다.

―아, 저녁은 먹었어?

"아뇨? 아직."

―음, 그래? 알았어. 빨리 가지고 와.

통화 목적이 끝나기 무섭게 전화가 끊어졌다. 이번에도 먼저 전화를 끊어 버리고 싶었는데 한 발 늦었다. 코끝을 찡그린 율리가 중얼거렸다.

"뭐야? 저녁은 왜 물어봐?"

방 밖으로 나온 율리는 마당 구석 창고로 향했다. 창고에서 '드래곤 라이더'와 '드래곤 마스터'를 꺼낸 그녀가 먼지를 털고 가게에서 쓰던 봉투 안에 책을 꾹꾹 눌러 담을 때, 딸의 행동을 수상쩍게 보던 엄마가 다가왔다.

"방금 들어와 놓곤 어디 가?"

"잠깐만, 책 갖다 줄 사람 있어서."

율리의 손에 들린 '드래곤 마스터' 완결권을 보자 기억 속에 묻어 두었던 일이 떠오른 듯 엄마가 말을 붙였다.

"맞다. 연락이 안 되어서 그런데 네가 임진하한테 말 좀 전해 줘. 환불받아 가라고."

자신의 일은 자신이 알아서 하려 했으나, 진하와 통 연락이 되지 않아 답답한 마음에 결국 엄마는 의지를 꺾고 딸에게 부탁했다.

"어? 아직도 안 받아 갔어?"

"바쁜가 보지."

'아니, 오늘도 하루 종일 쉰다더니……'

율리가 미간을 찌푸렸다. 엄마도 진하도 선불금에 대해 아무 말이 없기에 이미 청산이 된 줄 알았는데 아닌 모양이었다. 물론 인기 스타다 보니 진하의 스케줄은 살인적이었다. 특히 요즘은 영화 촬영까지 겹쳐 지방 촬영장을 쏘다니느라 더욱 바빴으니 선불금 환불을 잊고 있을 수도 있겠지만 그런 사람이 책 배달은 또 꼬박꼬박 시켰다.

"알았어요. 전해 줄게."

마침 그에게 가는 길이기도 했다. 엄마는 더 이상 할 말이 없는지 집 안으로 들어갔고, 율리는 묵직한 비닐 봉투 두 개를 들고 낑낑대며 진하의 오피스텔로 향했다.

선선한 날씨에도 불구하고 땀이 났다. 건물 정문에 도착해서 바닥에 책 봉투를 내려놓은 율리가 손으로 부채질을 하며 휴대폰을 꺼냈다. 현관 비밀번호를 모르는 터라 그에게 전화를 해야 했다.

그때였다.

"왔어?"

율리의 뒤에서 익숙한 목소리가 들렸다. 고개를 돌리자 역시나 진하가 거만하게 팔짱을 끼고 그녀를 내려다보고 있었다.

"어? 밖에서 기다렸어요?"

그가 대답 대신 고개를 끄덕이자 그녀는 주변을 두리번거렸다. 자신이 유명 연예인이라 집에 아무나 들일 수 없다더니 바깥에 잘만 나돌아 다닌다. 다행히 어둑어둑한 시간이라 주변에 인적은 없었다. 그녀가 한숨을 흘리고 물었다.

"조심해야 하는 거 아니에요?"

"왜?"

"밖에 있다가 여기가 그쪽 집이라고 소문나면 어떡해요?"

미려한 손가락으로 현관 비밀번호를 누르던 진하가 율리를 돌아보았다. 그녀의 지적은 일리가 있었지만, 기척을 숨기는 것쯤은 어려운 일도 아니었다. 그는 분명 건물 벽에 기대어 서 있었지만 근처를 지나다닌 사람들 중 단 한 명도 그를 눈치채지 못했다. 그의 얼굴을 알아보지 못한 것이 아니라, 그의 존재 자체를 인식하지 못한 것이었다.

"어떡하긴, 이사 가야지."

하지만 진하는 농담조로 대강 둘러대고 말았다. 율리는 태평한 그의 대답에 불만스러운 표정을 지어 보였다.

진하를 따라 엘리베이터에 오른 율리는 속으로 그에게 원망을 퍼부었다. 자신 혼자 낑낑거리며 근 20권에 다다르는 책을 나르는데 도와주겠다는 말 한마디가 없어서였다. 아무쪼록 묵직한 책 봉투를 엘리베이터 안에 옮기고 나서 그녀는 허리를 펼 수 있었다.

변하는 층수를 보며 그녀가 입을 열었다.

"아직 환불 안 받았어요?"

"무슨 환불?"

그는 정말 잊어버린 모양이었다. 아무리 바쁘다고 해도 몇백만 원이나 되는 선불금인데 그걸 그새 까맣게 잊고 있다는 게 어이가 없어서 그녀가 그를 홱 올려다보았다.

"선불 결제한 거요."

그런데 웬걸, 그가 뜬금없는 소리를 하는 것이었다.

"선불? 안 받겠다고 하지 않았었나?"

"네? 왜요?"

"대신 이거."

율리의 시선이 진하의 검지를 따라 내려갔다. 그는 바닥에 놓인 비닐 봉투를 가리키고 있었다.

"이거 갖다 달라고 했잖아."

그 순간 율리는 전에 회사 복도에서 진하가 했던 말을 기억해냈다.

'그럼 선불금 환불해 주지 않아도 좋으니까 드래곤 나오는 책, 네가 가지고 와.'

맞다. 그는 분명 선불금 환불이 필요 없다고 전했었다. 아영의 오해 탓에 정신이 없어서 오히려 까맣게 잊고 있었던 쪽은 이쪽이었다. 금전 관계에 칼 같은 엄마에게 이 사실을 알렸다가는 쓸데없는 짓을 했다고 혼날 것 같아 율리가 어물거렸다.

"아니, 이건 그냥……."

"그냥, 뭐?"

"그냥, 그쪽이 이런 책을 좋아하니까 버릴 바에야 좋아하는 사람 주자는 생각에……."

"뭐? 버릴 걸 나한테 주는 거라고?"

진하의 눈가가 일그러졌다. 그렇게 말을 하니 꼭 책이 든 봉투가 쓰레기봉투처럼 느껴졌다. 까만 비닐 봉투인 것도 어쩜 딱 쓰레기봉투 같아 율리가 다급히 말을 바꾸었다.

"그런 뜻이 아니라, 솔직히 버리는 게 편한데도 그쪽 생각해서 주는 거거든요?"

"내 생각?"

그녀의 말을 메아리처럼 반복한 그가 빙그레 웃을 즈음 엘리베이터가 멈추었다. 그가 만들어 낸 미묘한 공기를 느낄 새도 없이 움직여야 해서 그녀는 끙 앓는 소리를 내고 양손에 하나씩 비닐 봉투를 들었다. 그때 그가 대뜸 손을 내밀었다.

"무겁지?"

"네, 좀."

율리가 긍정하기 무섭게 진하가 그녀의 손에서 책 봉투를 낚아챘다. 양손에 약 열 권씩 나누어 들고 있었는데, 그는 한 손으로 스무 권 가량 되는 책을 드는 괴력을 보였다. 남자의 힘을 알 수 있는 실감 나는 광경이었다.

진하의 손에 들린 책 봉투에서 눈을 떼지 못한 율리는 어영부영 엘리베이터에서 내렸고, 그는 현관문을 열고 들어가며 여유롭게 말을 붙였다.

"저녁 안 먹었다고 해서, 밥이나 먹고 가라고."

"……저녁이요?"

의외의 말에 그녀가 눈을 동그랗게 뜨고 그를 응시했다. 그는 여전히 태연했다.

"저녁 먹는 김에 네 것도 차린 거야. 왜? 싫어?"

"아니, 뭐……."

전화 통화를 할 적 그가 왜 저녁 식사 여부를 물었는지 이제야 알 것 같았다. 이미 식전이라고 말을 해 두었으니 거짓말을 할 수도 없고, 그의 면전에서 싫다고 말할 수도 없어서 사면초가가 따로 없었다.

집주인을 따라 집 안으로 들어간 율리는 이제 이곳이 익숙하다 싶었다. 앞으로 창고에 있는 책들을 가져다주려면 몇 번이고 또 여기에 걸음 할 것이다. 임진하와 가족관계도 아니고 그렇다고 연인이라거나 친구 사이도 아닌데 혼자 사는 남자의 집에 이렇게 드나들어도 되나 고민할 무렵이었다.

익숙한 냄새가 주방에서 흘러나왔다. 이건 꼭…….

"……백숙?"

그리고 정말로 눈앞에 뽀얀 살결을 자랑하는 닭백숙이 나타났다. 진하가 커다란 접시에 닭 한 마리를 통째로 놓고 가져온 것이었다. 심지어 닭도 평범한 크기의 닭이 아니라 큰 토종닭이었다.

식탁 위에 접시를 내려놓은 진하가 혀를 내두르고 있는 율리를 쳐다보았다.

"왜? 못 먹어?"

"그건 아닌데…… 어디서 사 왔어요?"

"내가 만들었는데?"

"진짜요?"

만들었다니! 예상치 못한 대답에 율리가 꽥 소리를 질렀다. 식탁에 손을 짚고 서 있는 진하가 그녀의 비명에 눈가를 찡그렸다.

"그럼 가짜로 만들어?"

"아, 아니…… 요리 같은 거 안 할 사람으로 보이는데."

"뭐? 내가?"

자기중심적이고 이기적인 이 남자가 요리를 하리라고는 상상조차 해 본 적이 없었다. 돈이면 다 해결되는 것 아니겠냐며 으스댈 것 같았는데, 그가 라면 같은 인스턴트도 아니고 손수 손이 많이 가는 닭백숙을 할 줄이야.

"귀찮아서 사 먹을 줄 알았거든요. 의외네요."

얼떨떨한 표정을 지우지 못한 채 율리가 식탁 의자에 앉았다. 진하 역시 그녀의 맞은편에 앉아서 불평했다.

"나도 웬만하면 사 먹지만 오늘은 할 일이 너무 없었어. 오랜만에 쉬는 날인데 누가 책을 늦게 가지고 와서."

그가 그녀에게 비난의 화살을 돌렸으나 그녀 또한 만만치 않았다.

"남 탓하지 마세요. 가게도 닫았으니 다른 취미를 만들든가."

그녀가 정곡을 콕 찌르자 그가 입을 꾹 닫아 버렸다. 그녀는 눈앞의 음식을 물끄러미 내려다보았다.

'어째 이거…….'

설사약을 탔다거나, 엄청 매운 재료가 들어갔다거나, 아니면 아직 닭고기가 다 익지 않았다거나…… 하는 여러 가지 생각이 율리의 뇌리를 스치고 지나갔다. 이 남자가 괜히 음식을 주는 것이 아닐지 모른다는 인간 불신, 아니 임진하 불신이 그녀의 마음 속에 팽배한 탓이었다.

"정말 먹어도 되는 거 맞아요?"

"사람을 좀 믿지그래?"

닭다리를 하나 인심 좋게 뜯어 건네며 진하가 맞받아쳤다. 그래도 손님이랍시고 그는 그녀를 먼저 챙겨 주는 듯했다. 율리는 김이 모락모락 나는 닭다리를 멍하니 응시했다. 뜯어진 단면을 보니 다 익기는 했다.

"잠깐."

그가 그녀의 행동을 멈추게 만들더니 소금 통을 가지고 돌아왔다. 그제야 그녀는 정신을 차릴 수 있었다. 백숙은 대개 간이 되어 있지 않다는 것을 깜빡 잊고 있었다. 이 상황이 너무나 현실감이 없어서.

"자, 잘 먹을게요."

율리가 어색하게 소금을 찍었다. 진하의 눈빛이 그녀를 찔러 죽일 것처럼 따가웠다.

한참 오물거리던 그녀가 음식을 삼키고 그를 물끄러미 바라보았다. 그러고 보니 여유 만만했던 태도는 어디로 가고, 초조하게 심사를 기다리는 그의 모습이 꼭 새색시 같았다. 그녀가 일부러 뜸을 들였다.

"왜? 맛없어?"

"어……."

그녀의 미적지근한 반응이 성에 차지 않아 그가 미간을 찡그렸다. 냄새도 괜찮고 아까 살짝 맛을 보았을 때도 입맛에 맞았는데 뭐가 잘못된 건가, 그가 머리를 굴릴 즈음 그녀가 느릿느릿 말했다.

"저기, 진짜 죄송한데요."

죄송하다는 단어가 진하의 가슴을 쿡 찔렀다. 여전히 미간을 좁힌 채로 그가 약한 소리를 했다.

"야, 너무 아픈 소린 하지 마. 나 오늘 요리 처음 해 봤거든?"

거짓말은 아니었다. 자연의 일부로 기능하는 것이 아니라 인간의 탈을 뒤집어쓴 이상 종종 음식이 필요하기는 했다. 과거에는 여종들이 음식을 해다 바쳤고, 이번 생에는 대체로 사다 먹었기에 직접 요리하기는 처음이었다.

물론 그의 사정을 모르는 그녀는 그의 해명을 엄살로 치부할 뿐이었다. 그녀는 손에 들린 닭다리로 시선을 옮기고 계속 물었다.

"아픈 소리가 아니고, 음…… 이거 어디서 사 온 게 아니라 진짜 만든 거 맞아요?"

"……왜?"

그의 눈빛이 불안으로 흔들렸으나 그녀는 짐짓 모르는 척 웃음을 참아 가며 칭찬을 입에 올렸다.

"전문점에서 파는 것처럼 맛있어서요."

분하지만 사실은 사실이었다. 닭 특유의 비릿한 냄새도 없었고, 고소하면서 입맛 당기는 냄새에 군침이 돌았다. 고기는 딱 알맞게 삶아져서 부드럽고 쫄깃했다. 정말 처음 만든 음식이 맞나 싶을 만큼 수작이었다.

율리의 호평에 진하는 언제 긴장했냐는 듯 싱글벙글 웃으며 거드름을 피웠다.

"내가 원래 못하는 게 별로 없어."

"아, 네……."

괜히 솔직하게 칭찬했다. 그녀는 콧대가 하늘을 찌를 만큼 올라간 남자를 눈을 가늘게 뜨고 쳐다보다가 다시 닭다리를 입안으로 가져갔다. 이왕 먹게 된 것 맛있게 먹고 가야겠다는 생각뿐이었다.

한편, 그는 그녀가 먹는 모습을 흡족하게 바라보았다. 혼자 맛있는 닭백숙을 먹으려고 계획했을 때보다 그녀가 맛있게 먹어 주는 지금이 더욱 뿌듯했다. 이래서 음식은 나눠 먹어야 하는 것이다.

"요즘 요리하는 남자가 대세잖아."

"그렇죠."

율리가 건성으로 대꾸했다. 요리를 주제로 한 쿡방이 유행하고, 전문 요리사들이 브라운관을 장악했으나 그녀는 방송을 챙겨 보는 편이 아니었다. 특히 진하의 악플 사건을 전임하게 되면서 정신적으로 여유가 없어서 시간이 나면 잠들기 바빴다.

음식은 먹지 않고 턱만 괸 채 그녀를 구경하던 그가 다시 말을 붙였다.

"너 이번에 나 잡지 인터뷰한 거 봤어?"

"안 봤는데요."

TV 방송도 챙겨 보지 않는 그녀가 팬도 아닌데 잡지 인터뷰까지 챙겨 볼 리가 없었다. 그녀의 관심 없는 태도에 그가 불만스레 자기 자랑을 늘어놓았다.

"'매력 있는 대세남'으로 내가 1위 한 거 몰라?"

"그래요? 축하는 하는데 새삼스럽지도 않네요."

그녀가 아무리 TV와 거리가 멀다 해도 임진하가 남자 연예인 중에서도 손꼽히는 인기를 가지고 있다는 사실을 모르지는 않았다. 그는 그녀의 김빠진 반응이 마음에 들지 않은 듯 일부러 그녀를 탓했다.

"그런 것도 안 보고 뭐 해?"

"그걸 왜 봐요? 일하기도 바쁘구만, 어이가 없어서."

"차율리."

율리가 코웃음을 치기 무섭게 진하가 진지한 음성으로 그녀의 이름을 불렀다. 문제는 이 남자의 나직한 목소리가 여자들의 심장을 들었다 났다 한다는 데 있었다. 화들짝 놀란 율리가 닭다리를 들고 저도 모르게 입을 벌렸다. 그의 시선이 그녀에게 곧게 향해 있었다. 동양적인 매력이 가득한 단정한 얼굴을 정면으로 바라보고 있던 그녀는 그가 톱스타임을 문득 실감했다.

그리고 그의 집에 단둘뿐.

이 상황을 깨닫자 율리의 얼굴이 화끈거리기 시작했다. 그녀는 아무 말도 하지 못하고 바짝 말라 가는 입술을 꼭 다물었다. 진하는 기다렸다는 듯 턱을 치켜들고 오만한 태도로 지적했다.

"넌 지금 '매력 있는 대세남' 1위가 해 주는 요리를 먹고 있는 거야."

"네, 그…… 러네요."

"그렇지? 좀 더 진심으로 고마워해."

말을 마치고 그가 생긋 미소를 지었다. 그녀는 한참이나 그의 얼굴에서 눈길을 떼지 못하다가 고개를 갸웃거렸다.

"진심으로 고맙습니다…… 만 내가 해 달라고 한 것도 아닌데!"

그제야 정신을 차린 율리가 여전히 한 손에 닭다리를 들고 화를 냈다. 그러나 진하는 여전히 여유 만만하게 그녀를 놀렸다.

"맛있게 먹어."

단정한 얼굴로 빙그레 웃으면 화가 나려다가도 여름날 아이스크림처럼 사르르 녹아 버린다. 인간이란 얼마나 외모에 좌우되는 동물인가. 율리는 한숨을 크게 내쉬고 닭고기를 우적우적 씹었다.

어깨를 축 늘어뜨리고 뜻밖의 대접을 즐기던 율리가 엄마의 당부를 떠올렸다. 필요 없는 책을 가져다주는 것으로 고액의 선불금을 대신할 수는 없을 듯했다.

"저기, 그때 안 받는다고 했지만…… 그래도 선불금 환불받을 계좌 좀 알려 주세요."

"왜? 정말 안 받아도 된다니까?"

"정말 안 받을 거면 엄마한테 직접 말씀해 주시든가요. 저희 엄마가 금전적으로 깔끔하게 정리가 되지 않으면 좀 불편해하세요."

"그래? 알았어."

그는 흔쾌히 고개를 끄덕였다. 한시름 놓은 그녀가 큼직한 닭다리 하나를 깨끗하게 뜯었을 즈음이었다. 그녀의 휴대폰이 웅웅 울렸다.

'아차!'

엄마의 전화임을 직감한 율리가 기름이 묻지 않은 왼손으로 주춤주춤 휴대폰을 꺼냈다. 역시 발신 번호는 집 전화번호였다.

그녀가 진하의 눈치를 살피며 슬쩍 전화를 받았다.

"어, 엄마."

—저녁상 다 차렸는데 왜 아직도 안 와?

저녁이라는 말을 듣자 율리의 눈동자에 닭백숙 접시가 들어왔다.

"저녁 먹고 가는데……."

—잠깐 나갔다 온다며?

그러게 말이다. 잠깐 책만 주고 올 생각이었는데 어쩌다 여기서 닭다리를 뜯고 있었다. 그는 미동도 없이 턱을 괸 채 그녀를 쳐다보며 싱글거렸다. 자신이 엄마에게 혼나는 것을 즐기는 건가 싶어서 그녀가 입술을 삐죽이고 답했다.

"그렇게 됐어. 죄송해요."

—어휴, 진짜! 빨리 들어와!

엄마의 전화는 그렇게 끊어졌다. 괜스레 혼이 난 율리가 시무룩하게 휴대폰을 내려놓고 투덜거렸다.

"갑자기 저녁 먹으래서 괜히 한 소리 들었잖아요."

"다리 하나 더 먹을래?"

하지만 진하는 개의치 않는 듯 하나 남은 닭다리를 뜯어 율리에게 내밀었다. 그의 호의에 그녀가 고개를 갸웃거리며 중얼거렸다.

"닭다리는 두 개뿐인데……."

"두 마리 했거든."

진하가 가스레인지 위에 놓인 압력 밥솥을 가리키자 율리가
혀를 내둘렀다.

"압력 밥솥……."

얼마나 심심했으면 압력 밥솥까지 꺼내서 본격적으로 요리를
했을까? 조리대 앞에 서서 요리하는 진하의 모습을 상상하던 율
리는 남은 닭다리까지 건네받았다.

"정말 혼자 먹으려고 산 거 맞아요? 혼자 사는 사람이 무슨 닭
을 두 마리씩 백숙을 해?"

"원래 난 많이 먹어."

하긴, 전에 치킨을 먹을 때도 그가 거의 한 마리 반을 해치웠
던 것을 생각해 보면 납득이 가는 이유였다. 호리호리하게 생긴
것과 달리 그는 어마어마하게 많이 먹었다. 그는 그녀가 먹는 것
을 지켜보다가 물었다.

"근데 술 먹는다며? 왜 저녁도 안 먹고 들어왔어?"

"원래 친구랑 오랜만에 근사하게 저녁 먹을 생각이긴 했어
요."

정작 여기서 닭다리를 뜯고 있었지만 말이다. 율리의 이야기
를 들으며 그는 요리할 때 사용한 것으로 보이는 긴 나무젓가락
을 들고 닭을 본격적으로 해체하기 시작했다. 젓가락 끝에 시선
을 고정한 채 그녀가 조잘거렸다.

"커피 한잔하고 있었는데, 친구가 헌팅 당해서요."

"뭐?"

순간 진하의 젓가락질이 뚝 멈추었다.

"그러니까 친구가 널 두고 처음 만난 남자랑 가 버렸다?"

"뭐 그렇게까지 말할 건……."

그가 화정을 나쁘게 여길세라 율리가 막 설명을 하려 했으나, 그때였다.

"대박!"

임진하가 폭소를 터뜨린 것은.

이해가 가지 않는 상황에 그녀가 미간을 찌푸렸지만 그는 웃음을 참지 못했다. 오른손에 들고 있던 젓가락까지 떨어뜨리면서 그가 킥킥거렸다. 그녀의 표정이 점점 더 험악해질 즈음, 그가 웃음 사이로 힘겹게 말했다.

"야, 너 너무 비참한 거 아냐?"

"제가 가라고 한 거거든요?"

"그, 크흡! 아, 그, 그러세요?"

발끈한 율리가 바로 맞받아쳤으나 진하의 귀에 그녀의 말은 변명일 뿐이었다. 그는 씩씩거리는 그녀를 안쓰럽게 바라보았다.

"그래서? 너한텐 아무도 찝쩍거리지 않고?"

진하가 아픈 곳을 꼬집자 어두운 기운이 율리의 주변에 맴돌았다. 그가 애써 웃음을 참아 가면서 위로 같지도 않은 위로를 했다.

"괜찮아, 차율리. 넌 변호사잖아. 얼굴은 조금 딸려도 머리는 좋으니까."

"친구도 변호사거든요."

"저런……."

위로랍시고 건넨 말이 상처를 후벼 파는 말이었을 줄이야. 그가 안타까운 듯이 한숨을 내쉬었다. 여전히 얼굴을 구긴 채 그녀가 대꾸했다.

"그리고 저도 어디 가면 예쁘장하다는 소리는 듣거든요?"

물끄러미 율리를 쳐다보던 진하는 동의하지 않는다는 투로 고개를 절레절레 저었다. '악플 달고 싶은 마음'이 그녀의 가슴속에 불길처럼 번졌으나 차마 눈앞에 앉아 있는 '매력 있는 대세남' 1위의 눈을 부정할 자신은 없었다. 그는 그녀의 이런 마음을 아는지 모르는지 태연하게 화제를 돌렸다.

"그래도 아무 남자나 따라가고 그러면 안 돼."

그녀가 의아한 기색을 내비치자마자 그가 씩 웃으며 말을 이었다.

"세상엔 미친놈들이 많거든."

미친놈…….

자신의 눈앞에 거만하게 앉아 있는 남자도 왠지 그중 하나인 것 같지만 율리는 입을 꾹 다물고 말을 아꼈다.

＊　　＊　　＊

퇴근 시간, 율리는 일부러 인파에 휩쓸려서 지하 주차장으로 향했다. 뱀 여자는 죽었지만 그날의 일이 트라우마가 된 듯 그녀는 지하 주차장에 혼자 있는 것이 꺼려졌다.

뒷좌석에 그 여자가 남긴 흠은 흔적도 없이 사라졌으나 찝찝한 마음은 여전했다. 율리는 주변을 다시 한 번 꼼꼼히 살핀 후 운전석에 올랐다. 그때 그녀의 휴대폰이 울렸다. 업무 관련 전화인가 싶었으나 의외로 화정의 전화였다.

"응? 웬일이야?"

—차율! 저녁에 시간 있어?

화정의 목소리는 한층 더 밝아져 있었다. 율리는 시간을 대충 계산했다. 열 시 전에는 들어가야 내일 출근에 지장이 없었다.

"무슨 일인데? 잠깐은 시간 돼."

—잘됐다. 그럼 그쪽으로 갈 테니까 저녁 한 끼 같이 먹자.

갑자기 저녁 약속? 그것도 일하기 바쁜 평일에? 화정이 다니는 회사를 율리도 다녀 봐서 알지만, 평일 저녁에 시간을 만들기가 꽤 어려운 직장이었다.

"벌써 퇴근했어?"

—응! 주말에 내가 너 그냥 보냈잖아. 그게 자꾸 마음에 걸려서.

아마 화정은 업무 시간에 야근을 하지 않도록 엄청나게 노력했을 것이다. 꼭 오늘이 아니어도 괜찮은데, 율리는 친구의 배려에 괜스레 미안해졌다.

—네 얘기 하니까 지석 씨도 너한테 미안하다고 저녁 대접하

겠대.

'지석 씨?'

낯선 이름에 율리가 미간을 좁혔다. 친구의 머릿속을 읽기라도 한 듯 화정이 설명을 덧붙였다.

ㅡ그때 문자 보낸 사람.

"아! 아…… 그래?"

화정의 입에서 남자 이름이 친근하게 나오다니, 아무래도 둘이 잘된 모양이었다. 딱딱하게 굳어 있던 율리의 입가가 풀어졌다. 휴대폰을 들지 않은 손으로 시동을 걸며 율리가 말을 이었다.

"근데 내일 출근도 해야 하니까 저녁은 됐고, 커피나 한잔 마시고 들어가는 건 어때?"

마침 법무팀 사무직원 중 하나가 생일이어서 네 시쯤에 생일 케이크를 얻어먹은 터라 배가 고프지도 않았다.

ㅡ많이 바쁘니? 그럼 그렇게 하자. 우리가 이동할까? 어디가 편해?

"아냐, 내가 이동할게. 어디로 갈까?"

친구에게서 약속 장소를 들은 율리는 전화를 끊고 주변을 다시 한 번 경계의 눈빛으로 둘러보았다. 주차장을 떠나가는 승용차 몇몇만이 보일 뿐, 비현실적인 존재는 시야에 들어오지 않았다.

화정이 알려 준 카페는 서울과 경기도 사이의 주차장이 널찍한 곳이었다. 산자락 밑, 고즈넉한 장소에 현대적인 건물이 고급스럽게 세워져 있었다. 어렵지 않게 주차를 하고 차 밖으로 나온 율리는 자갈길을 걸어 카페 안으로 들어갔다. 은은한 조명 아래에 있는 손님들은 대부분 커플이었다.

실내를 두리번거리며 친구를 찾던 율리는 구석에서 손을 번쩍 들고 있는 화정을 발견하고 안쪽으로 향했다.

"차율!"

신이 난 목소리로 화정이 율리를 불렀다. 화정의 맞은편에 앉아 있던 남자도 그제야 몸을 일으켜서 뒤를 돌았다. 키가 훌쩍 크고 어딘가 서늘한 느낌을 주는 남자가 은은한 미소를 띤 채로 율리를 응시하고 있었다. 이 사람이 그 남자구나. 율리는 고개를 살짝 숙여보였다.

"차 안 밀렸어?"

"으응……."

친구를 위해 화정이 지석의 옆으로 자리를 옮겼다. 율리는 맞은편에 앉아 있는 화정을 보다가 지석을 슬쩍 곁눈질했다.

분명 어디서 본 사람이었다. 어디서 봤는지 정확히 기억나지는 않는데, 처음 보는 얼굴이 아니었다.

"주문하시겠어요?"

기억을 뒤지고 있던 율리는 카페 직원의 말에 정신을 번쩍 차렸다. 어색하게 웃으며 율리는 메뉴판을 뒤적이고 대충 오늘의 커피를 주문했다. 직원은 친절하게 응대하고 멀어져 갔다. 곧 생각 속에 빠져 멍하니 있던 율리에게 화정의 발랄한 목소리가 들렸다.

"으음, 소개를 해 줘야지! 이쪽은 그날 나랑 같이 있던 친구, 차율리. 로스쿨 동기라고 전에 말했죠?"

"네, 안녕하세요. 그날은 죄송했습니다."

지석이 예의 바르게 인사했다. 그날 그의 첫 문자메시지만큼이나 매너 있는 태도였다. 혼자만의 상상에서 벗어난 율리가 어색하게 웃어 보였다.

"아, 아니에요……."

"이쪽은 이지석 씨. 펜션 하는데, 어디더라? 가평? 청평?"

"가평."

"아!"

그때 율리가 저도 모르게 박수를 쳤다. 어디서 이 사람을 봤었나 했는데 '가평'이라는 지명이 나오자마자 뇌리에 번개가 친 듯 기억이 났다. 화정과 지석이 동시에 율리에게 이목을 집중했다.

"왜?"

화정이 눈을 동그랗게 뜨자 율리가 머리를 긁적이고 조심스럽게 물었다.

"아, 저 혹시 가평에서 펜션 하시는 거…… RD엔터 콘도 근처 아니세요?"

"예, 맞습니다."

역시 그 남자였다. 가평에서 모기향을 사러 아영과 함께 가까운 마트로 갔을 적 마주쳤던 남자. 어디서 봤다 싶었는데 그때 잠깐 마주쳤던 남자였다.

"지나가다 봤던 것 같아서요."

"어? 정말?"

"으응…… 아닐 수도 있지만."

신기하다는 표정으로 화정이 율리와 지석을 번갈아 보았다. 그러나 지석은 조금 난처한 표정을 지었다.

"그렇군요. 죄송합니다, 기억이 안 나서."

"아니에요, 기억 안 나는 게 당연하죠."

마트 앞에서 스쳐 지나갔을 뿐이니 기억하는 것이 신기한 일이었다. 율리는 새삼 자신의 기억력이 아직은 말짱하다고 생각했다.

곧, 율리가 주문한 커피가 나왔다. 율리는 따뜻한 커피가 담긴 머그를 양손으로 잡고 후루룩 마셨다.

"다음에 저희 펜션에 놀러오세요. 가장 좋은 방으로 내어 드릴게요."

"네, 감사합니다."

예의상 대답은 긍정적으로 했으나 자신은 물론 화정 또한 일하느라 바쁘니 정말 놀러 갈 시간을 내기는 어려울 듯했다.

지석은 커피를 홀짝거리는 율리를 무표정하게 바라보았다. 말과 달리 그는 펜션 따위를 가지고 있지 않았고, 당연히 율리와 화정을 초대할 생각은 눈곱만큼도 없었다.

가평에서부터 율리를 쫓아온 지석은 기척을 숨기고 그녀의 주변에서 맴돌았다. 처음 봤을 때보다는 옅어져 있지만 용의 기운이 짙게 느껴지는 여자. 분명 주변에 새끼 용이 아닌, 꽤 강한 용이 있는 것 같았다. 어린 용도 경계의 대상인지라 여자의 회사 근처에 가지는 않았지만, 간간히 강한 기운이 느껴지곤 했다.

　주말에 율리가 화정과 만나는 것을 지켜본 후, 지석은 율리가 아닌 화정에게 접근하기로 마음먹었다. 인간들은 우정이니 사랑이니 하는 감정에 쉬이 휘둘리기에 친구를 미끼로 삼아 끌어내는 것이 편했다. 그리고 여자를 홀리는 것쯤은 그에게 식은 죽 먹기였다.

　'감이 좋은 여자군.'

　솔직히 지석은 차율리가 그날 잠깐 마주쳤던 것을 기억해 낼 줄은 몰랐다. 용의 기운을 뒤집어쓴 여자라 그런 건지, 아니면 유난히 그녀의 감이 좋은 건지 그로서는 알 수 없었다.

〈다음 권에 계속〉

외전―흑룡의 새로운 취미

약 600년 만에 돌아온 곳은 기억 속에 남아 있는 풍경과 너무나 달랐다. 하늘을 뚫을 듯 서 있는 고층 빌딩과 매끄럽게 깔린 도로, 어둠이 내려앉아도 대낮처럼 환한 도시는 세상이 뒤바뀌었음을 적나라하게 보여 주고 있었다.

진하는 전면 유리창 너머로 보이는 한강을 무심히 응시했다. 600년마다 찾아오는 60년간의 삶에서 이만큼 세상이 변화한 것은 또 처음이었다. 저 강을 둘러싼 풍경은 전부 변했지만 그래도 저 강 하나만큼은 변함이 없었다.

"많이 변했군."

"많이 변했지요. 매일매일 변하는 도시입니다."

황룡이 낮게 웃으면서 대꾸했다. 너무 빨리 변해서 가끔은 따라가기도 벅찬 도시지만 그만큼 재미난 곳이었다. 물론 자신은 작업실을 정리하고 이 복잡한 도시와 멀찍이 떨어져 지낼 예정이지만 말이다.

20대 중반 정도로 보이는 남자에게 마흔이 넘어 보이는 남자가 존대하는 상황이 이상할 법도 한데, 그들의 대화는 자연스럽게 흘러갔다.

"애기 흑룡은 즐거워 보였나?"

"그럼요. 뒤늦게 보았는데 참 귀여운 아이였습니다. 첫 생을 마칠 때까지 밝고 신이 나 있었지요."

어린 흑룡이 첫 '인생'을 잘 보내고 돌아갔다는 소식에 진하는 희미한 미소를 지어 보였다. 만물이 소생할 적에는 활기차다더니, 역시 어린 흑룡도 힘이 넘치는 모양이었다.

기운찬 아이와 달리, 이제 진하의 위로 흑룡은 아무도 남아 있지 않았다. 영원한 것은 없다는 모든 자연의 이치는 용에게도 적용되었다.

하늘을 찌를 듯 세워진 건물들이 인간의 오만처럼 보였다. 바깥 풍경을 다시 응시하던 진하가 몸을 돌려 안으로 걸음을 옮겼다. 과학이 발달하고 이성이 중시되는 시대였다. 자연 현상 하나하나가 이제는 설명이 가능한 때가 오고 말았다. 더욱 몸을 사리고 조심해야 했다.

"결국 용을 믿지 않는 시대가 왔어."

"오히려 편합니다."

"눈속임이 힘들어졌는데?"

혹룡은 황룡의 맞은편에 앉아 테이블 위의 책을 무심하게 펼쳤다. 이곳은 황룡의 작업실답게 소파와 테이블 곳곳에 책이 널려 있었다. 손에 조금만 힘을 주어도 찢어질 것 같던 과거의 책과 달리, 요즘은 책 표지도 알록달록하고 종이도 튼튼하고 고급스러웠다. 황룡은 진하가 책을 덮기를 기다렸다가 말을 이었다.

"용을 믿지 않는 시대에 사는 인간들입니다. 용이 나타났다는 말을 하면 미친 사람이 되기 일쑤지요. 얼마나 편한 시대인가 싶습니다."

"재미있군."

진하가 피식 웃었다. 일종의 반작용이 일어나는 셈이었다. 황룡의 말을 듣고 보니 의외로 편한 시대인 것도 같았다.

"이번 생에는 용살자 놈들의 씨를 말릴 생각이다."

정확히 540년 만에 의식이 돌아왔다. 자의식이 사라지고 오로지 자연의 일부로만 기능한 것이 540년인 것이다. 그리고 의식이 돌아오자마자 혹룡이 제일 먼저 떠올린 것은 인간을 믿었다는 자신을 향한 자괴감이었다.

황룡은 인자하게 처진 눈으로 혹룡을 물끄러미 응시하다 말했다.

"……신기합니다."

"뭐가?"

"강렬한 감정을 오랫동안 간직하고 계신다는 것이, 제게는 신기합니다."

그럴 만도 했다. 용에게 인간 세상은 그다지 중요한 것도 아니었을 뿐더러, 의식이 돌아와도 어차피 지난 생은 전생 같은 것이라 이번 생과는 아무 관련이 없었다. 새로운 삶을 살아가는 것이 보통인데 흑룡은 과거의 감정에 사로잡혀 있었다.

진하는 한쪽 입꼬리를 끌어 올렸다.

"그만큼 배신감이 컸을 뿐이야. 인간은 대체로 악하고 어리석지. 그런 것을 믿은 내게 오랫동안 실망했었어."

용살자를 향한 강렬한 증오를 품게 된 계기를 진하는 구구절절 설명하지 않았다. 자존심 강하고 승부욕도 가장 센 편인 흑룡에게 지난 생에 있었던 그 사건은 치명적인 상처를 남겼다. 원래부터 인간에게 호의를 갖고 있지는 않았지만, 그 사건 이후 인간을 향한 그의 감정은 적의로 돌변하고 말았다.

"이 시대의 인간들은 또 얼마나 영악할까."

황룡은 흑룡의 말에 동의할 수 없었다. 그는 진하와 정반대로 인간들을 처음에는 무지하나 선한 존재로 보고 있었다. 그렇기에 그들이 스스로 삶을 개척해 나가며 발전하는 모습이 대견했고, 한편으로는 발전할 수 있는 존재라는 점을 부러워하기도 했다.

"정말 흑룡께서는 저와 관점이 많이 다르시군요."

"내가 보기엔 네가 너무 물러."

황룡은 인자한 미소로 대답을 대신했다. 책을 들춰 보던 진하가 황무진이라고 박힌 작가 이름을 발견하고 화제를 돌렸다.

"너는 글을 쓰고 있다고 했나?"

"예, 생이 무의미하다는 생각이 들어서요."

흑룡의 날카로운 시선이 황룡에게 꽂혔다. 무의미한 생. 황룡은 언제부터인가 그런 생각을 하고 있었다. 자신은 더 이상 나아질 것이 없는 존재였다. 용은 60년간의 삶을 보내고 나면 또다시 그 삶의 아홉 배에 다다르는 시간을 의식 없이 자연의 일부가 되어 보낸다. 인간과 달리 자신은 앞으로 나아가지도 뒤로 물러나지도 못하는 시간에 갇힌 존재일 뿐이었다. 소멸할 때가 되지 않은 이상, 생은 허무하고 또한 무의미했다.

"네게 이번 생이 얼마나 남았지?"

"2012년이니까…… 아직도 36년 정도 남았군요."

"저런. 지루하겠지만 눈 깜빡하면 지나갈 시간이니 괘념치 말거라."

진하의 말이 끝나기 무섭게 황룡이 웃음을 터뜨렸다.

"괘념치 말라…… 그런 말을 쓰는 젊은이는 없는데, 많이 배우셔야겠습니다."

언어를 다루는 작가랍시고 바로 단어를 지적하는 황룡에게 흑룡이 못마땅한 눈빛을 보냈다. 하지만 중요한 지적이기도 했다. 인간 사이에 녹아들기 위해서 언어란 무척 중요한 문제였다.

"내가 몇 살 정도로 보이지?"

"으음…… 스물은 훨씬 넘었는데 서른은 아직 못 된 한창때의 젊은이 같습니다."

"예전이라면 애가 두셋은 있을 나이군."

"지금은 다릅니다. 외려 아이 같은 나이지요."

황룡이 빙그레 웃었다. 그 나잇대 평범한 사람들은 부모 그늘 아래 남아 있는 경우가 많았다. 하지만 용에게 부모는 있을 수 없는 존재였다. 임진하는 부모를 잃은 젊은이로 분할 것이다.

흑룡은 소파 깊숙이 몸을 기대고 다리를 꼬았다. 거만한 자세가 그와 참 잘 어울렸다.

"이 나라는 임금이 없다고 들었다."

"임금 같은 건 없어진 지 오래입니다. 사대부도 없고, 양천을 가리지도 않지요. 남녀가 유별하지도 않고, 사농공상은 옛말입니다."

척하면 척이었다. 임금이라는 단어 하나에서 황룡은 흑룡이 궁금해할 것들을 줄줄이 읊었다. 말 그대로 천지가 개벽한 것이나 다름없었다. 꽤나 재미있는 사회가 된 듯해서 진하는 흥미로운 기색을 지우지 않고 물었다.

"그럼 이 시대에 입신양명을 하기 가장 쉬운 방법은 뭐지?"

입신양명? 흑룡의 입에서 나올 줄 몰랐던 단어였다. 황룡은 고개를 갸웃거렸다.

"의외입니다. 그런 걸 원하실 줄은 몰랐는데……."

보통 용들은 살기 편하게끔 일정량의 부를 축적하는 경우는 있으나 굳이 명예나 지위에 집착하는 일은 드물었다. 인간들 사이에 묻혀서 조용히 세상을 즐겨 보는 것을 최고로 생각하기 때문이었다. 물론 인간들 사이에 묻혀 있어도 낭중지추였다. 모든 면에서 능력이 뛰어난 용은 어떻게든 드러나기 마련이었지만 말이다.

황룡의 말에 흑룡이 키득거리고 대답했다.

"용살자 놈들이 나를 찾아오게 만들 생각이다."

"예?"

"내가 하나하나 찾아다니며 손을 쓰기에 세상은 과히 복잡해졌어. 놈들이 찾아오게 만들어야지."

예상치 못한 대답이라 황룡의 눈이 동그래졌다. 그렇다. 흑룡은 이번 생의 목적을 확실하게 정해 두었다. 용살자 제거. 그 목적을 이루기 위해 그는 기꺼이 자신의 존재를 드러낼 생각이었다.

"유명해지는 방법이라……."

황룡은 고민에 빠졌다. 유명해지는 방법은 여러 가지가 있었지만 그중에서 가장 쉽고 영향력이 큰 것은…….

"거기엔 역시 전파를 타는 것이 최고지요."

"전파를 타?"

이해할 수 없는 어구에 진하가 눈가를 찡그렸다. 반면 황룡은 입가에 번지는 웃음을 주체하지 못했다.

"흑룡께서는 아마 아주 잘하실 겁니다."

흑룡이 연예인이 된다면 얼마나 흥미로운 일들이 일어날까? 황룡은 갑자기 기대가 되기 시작했다.

꼿꼿이 서 있는 적룡이 떨리는 목소리로 되물었다.

"그러니까 저보고…… 연예 기획사를 만들라는 말씀입니까?"

"네가 제일 돈이 많다며?"

화려한 건물을 몇 채씩 가지고 있고, 여러 가지 사업을 벌인 적룡은 다섯 용 중에 가장 금전적으로 풍족했다. 그렇다고 해서 그녀가 돈에 집착을 갖고 있는 것은 아니었다. 다만, 괜한 일은 시작하고 싶지 않았다.

"……그렇긴 합니다만 어째서 연예 기획사입니까?"

"연예인이 되어야겠다."

그는 일말의 지체도 없이 답했고, 그녀는 입을 쩍 벌렸다.

"……예?"

적룡은 제가 잘못 들은 줄 알았다. 연예인이 되겠다는 흑룡의 말이 너무나도 터무니없기 때문이었다. 기가 막혀서 말이 나오지 않아 그녀가 비틀비틀 걸어가 의자에 앉았다. 진하는 맞은편에 앉은 적룡을 보며 말을 덧붙였다.

"세상에서 가장 빨리 유명해지는 방법이 연예인을 하는 거라고 들었다."

"그렇긴 합니다만, 어째서……."

"그러니 네가 기획사를 만들어."

단호한 명령을 차마 거스를 수는 없었다. 적룡은 썩 내키지 않는 기색이었지만 그렇다고 거절하지는 못한 채 입만 꾹 다물었다. 그녀를 설득하는 일만이 남아 있었다. 흑룡은 쓴웃음을 짓고 단어를 하나하나 씹어 뱉듯 말했다.

"내 얼굴과 이름과 존재를 알게 되면 분명 용살자들이 제 발로 기어들어 올 것이다."

"……글쎄요."

그녀는 그의 기세에 흠칫 놀랐지만 태연한 척을 하며 잠시 뜸을 들였다. 사실 황룡처럼 적룡 또한 용살자를 향한 흑룡의 감정을 이해할 수가 없었다. 아마 흑룡의 감정을 이해하는 용은 없을 것이다. 용살자를 마주한 용들은 그를 제외하고 전부 살해당했으니까.

"저는 솔직히, 용살자가 이 시대에 아직도 존재하는지도 의문입니다."

"전부 죽었다는 말인가?"

뜻밖의 소식에 진하의 눈동자가 반짝였다. 그러나 적룡은 고개를 저었다.

대체로 용은 용살자의 존재를 먼저 알 수 없었다. 정체를 파악하는 데에는 항상 용살자가 우선이었기에 용은 불시에 습격당하는 편이었다. 인간 따위가 용을 살해할 수 있다니, 참 아이러니한 자연의 섭리였고, 흑룡은 이 섭리를 진저리 치게 싫어했다.

"저는 지금껏 용살자의 위협을 받아 본 적이 없습니다. 청룡도, 황룡도, 최근 첫 생을 시작한 백룡도……."

"나도 없었어."

그녀의 말이 다 끝나기도 전에 그가 그녀의 말허리를 뚝 잘랐다.

"나도 용살자라는 존재는 없다고 생각했었다. 그때까지는."

영혼마저 통하는 벗을 만났다고 착각하기 전까지 진하 역시 용살자를 우습게 여겼다. 어차피 인간 따위 손 하나만 까딱하면 처리할 수 있다고 생각했었다. 그러나 용을 끌어당기는 용살자의 매력은 끔찍할 만큼 강렬해서 심지어 용살자를 처리하게 될 때마저도 죄책감에 시달렸다.

"하지만 분명 존재해. 아직 각성하지 못했을 뿐, 용을 보면 서서히 깨어날 거다."

어떤 방식으로 용살자가 그들의 힘을 깨닫는지는 모르지만, 오래된 벗이 죽기 전에 남긴 말에 의하면 용살자는 용을 만난 뒤에 각성한다고 했다. 자신도 자신이 용살자의 힘을 가지고 있는지 몰랐다고, 비밀리에 전해지는 기록을 보지 못했다면 아마 지금도 자신이 용살자이며, 용이 실제로 존재한다는 사실을 모를 것이라 한스럽게 털어놓았다.

물론 변명이었을 수도 있다. 죽음을 눈앞에 둔 인간이 얼마나 간사하고 나약해지는지 진하는 잘 알았다.

"그래서 내가 친히 나서 주는 거지."

"정말…… 이기적이시군요."

깨어나지 않아도 될 용살자들을 자극하겠다는 말은, 곧 이 시대를 살아가는 다른 용들에게도 위협이 될 일을 하겠다는 뜻이었다. 진하는 자신을 향한 적룡의 원망스러운 눈빛을 덤덤히 받아들였다.

"그래, 네 말이 무슨 뜻인지 안다."

그럼에도 불구하고 그는 멈출 수 없었다. 이번 생에 용살자로 다가오는 인간들을 전부 제거하고, 그다음 생에도, 그 이후에도 계속 용살자라는 것들이 사라질 때까지 자신은 똑같은 일을 하며 시간을 흘려보낼 것이다. 결코 꺾이지 않을 흑룡의 의지에 적룡은 져 줄 수밖에 없었다.

"⋯⋯말투부터 바꾸시지요."

못마땅하기는 해도 그를 말릴 수 없기에, 그녀는 괜히 말투만 지적했다. 그가 소리 없이 웃으며 대꾸했다.

"말투는 용에 대한 기록을 찾아본 뒤에 천천히 익힐 생각이야."

적룡과의 협상이 끝이 난 셈이었다. 진하는 몸을 일으켰다. 그녀의 시선이 끈질기게 따라붙었지만 그는 느긋하게 말했다.

"일단은 이 세상을 조금 둘러봐야겠다."

부디 사고나 치지 말라고 그녀가 한탄했다. 그는 피식 웃으면서 그녀의 사무실을 나섰다.

흑룡을 반기기라도 하는 듯 비가 많이 내렸다. 자신이 만든 비는 아니었다. 아마 자연의 일부로 기능하는 동족 중 하나가 만든 비구름일 것이다. 세차다 못해 거칠게 내리는 빗방울은 진하에게 아무런 위협도 되지 않았다. 그는 남들처럼 우산을 쓰고 있었고 비에 젖지 않았다. 그러나 그 누구도 그의 신발이 말라 있음을 깨닫지는 못했다.

그때 진하는 빗속에서 빛나고 있는 입간판을 발견했다.

'책 대여점?'

책. 이 세상을 알아보기에 책만큼 좋은 매체도 없었다. 그는 기꺼이 대여점으로 향했다.

우산을 접어 바깥에 내던진 그가 문을 열고 들어가기 무섭게 힘찬 여자 목소리가 울려 퍼졌다.

"어서 오세요!"

여자를 보자마자 진하가 걸음을 멈추었다. 손님을 반기는 여자에게는 눈길을 끌어당기는 묘한 기운이 있었다. 어디 하나 대단한 구석이 있는 것도 아닌데 신기하게 그는 그녀에게 시선을 빼앗겼다.

얼마쯤 그녀를 바라보고 있었을까? 그녀의 눈동자에 두려움이 서릴 무렵, 그도 정신을 차렸다.

아니, 그보다 책방에 여자라니? 진하는 황룡의 말을 깜빡 잊고 미간을 찌푸린 채로 갸웃거렸다.

"요즘은 양민 여인들도 책을……."

꼰대 같은 소리에 여자의 눈가가 불쾌한 양 가늘어지자 그는 자신의 불찰을 깨닫고 말을 멈추었다. 양천의 구분도, 남녀가 유별하지도 않다는 시대에 여자가 책을 다루든 말든 무슨 상관이랴.

"여기 용이 나오는 책이 있나?"

"네? 용이요?"

흑룡은 고개를 끄덕였다. 이 세상에 대해서도 알고 싶었지만 그보다 이 세상의 인간들이 용에 대해 어떤 생각을 가지고 있는지도 궁금했다.

"용에 관한 책."

용을 두려워할까? 보통 인간들은 용을 경외 시 여기는 경우가 대부분이었는데, 요즘에는 어떨까? 용을 믿지 않는 시대에 용에 관한 책이 얼마나 될까 싶어도 내심 기대가 되었다. 여자는 잠깐 고민하다가 밝게 되물었다.

"아! 드래곤 나오는 판타지요?"

"드래곤?"

생소한 단어에 그가 미간을 찌푸렸다. 여자가 그를 의아하게 바라보며 설명했다.

"드래곤이 용이잖아요. 찾는 거라도 있으세요?"

"아니, 딱히……."

제목 같은 걸 알 리가 없어서 그는 말끝을 흐렸다. 그러자 여자가 뜬금없는 소리를 하는 것이었다.

"으음, 취향 말씀해 주시면 제가 몇 권 추천해 드릴게요."

"취향?"

용에 관한 책을 찾는 데 취향이 무슨 소용인가? 이 작은 가게가 용에 관한 책을 얼마나 많이 보유하고 있기에 취향까지 운운

하는지 그로서는 이해가 가지 않았다. 여자는 자리에서 일어나 거침없이 책꽂이로 걸어갔다. 그는 시선으로 그녀를 좇았다.

"아니면 기본적으로 잘나가는 걸 추천해 드릴까요?"

여자가 책을 몇 권 뽑으면서 지나가듯 물었다. 무슨 책이든 용에 관한 책이면 상관없었다.

"용이 나오는 거면 아무거나 상관없긴 한데……."

"드래곤물이 예전에는 많이 나왔는데, 요즘은 영 안 나와서요. 그래도 보신 분들이 다 재미있다고 한 걸로 골라 드릴게요."

재미를 따질 정도로 용에 대한 기록이 많은 걸까? 분명 용을 믿지 않는 시대인데 역설적이게도 용을 주제로 한 책이 많은 모양이었다. 그는 조금 얼떨떨했다.

"한 권만 드릴까요? 아니면 완결까지 다 드릴까요?"

"전부 다."

어떤 책인지 모르겠어서 잠깐 고민스러웠으나 한 권으로 끝나는 책이 아니라면 처음부터 끝까지 읽어 보는 게 나았다.

"일단 이 시리즈 한 번 읽어 보시고 마음에 드시면 반납할 때 말씀해 주세요. 비슷한 거 추천해 드릴게요."

여러 권을 뽑아 들고 온 여자는 책을 책상 위에 내려놓고 주절 주절 설명했다. 그는 책이 몇 권인지 눈으로 세 보았다. 충격적 이게도 열 권이 넘었다. 그런데 여자는 이 책 외에도 다른 책이 있다는 듯이 말했었다. 그가 무덤덤하게 물었다.

"이거 말고도 용에 관한 책이 많나?"

"네, 전에 많이 나왔거든요."

"그렇군."

이 시대의 인간들은 용의 존재에 관심이 없을 거라고 생각했는데 아닌가 보다. 신기하다 싶어서 진하가 막 생각에 빠져들 즈음이었다.

"처음 오셨죠?"

여자의 질문에 정신을 차린 그가 고개를 끄덕였다. 그 뒤로 여자는 줄줄 질문하기 시작했다.

"성함이 어떻게 되세요?"

"임진하."

"생년월일 좀 알려 주시겠어요?"

생년월일이라니! 그가 어깨를 움찔했다. 너무나도 까마득한 탄생 시기를 말할 수는 없는 노릇이었다. 잠깐 머뭇거리던 그는 주민등록증을 꺼냈다. 용은 다음 생을 보낼 용을 위해 호적이든, 신분이든 세상에 존재한다는 증명을 만들어 두고 생을 마쳤다. 그는 어린 흑룡이 만들어 두고 간 주민등록증을 여자에게 건넸다.

"개인 정보는 여기."

여자는 키보드를 한참 두드리고 주민등록증을 돌려주며 또다시 물었다.

"전화번호 좀 불러 주세요."

이렇게 대놓고 정보를 요구하는 곳일 줄이야. 그는 뒤통수를 맞은 기분에 휴대폰을 꺼내 번호를 확인했다. 여자의 시선에서 제 전화번호도 모르냐는 의심이 느껴져서 그는 변명을 해야만 했다.

"전화번호를 바꿔서."

"아, 네."

다행히 변명은 괜찮은 듯했다.

드디어 여자는 질문을 끝내고 책을 봉투에 담았다. 그는 그녀의 행동을 유심히 보았다. 여자에게 자꾸 시선이 쏠리는 이유는 아마 그녀가 자신이 이번 생에서 독대한 첫 인간이기 때문일 것이다. 인간의 생활상을 눈으로 익히기 위해 여자를 관찰하는 거겠지. 그는 스스로를 납득시켰다.

"구간 소설은 2박 3일이에요."

그녀가 그에게 책이 든 묵직한 봉투를 건네주며 대여 기일을 알려 주었다. 그는 고개를 끄덕였다. 어차피 남는 것이 시간이었다.

진하는 어린 흑룡이 일구고 간 건물 중 하나를 거처로 정했다. 아이가 남기고 간 다른 건물도 몇 채 있었지만 관리가 귀찮아서 적룡에게 넘겨 버렸다. 대여점과 가까운 건물은 주거용이라 시끄럽지 않았다.

이 시대의 인간들은 용에 대해 어떤 기록을 남겼을까? 애초에 용이 아닌 인간이 남긴 기록이다. 크게 신빙성은 없는 내용일 테니 그는 권수를 살펴보지 않고 집히는 대로 책을 꺼내 들어서 첫 장을 펼쳤다.

제8장. 사투

"사투?"

그다지 유쾌하지만은 않은 제목이었다. 그는 긴장하고 본문
을 읽어 나갔다.

　　"큭! 감히 나의 심기를 건들다니, 이 일대를 불바다로 만
　들어 주겠다!"
　　광폭한 레드 드래곤의 분노 어린 포효에 아슬론이 검을
　고쳐 쥐었다. 저 드래곤을 반드시 죽여야만 해! 그렇지 않
　으면 이 영지의 주민들은 생명을 잃고 말아! 아슬론은 긴장
　했다. 검을 쥔 손바닥이 축축해졌다. 무시무시한 레드 드래
　곤을 인간의 몸으로 잡는다는 것은 거의 불가능이었다.

　전혀 예상하지 못한 내용이라 그는 잠시 머뭇거렸다. 분명 글
자를 읽고 있는데 내용이 쉬이 머릿속에 들어오지 않았다.
　"……으음?"

　진하는 눈을 길게 감았다가 떴다. 하지만 책 속의 '레드 드래
곤'은 자신의 몸 색깔처럼 새빨간 불을 내뿜으며 주인공 일당을
겁에 질리게 만들고 있었다. 그는 책 표지를 다시 보았다.

드래곤 슬레이어, 아슬론

　용에 관한 책을 달라고 했을 때, 그 여자는 '드래곤'이냐고 되물었었다. 아마 용을 드래곤이라고도 하는 모양이었다.

　"그러니까 레드 드래곤이……."

　불처럼 새빨간 몸이라고 했으니 아마 적룡…… 일 것이다.

　"……적룡?"

　연예 기획사를 만들라는 소리에 썩 내켜 하지 않던 적룡을 떠올리고 그는 할 말을 잃었다. 적룡이 입에서 불길을 뿜는 것은 상상도 되지 않았다.

　"레드…… 드래곤?"

　그는 매우 혼란스러운 눈빛으로 봉투에서 책을 전부 꺼내 1권부터 제대로 읽기 시작했다. 내용은 평범했다. 아슬론이라는 평범한 소년이 악의 화신인 블랙 드래곤에게 부모와 형제, 친구를 전부 잃고 복수를 하러 여행을 떠난다는 내용이었다.

　"악의 화신?"

　진하가 저도 모르게 중얼거렸다. 용이 악의 화신이라. 같은 용의 입장에서는 동의할 수 없는 묘사였다.

　드래곤을 죽이는 인간을 드래곤 슬레이어라고 칭하는 걸 보니 작중에서 '드래곤 슬레이어'는 용살자와 같은 자들이었다. 진하는 주인공인 아슬론에게 살심이 치솟았다.

　"인간 주제에……."

어디서 용을 잡겠다고!

하지만 진하의 분노와는 정반대로 아슬론은 화이트 드래곤을 잡고 드래곤 슬레이어 칭호를 얻은 뒤에 레드 드래곤도 때려잡고, 엄청나게 오래 산 실버 드래곤도 잡고, 그나마 착한 편이라는 블루 드래곤과는 친구가 되더니 블루 드래곤의 도움을 받아 부모와 형제, 친구를 죽인 블랙 드래곤을 마침내 처치했다.

하늘처럼 파란 블루 드래곤이라는 묘사를 보아하니 아무래도 블루 드래곤은 청룡인 모양인데…….

"청룡, 이 새끼 제정신이야?"

주인공이 아니라 주인공의 칼끝에 픽픽 쓰러진 드래곤들에게 이입했다는 게 문제였지만 아무튼 내용에 엄청나게 몰입한 진하는 에필로그를 읽고 책을 집어 던졌다. 블루 드래곤은 알고 보니 암컷이었고, 오랫동안 함께 여행했던 아슬론에게 반해서 왕성에서 엄청나게 성대한 결혼식을 올렸다는 내용이었다.

진하의 안색이 어두워졌다.

이튿날, 시간이 나는 대로 책 대여점에 달려간 진하는 어제 자신을 반겼던 여자를 보고 다급하게 물었다.

"이게 진짜…… 용 이야기라고?"

"아, 별로 취향이 아니세요? 그거 되게 인기 많은 소설이었는데. 그럼 이거랑 조금 다른 걸로 추천해 드릴까요?"

그녀는 그가 왜 당황했는지를 이해하지 못하는 듯 담담하게 자리에서 일어났다. 그는 그녀의 뒷모습을 망연히 바라볼 뿐이었다. 물론 그 역시 용에 관한 설화를 읽어 본 적이 있기는 했으나 설화에서 보통 용은 신수로 존경받는 존재였지 이 책에서처럼 퇴치 대상이 아니었다.

"이건 조금 다른 내용이에요. 드래곤이 유희를 나가는 내용인데 저는 재미있게 봤어요. 재미없을 수도 있으니까 1권만 드릴까요?"

그래, 다른 이야기를 읽어 보자. 어쩌면 어제의 그 책이 이상한 것이었을 수도 있으니까. 진하는 마음을 가라앉혔다.

"……그냥 전부."

여자는 어제처럼 책을 한 아름 품에 안고 돌아왔다. 붉은빛이 나오는 손바닥만 한 기계에서 삑삑 소리가 나서 그는 기계를 흥미롭게 쳐다보았다. 그러거나 말거나 그녀가 조심스레 그에게 말을 붙였다.

"저기, 정말 죄송한데 궁금한 게 있어서요."

"뭐지?"

"어제 비가 많이 왔잖아요."

"그랬지."

"그런데 어떻게 비에 하나도 안 젖으셨나 해서요."

꿈에도 생각지 못한 질문에 그의 말문이 막혔다. 인간들은 보통 그가 비에 젖었는지, 젖지 않았는지를 알아채지 못했다. 인간들의 주의력이 부족해서가 아니라 으레 그러려니 넘어가는 것이다.

"그건……."

하지만 이 여자는 용의 기운에 가려진 것까지 눈치를 챌 정도로 꽤나 관찰력 좋은 인간이었다. 그가 답하지 못하자 삑삑거리는 기계 소리만 가게 안을 뒤흔들었다. 그는 머리를 빨리 굴리고 되는대로 변명을 늘어놓았다.

"……바로 앞까지 차로 와서."

"아하."

여자는 더 캐묻지 않고 봉투에 책을 넣었다. 변명이 잘 먹힌 걸까. 그는 여자의 눈치를 힐끔 보았다. 다행히 여자는 별생각이 없어 보였다.

집에 돌아오자마자 진하는 책을 펼쳤다. 이번에는 드래곤이 주인공이었다. 책은 골드 드래곤의 새끼가 인간의 모습으로 여행을 하는 걸로 시작했다.

"흠……."

어제와 달리 이번 책은 꽤 볼만했다. 황금빛으로 빛나는 골드 드래곤은 아무래도 황룡인 것 같았는데, 이만하면 만족스러운 내용이었다. 인간의 모습이지만 용의 능력을 갖춘 주인공이 세상도 구하고, 공도 세우고, 마침내 대제국까지 건설해서 온갖 미녀를 거느리고 사는 흥미진진한 에피소드를 읽느라 시간 가는 줄 몰랐다.

"그래, 이 정도는 되어야지."

어제와 달리 그가 흡족하게 고개를 끄덕이며 마지막 장을 닫았다. 재미있는 책을 끝까지 읽고 나니 아쉬웠다. 그는 바로 몸을 일으켰다. 당장에라도 그 책방에 가서 다른 드래곤 책을 읽어야겠다는 생각뿐이었다.

"그러고 보니 황룡이 글을 쓴다던데, 이런 거 쓰는 건가?"

진하는 기대를 품고 황룡에게 전화를 걸었다. 하지만 황룡은 매우 당황스러운 듯이 부정했다.

─아니요, 전 그런 거 안 씁니다.

"왜?"

─저는…… 시를 쓰고 있습니다.

"시라……."

시. 과거에는 흑룡 역시 시를 몇 수 짓곤 했었다. 진하가 아쉬움을 담아 제안했다.

"이런 거 좀 쓰지 그래?"

─전…… 소설은 조금…….

이런 내용은 황룡의 취향이 아닌 모양이었다.

"까다롭기는. 알았다."

중요한 것도 아닌데 싫다는 자에게 억지로 일을 떠맡길 생각은 없어서 흑룡은 쉬이 물러나 주었다. 황룡은 조금 침묵하다가 물었다.

─어쩌다 보게 되신 건지 여쭈어도 될까요?

"이 세상에서 용이 어떤 존재로 보이나 궁금했다."

황룡은 적어도 대부분의 사람들에겐 용이 그런 존재로 비추어지지 않을 거라는 말을 꾹 참았다. 먼 과거에야 임금을 용에 비유하거나 황제를 용이라 칭송하기는 했으나, 그것도 그저 비유에 불과했을 뿐이다.

─예, 즐거우셨다면 됐지요.

"끊는다."

용건이 끝난 이상 전화를 길게 끌 필요는 없었다. 그는 바로 전화를 끊고 다시 책을 들추어 보았다.

"……재미있는데?"

특히 전쟁에서 전부 이기고 대제국을 건설하는 부분이 최고였다. 패전의 위기에 몰린 새끼 황룡이 기지를 발휘해서 승리하는 내용은 몇 번을 다시 읽어도 짜릿했다. 또 한 번 그 부분을 탐독한 진하가 중얼거렸다.

"기가 막히는 전투였어."

턱을 괸 그가 책을 덮었다. 이미 그의 머릿속에서는 용에 대한 사람들의 관심 따위는 사라진 지 오래였다.

"하……."

한숨을 내쉰 흑룡은 다시 마지막 권을 펼쳤다. 주인공이 대관식을 치르는 장면이 나왔다. 그래, 이 정도는 되어야 황제의 자격이 있는 것이다. 진하는 마치 자신이 새끼 황룡의 부모라도 된 기분이 들었다.

"……다른 걸 빌려 와야겠다."

그러나 나가려던 그는 창밖을 바라보고 눈살을 찌푸렸다. 밤이 깊었다. 아무래도 내일, 날이 밝은 뒤에나 가야 할 것 같았다. 그는 어여쁜 꼬마 황룡의 제국 건설기를 세 번째 읽기로 결정했다.

하지만 날이 밝았으나 책방으로 바로 갈 수는 없었다. 적룡이 연에 기획사 건으로 연락을 취한 탓이었다. 불만 가득한 얼굴로 적룡에게 간 진하는 마련된 의자에 털썩 앉았다.

"기획사를 만들었으니 이제 슬슬 세상에 녹아들 준비를 하시지요."

말투, 생활 양식, 사고방식 등을 이 시대 20대 후반 남성과 맞추는 것이 시급했다. 임진하가 평범한 20대 남자의 모습이 된다면 그때부터 그를 스타로 만들기 위한 프로젝트가 시작될 것이다.

얼른 다른 책을 읽고 싶다는 생각뿐이라 그가 대충 고개를 끄덕였다.

"외국에서 살다 왔다고 하면, 조금 튀는 행동을 해도 괜찮을 겁니다."

"반년 정도 시간을 두고 시작하자."

반년 정도면 꽤나 빠른 적응 기간이기도 했다. 그러나 적룡이 마치 그를 비웃기라도 하는 듯 이렇게 말하는 것이었다.

"그렇게 오래 걸리시나요?"

자존심과 승부욕이라면 세상 그 누구보다도 강한 흑룡이 이 미끼를 물지 않을 리 없었다. 그가 눈살을 찌푸리고 바로 시간을 단축시켰다.

"그럼 100일."

"예, 그렇게 알겠습니다."

마치 기다렸다는 투로 말하는 적룡을 보고 진하가 허탈한 웃음을 터뜨렸다. 그제야 자신이 그녀의 손바닥에서 놀아난 것을 깨달은 탓이었다.

"넌 나를 자극할 줄 아는구나."

"칭찬으로 받겠습니다."

"칭찬이야."

확실히 사업을 하는 여자라 그런지 적룡은 사람을 상대하는 데 능숙했다. 문제는 까마득한 존재인 흑룡까지 멋대로 휘두른다는 데 있었지만 말이다. 그녀의 능력을 칭찬해 주고 그는 바로 건물을 나섰다. 대여점에 가기 위해서였다.

대여점에 도착하자마자 어제 빌린 책을 돌려주고 나서 진하는 눈을 빛냈다.

"이런 거 재미있는데, 비슷한 거 추천했으면 좋겠군."

"아, 유희 나가는 거요?"

여자는 그의 취향을 알겠다는 듯 여유롭게 웃으면서 책을 고르기 시작했다. 한편, 그녀가 남긴 단어 하나가 그의 마음에 걸렸다.

'유희라……'

유희. 그렇다. 어쩌면 이 60년간의 생도 유희에 불과할 것이다. 이름 한번 잘 지었다. 용의 유희라. 진하는 유희라는 단어를 몇 번 곱씹었다. 책 속의 사건과 자신의 현실이 참 많이 닮아 있었다.

그가 침묵하고 있자 그녀가 고개를 돌리고 말을 걸어왔다.

"그거 재미있죠? 그 작가님이 전투 신을 엄청 잘 쓰시더라고요. 박진감도 넘치고."

"공성전이 특히 좋더군."

"맞아요. 카이네가 설계한 대포를 쏴서 명중했을 때 끝내줬죠."

그녀의 말에 그도 쉴 새 없이 고개를 끄덕였다. 그 부분을 읽으면서 몇 번이나 '황룡 잘한다!' 하고 신나했는지 모른다.

진하는 여자가 열 권 가량의 책으로 탑을 쌓아 비틀거리면서 오는 것을 보고 기꺼이 그녀의 품에서 책을 나눠 들어 주었다. 그녀가 그를 올려다보고 어색하게나마 미소를 지었다. 피곤해 보이는 안색과 다르게 그녀의 눈은 무척 맑고 반짝거렸다.

그 때문일까? 그는 그녀에게서 시선을 떼지 못했다.

같은 취향을 공유하기에 느껴지는 동질감? 글쎄, 그녀는 처음부터 그의 시선을 붙잡았었다. 그가 과거에 이와 같은 일이 있었나 떠올리려던 찰나, 그녀가 그의 생각을 방해했다.

"이건 블랙 드래곤이 강제로 유희를 나가는 건데 진짜 파란만

장하긴 해도 재미는 보장이 되고, 저거는 카이네 쓰신 작가님의 다른 작품인데 레드 드래곤하고 블랙 드래곤이 각각 유희를 나갔다가 의기투합하는 내용이에요. 어느 거부터 드릴까요?"

"블랙 드래곤이…… 흑룡이던가?"

"네? 아, 네."

뭐 그런 걸 묻느냐는 표정이었지만, 그녀는 성실하게 대답해 주었다. 둘 다 흑룡이 주인공으로 나온다니 진하는 두 작품 모두 무척 마음에 들었다.

"그럼 둘 다."

그가 흔쾌히 대꾸하자 그녀는 다른 시리즈까지 또 낑낑거리면서 꺼냈다. 책에 묻힐 기세라 그가 그녀에게 다가가 책을 반쯤 나누어 들어 주었다. 그녀는 고맙다고 작게 중얼거리고 카운터로 향했다.

"흑룡을 좋아하시나 봐요."

"……뭐."

좋아한다기보다는 그냥 그거라서.

진하의 대답을 긍정으로 알아들었는지 여자는 책을 정리하고 바코드 기계를 든 채 종알종알 떠들었다.

"흑룡이 주인공으로 끝내주는 작품이 있는데, 이거 둘 다 보시고 나면 대여해 드릴게요. 거기 나오는 흑룡이 정말 멋있거든요."

"그래?"

그녀가 대답 대신 엄지를 추켜세웠다. 왠지 전문가의 서평 같아서 그는 그녀의 말을 진지하게 신뢰했다. 어째서일까? 그녀는 용이 나오는 책에 있어서만큼은 세상 그 누구보다도 조예가 깊어 보였다.

"저도 드래곤 중에서는 블랙 드래곤이 제일 좋았어요. 드래곤이 지상 최고의 생물이라지만 그래도 까만 게 제일 멋지잖아요? 강해 보이기도 하고."

"뭘 좀 아네."

그의 정체를 모르는데도 그녀는 흑룡을 치켜세우고 있었다. 이만큼 콧대가 높아지는 일도 없기에 그는 인간처럼 낯이 뜨거워지는 것도 같았다. 그래도 오랜만에 만족스러운 말을 들어서 그의 기분이 최고조로 치달았다. 바코드 찍는 소리 사이로 그녀의 웃음소리가 간간이 흩어졌다.

'꽤 재미있는 여자군.'

그녀를 향한 그의 감정에 호감이 깃들었다. 인간에게 결코 좋은 감정을 가지고 있지 않은 자신이었는데 신기할 따름이었다.

"구간인데 많이 대여해 가시니까 다섯 권은 서비스로 해 드릴게요."

"장사할 줄 아는데?"

그의 칭찬에 그녀는 대답 대신 배시시 웃을 뿐이었다. 둘을 감싸고 있던 공기가 그의 기운에 아지랑이처럼 흔들렸다. 인간은 모르는 기분 좋은 떨림이 가게 안을 가득 메웠다.